RALF ELSNER

DAS ECHO
DER SCHREIBENDEN GLÄSER

RALF ELSNER

# DAS ECHO
# DER SCHREIBENDEN GLÄSER

Im langen Schatten des Dämons

media
maria

Bibliografische Information: Deutsche Nationalbibliothek.
Die Deutsche Nationalbibliothek verzeichnet diese Publikation in
der Deutschen Nationalbibliografie; detaillierte bibliografische
Daten sind im Internet über http://dnb. ddb. de abrufbar.

DAS ECHO DER SCHREIBENDEN GLÄSER
Im langen Schatten des Dämons
Ralf Elsner
© Media Maria Verlag, Illertissen 2014
Alle Rechte vorbehalten
Printed in Germany
ISBN 978-3-9816344-7-1

www. media-maria. de

*Für Paul und Peter*

In besonderer Erinnerung an meine verstorbenen Freunde
Guido     (* 26.04.1966   † 09.10.1995) und
Mättsche  (* 07.04.1964   † 20.06.2001)

„**Denn wir können unmöglich schweigen über das, was wir gesehen und gehört haben**" (Apg 4,20).

# INHALT

Die Richtung .................... 9
Das Spiel ........................ 19
Die Suche ....................... 30
Die Worte ....................... 39
Der Schmerz ..................... 56
Die Bekehrung ................... 65
Das Opfer ....................... 81
Die Hölle ....................... 94
Die Rückkehr .................... 99
Der Weg ......................... 113
Die Ankunft ..................... 172
Der Absturz ..................... 182
Die Drohung ..................... 195

## DIE RICHTUNG

Er hatte es eilig. Er verließ die Wohnung im vierten Stock und betrat das Treppenhaus, als er aus dem Nichts heraus von ungewöhnlich starken Kopfschmerzen befallen wurde.
*Ja!*
Er wunderte sich, doch er setzte seinen Weg nach unten fort. Mit jedem Stockwerk, dem er der Haustür näher kam, wurden die Schmerzen unerträglicher.
*Ja!*
Dort war sie. Schmuckloses rotbraun gestrichenes Metall, versetzt mit drahtdurchzogenem, geriffeltem Milchglas.
*Ja!*
Der Schmerz beeinträchtigte nun sein Sehvermögen. Die abgegriffene Messingklinke konnte er selbst im schwachen, das Türfenster durchdringenden Gegenlicht nicht mehr erkennen.
*Ja!*
Nur die über zwanzigjährige Gewohnheit ermöglichte es ihm, die Klinke hinunterzudrücken, um nach draußen zu gelangen. Er verließ Haus Nummer 33 und betrat die grauen Waschbetonplatten der Josefstraße.
*Ja!*
Kein Verkehr. Keine Autos. Schmerz bis zur Übelkeit.
*Ja!*
Es drang in sein Ohr.
*Ja!*
Es drang in sein Gehirn.
*Ja!*
Es war in ihm!
*Ja!*
Da waren Menschen. In Trance! Sie sagten:

*Ja!*
Willenlose Marionetten mit nickenden Köpfen.
*Ja!*
Er würde sich wohl gleich übergeben müssen.
*Ja!*
„Sag es!" Wieso?
*Ja!*
„Sag es!" Wieso?
Zusammengekrümmt, vornübergebeugt, die Handflächen auf die Schläfen gepresst, hatte er die Straße überquert und war mittlerweile unrhythmisch zwanzig Meter in Richtung Hohenzollernstraße gestolpert. Dorthin nickten auch all die menschlichen Hüllen.
*Ja!*
Bis zur Kreuzung waren es weniger als achtzig Meter. Da standen Hunderte von ihnen. Es wollte ihn besitzen!
*Ja!*
So wie es sie besaß!
*Ja! Komm!*
Er ballte die Fäuste.
*Ja! Komm!*
Jeder Muskel seines Körpers war nun bis zum Zerreißen angespannt.
*Ja! Komm!*
Krampfhaft richtete er sich auf und schrie mit aller ihm noch verbliebenen Kraft: „Neeeeeiiiin!!!"

Stille.

Die nun führungslosen Marionetten stellten das Nicken ein – verwirrt durch ihre plötzlich erhaltene Autonomie. Er hatte es beendet. Der Schmerz gab seinen Körper ratenweise wieder frei. Sie waren wütend auf ihn.
„Warum hast du das getan?"
Undankbares Pack!

Alle starrten ihn entgeistert an. Er strich sich die langen lockigen Haare aus dem Gesicht. Die Menschenmenge auf der Kreuzung teilte sich langsam und gab so allmählich den Blick auf das Zentrum frei. Von dort war es ausgegangen.

Atemlos gespannt näherte er sich mit langen, schneller werdenden Schritten. Was war die Ursache? Da, jetzt konnte er es sehen. Er schob die Menge weiter auseinander. Eine Frau! Nein, eine wunderschöne Frau! Sie trug eine Art dünner weißer Mönchskutte, die mit Ausnahme der langen glockenförmigen Ärmel und der spitzen Kapuze vollkommen transparent war. Darunter war sie nackt! Traumhaft! Was für ein Körper?! Athletisch und doch ultimativ weiblich! Seine Faszination für diese Figur wurde nur noch von seiner Neugier übertroffen. „Was ist mit ihrem Gesicht?" Es war durch die tief in die Stirn gezogene Kapuze und ihr gesenktes Haupt vollkommen verborgen. Doch sachte hob sie ihren Kopf. Er stand nun unmittelbar vor ihr. Ein sinnlicher Mund. Sie lächelte, was er unwillkürlich erwiderte. Nase, Wangen – dieses Gesicht war zauberhaft. Nein, vollkommen! Umrandet von langen, glatten, Shampoowerbung-würdigen, seidig schimmernden, kastanienbraunen Haaren. Nun konnte er die Augenpartie und die Stirn sehen. Eine Offenbarung! Nur ihre zarten Lider waren geschlossen. Noch! Als sie sich unvermittelt öffneten, erschrak er zu Tode. Die Augen? Da waren keine Augen! Bloß kalte, hasserfüllte, das absolut Böse beherbergende schwarze Löcher. Ein Abgrund!

„Das ist kein Mensch! Das ist der Teufel!"

Er glaubte nicht an den Teufel. Doch das nützte ihm im Moment gar nichts! Anstatt einer Hand verbarg der rechte Ärmel eine scharfe, sichelförmige Kralle, die nun blitzend hervorschnellte und ihn dank seiner reflexartigen Rückwärtsbewegung nur knapp im Gesicht verfehlte. Die Menge schrie auf und rannte auseinander. Das war gut! Das gab ihm Platz zum Ausweichen. Stadteinwärts war auf der linken Seite der Hohenzollernstraße der Schreibwarenladen. An diesem Haus stand ein Holzgerüst für

Malerarbeiten. Dorthin flüchtete er. Die Kralle krachte unmittelbar neben ihm ins Holz und durchtrennte die unterste Querstrebe am rechten Gerüstrand. Er hechtete nach links zur Seite, die Arme nach vorn, den Körper gestreckt, als ob er in flaches Wasser eintauchen wollte. Mit Kopfsprüngen dieser Art fiel er im Oberwerther Schwimmbad schon nicht unbedingt durch allzu große Eleganz auf, doch nun musste er erkennen, dass – im Gegensatz zum Wasser – Betonplatten nicht den kleinsten technischen Fehler verziehen. Seine Landung war hart, ungeschickt und schmerzhaft. Dennoch konnte er an der Wange den Luftzug spüren, als abermals die Querstrebe durch die Kralle getroffen wurde. Ein etwa drei Meter langer, gut unterarmdicker Balken polterte ihm nun unmittelbar vor die Füße. Das war seine Chance. Am Boden liegend griff er nach dem Holz, presste es an seine Brust und rollte sich eine Umdrehung in Richtung Straßenmitte. Dabei quetschte er sich die Finger zwischen Balken und Asphalt. „Zu blöd!" Auch das tat höllisch weh, stand aber in keinem Verhältnis zu den Schmerzen in seinem Kopf, denen er wenige Minuten zuvor ausgesetzt war. Doch für Wehleidigkeit war jetzt ohnehin keine Zeit. Sein Kontrahent stürzte sich auf ihn. Gerade noch rechtzeitig konnte er ihm mithilfe des Balkens einen kräftigen Stoß auf den Solarplexus verpassen. Die Wirkung war gering, verschaffte ihm aber immerhin die Zeit zum Aufstehen.

Vor sechs Jahren – als Sechzehnjähriger – war er mit viel Glück Rheinland-Pfalz-Jugend-Meister im Kontakt-Karate geworden, einer Sportart, die man später Kickboxen nennen sollte. Abgesehen von einem überraschenden achten Platz auf einer Europameisterschaft zwei Jahre später blieb das aber auch der einzige Erfolg auf diesem Gebiet. Zwei Knieoperationen bei der Bundeswehr im vergangenen Jahr sollten dann für lange Zeit dieses sportliche Intermezzo beenden.

Das Stück Holz eignete sich hervorragend zur Verteidigung. Es entsprach in etwa dem Bo, einer einfachen altchinesischen Stockwaffe, deren Handhabung er sich ein wenig aus Kung-Fu-Filmen abgeschaut hatte. Wie eine Lanze hielt er dem Angreifer den Bo entgegen. In schneller Folge traf die Kralle das Holz und kürzte es Stück für Stück. Dabei wurde das vordere Ende immer spitzer. Als der Balken nur noch die Länge von etwa zwei Metern hatte, kamen die Einschläge seinen Händen bereits gefährlich nahe. Zugleich drehte er den Oberkörper nach links, um den Bo in einer synchronen Streckung von rechter Schulter- und Ellenbogengelenk – ähnlich einer einhändigen Rückhand beim Tennis – der Frauengestalt mit großer Wucht gegen die Schläfe zu schlagen. In einer fließenden Bewegung schnellte das freie Balkenende in seine linke Hand zurück. Danach griff er mittig, mit beiden Händen im Abstand von gut 40 Zentimetern. Somit standen ihm auf jeder Seite jeweils etwa 70 bis 80 Zentimeter massives Rundholz zur Verfügung. Er streckte den rechten Arm augenblicklich aus, während er den linken zu seiner Brust zog. Von den Füßen über die Hüfte bis zum Schulterbereich – sein ganzer Körper drehte sich nach links in den Angreifer hinein. Dabei traf er genau jene Stelle, an der bei Menschen die Halsschlagader sitzt. Ein mit dieser Kraft ausgeführter Schlag hätte unweigerlich die Blutzufuhr zum Gehirn einen Augenblick unterbrechen und zu einem klassischen K.O. führen müssen. Doch darauf konnte er sich bei diesem Gegner nun wirklich nicht verlassen. So spiegelte er den Angriff ohne eine mögliche Reaktion abzuwarten und traf erneut – diesmal die rechte Schläfe. Zugleich erfasste er das linke Bein dieses Wesens mit einem tausendfach trainierten Fußfeger und brachte es so zu Fall.

Rums, da lag das Mistvieh.
Auf dem Rücken.
Auf der Straße.
Im Dreck.
Alle viere von sich gesteckt.
Er sprang auf dessen rechten Arm und presste das spitze Ende des Balkens mit beiden Händen auf die ungeschützte Kehle.
Unweigerlich musste er an eine Plastik in der Sankt-Josefs-Kirche denken, die nur knapp hundert Meter von ihnen entfernt war.

Schon als kleines Kind bestaunte er dort die Darstellung des Erzengels Michael, der mit seiner Lanze den Teufel in Schlangengestalt durchbohrte. Nun befand er sich in derselben Position. Da lag er vor ihm. Der Teufel! Von Schönheit war nun keine Spur mehr. Wie konnte er sich zunächst nur so täuschen? „Oh Mann!" Diese hässliche Visage war wirklich zu ekelhaft. Er hatte ihn besiegt. Es gab auch keinerlei Gegenwehr mehr. „Komisch. Wenigstens mit seinem linken Arm könnte er sich doch noch wehren. Warum tut er es nicht?"
Am besten würde er nun einfach zustoßen und das Böse ein für alle Mal töten! Konnte man das überhaupt? Egal – einen Versuch war es wert! Er hob seine Engelslanze ein wenig, um die Spitze mit Wucht besser in den Hals treiben zu können. Da hörte er über sich die Stimme:
„Das ist nicht der richtige Weg!"
Gott?

Ohne weiter zu überlegen warf er das Holz unverrichteter Dinge zur Seite, drehte sich um und ging los. Wohin? Er wusste es nicht. Gott würde ihm den Weg schon zeigen. Aber der Teufel? Er war noch unmittelbar hinter ihm. Unwichtig – er hatte ihn einmal besiegt, er würde es wieder tun.

Er ging zum Bahnhof. Doch hier war niemand. Kein Mensch, kein Zug, kein Bus, nur das leere Gebäude. Er bog in die Obere Löhrstraße ein, als er zum ersten Mal von heftigen Visionen heimgesucht wurde. Schreiende, gequälte, blutende kleine Kinder. Rohes Fleisch quoll aus ihren Verstümmelungen. Was für ein grässlicher Gestank nach Eiter, Tod und Verwesung. Das Werk des Teufels!

Er kam wieder zu sich. Zugleich zweifelte er an seinem Verhalten. Hatte er das Richtige getan oder war er vom Teufel getäuscht worden? Er musste diese gequälten Seelen retten! Unbedingt! Wieder hatte er eine Vision! Die Kinder! Es waren dieselben. Er erkannte ihre Gesichter. Sie weinten. Sie schrien. Ihre kleinen blutigen offenen Hände streckten sich ihm entgegen. Sie sahen ihn an und flehten um Hilfe! Er konnte den Anblick und die empfundenen Schmerzen nicht länger ertragen und fand sich unvermittelt einige hundert Meter weiter an der Kreuzung zur Rizzastraße wieder. Er war immer noch vollkommen allein.

Es war ein trüber, grauer Tag. Er sank auf die Knie. Verzweifelt, völlig entkräftet und mutlos betete er in Richtung des wolkenverhangenen Himmels. „Bitte, Herr, wie kann ich diesen Kindern helfen? Zeig mir den richtigen Weg." Die Wolkendecke öffnete sich etwas und ein wenig blauer Himmel wurde sichtbar. In dessen Zentrum stand ein purpurfarbenes Dreieck. Irreal und in diesem Moment dennoch erstaunlich unspektakulär! Doch dann traf ihn unvermittelt aus dem Dreieck ein ebenso geformter Strahl genau auf die Stirn.

Schlagartig war wieder Leben um ihn herum. Autos, Fußgänger, Radfahrer. Er bemerkte verstört einen wenig leinenführigen, laut kläffenden Rauhaardackel, der eine ältere schwarz gekleidete Dame hinter sich her und geradewegs auf ihn hin zog.

Er brauchte einen Augenblick, um zu sich zu kommen.

Aber dann: Der Weg! Er kannte ihn jetzt! Von einer unbeschreiblichen Kraft erfüllt, sprang er auf. Er würde den Teufel besiegen! Und diesmal auf die richtige Weise. Nun wusste er wie.

Er rannte an dem Brautmodengeschäft vorbei, drängte sich durch die an der Bushaltestelle wartenden Leute. Er war bereits hinter der Buchhandlung, als ihn unerwartet ein Faustschlag mitten ins Gesicht traf. Er lief weiter, aber nur im Traum. Er sah sich selbst davonlaufen, während er aufwachte.

Alles war nur ein Traum! Mit Ausnahme des Schlages! Er registrierte, wie sich seine Freundin Nina, nachdem sie ihm einen Fausthieb aufs Jochbein verpasst hatte, stöhnend herumdrehte, um dann zunehmend ruhiger weiterzuschlafen. Anscheinend hatte auch sie einen heftigen Traum, der sie sich wild hin und her wälzen und dabei um sich schlagen ließ.

„Weiterträumen! Ich muss weiterträumen! Was ist der Weg? Der Weg?" Aber es war vorbei! Er war wach, und er kannte den

Weg nicht. Von dieser unglaublichen Kraft konnte er auch nichts hinüberretten. Im Gegenteil, er war platt. Leer im Kopf und körperlich vollkommen am Ende. Noch nie hatte er einen Traum von ähnlicher Intensität erlebt. Was für eine abstruse Geschichte! Und doch war alles so erschreckend real: Die Schmerzen! Die Details! Die Visionen! Und im alles entscheidenden Moment erhielt er einen Schlag ins Gesicht? Aber nicht im Traum, sondern in echt? Das war doch kein Zufall! Oder? Nein, das war es nicht. Genauso wenig wie es ein normaler Traum war! „Nina?", fragte er vorsichtig, aber nicht sonderlich leise. Nina schlief! Sein Jochbein schmerzte. Und seine Finger taten immer noch weh. Verdammt, was war hier los?

Bevor er sich gestern Abend hingelegt hatte, war seine Welt noch in Ordnung gewesen. Dort gab es keinen Platz für einen Teufel. Er war schon in einem gewissen Sinne gläubig, auch wenn er nicht allzu regelmäßig eine Kirche von innen sah. Eines war er jedenfalls nicht: abergläubisch!

Doch an diesem frühen Dienstagmorgen, am 5. Mai 1987, stand es für ihn fest: Nach dem Erlebnis war nichts mehr wie vorher. „Eigentlich ja auch vollkommen logisch. Wenn es das Gute gibt, dann muss es auch das Böse geben", überlegte er. Aber war der Teufel tatsächlich eine Person? Verfügte er über Verstand und Willen? Oder war er bloß ein Symbol, ein Ausdruck für die Summe aller moralischen Übel auf der Welt?

Seine Gedanken überschlugen sich angesichts seiner Verwirrtheit. Von der Existenz Gottes war er überzeugt. Er meinte sogar, Gottes Nähe schon einmal in einer scheinbar aussichtslosen Situation erfahren zu haben. Recht schmerzhaft hatte er nun die Gegenseite, das personifizierte Böse, zumindest im Traum kennenlernen müssen.

Aber ausgerechnet in Gestalt einer attraktiven Frau? Hätte es nicht wenigstens muskelbepackt mit Hörnern und Hufen wie in jeder anständigen Teufelsdarstellung daherkommen können? „Ich möchte nicht wissen, was Tiefenpsychologen dazu sagen würden", dachte er sich und musste unwillkürlich grinsen. „Auch seine lilafarben gekleideten Kommilitoninnen, mit denen er sich überraschenderweise recht gut verstand, wären wohl von dieser Schilderung nicht unbedingt begeistert. Oder? Wer weiß?" Eines war jedenfalls klar, diese Geschichte würde er erst einmal für sich behalten.

Aber warum das Ganze? „Das ist nicht der richtige Weg!" War dies wirklich Gott, der da zu ihm gesprochen hatte? Oder sein vermeintlicher Gegenpart? Oder bahnte sich hier nur im Schlaf etwas aus den tiefsten Abgründen seines Unterbewusstseins seinen Weg?

„Den Seinen gibt's der Herr im Schlaf!", ging es ihm durch den Kopf. War er denn einer der Seinen? „Schön wär's." Sicher, er bemühte sich, einigermaßen aufrecht und anständig durchs Leben zu kommen, aber dabei gab es zweifellos noch Luft nach oben. Wenn dies eine Botschaft war, was sollte er nun damit anfangen? „Warum ich?" Weder besondere Fähigkeiten noch besondere Leistungen hätten da bei ihm als Anhaltspunkt für eine Erklärung gefunden werden können. Das war ihm schon klar. Nur zum Alibi studierte er mit entsprechend mäßigem Erfolg Volkswirtschaft in Bonn, denn sein hauptamtliches Betätigungsfeld war die Musik! Beim Gitarrespielen war er sogar bienenfleißig, was den verfügbaren Zeitkorridor für wirtschaftswissenschaftliche Studien auf ein Minimum reduzierte.

Vor zwei Jahren hatte er mit Stefan zusammen die noch immer vollkommen unbekannte Rockband *Agurs Words* gegründet. Stefan war ein begnadeter Schlagzeuger und wollte es genauso wie er wirklich wissen: Profimusiker – das war das Ziel!

Aber nicht etwa als Tanzmucker, die sich mit Unterrichtsstunden für eine Handvoll mäßig talentierter Schüler über Wasser halten müssten. Nein, nein – sie waren schließlich Künstler. Ausverkaufte Hallen und Stadien, tonnenweise Geld und Groupies, Sportwagen und dicke Harleys inklusive Garage, mit Poollandschaft und Villa am Strand von Malibu Beach. Jawoll! Das war das Ziel!

Und ihr lupenreiner schwermetallischer Strom-Gitarren-Rock sollte das geeignete Vehikel sein, um genau dorthin zu gelangen.

Doch mit der ganzen Gewaltverherrlichung, dem Drogen-, Todes- und Satanskult, der sich teilweise in der Szene ausgebreitet hatte, wollten sie allerdings wirklich nichts zu tun haben. Ihr Bandname sollte dies ausdrücken, ohne trivial zu klingen: *Agurs Words*, abgeleitet vom weitestgehend unbekannten Kapitel *Agurs Worte* im Alten Testament, genauer gesagt, im Buch der Sprichwörter. Dabei nahmen sie sich mittlerweile die künstlerische Freiheit, auf den eigentlich erforderlichen Apostroph nach *Agur* zu verzichten, weil der nach eigenem Dafürhalten im Schriftzug *irgendwie blöd* aussah.

Konnte das eben Erlebte vielleicht etwas damit zu tun haben? Bisher war *Agurs Words* nur das Feigenblättchen, um sich von all den dämlichen Klischees abzugrenzen. War dieser Albtraum nun so etwas wie eine Anregung oder vielleicht sogar ein Auftrag, aktiv gegen diese Strömungen vorzugehen? „Halali! Auf, auf zum fröhlichen Jagen!" War das der richtige Weg? Mit *Agurs Words* gegen den Teufel? Angesichts ihrer Bedeutungslosigkeit ein vermessener und etwas weit hergeholter Gedanke. Obwohl – konnte man nicht auch im Kleinen etwas bewegen? Unabhängig davon hoffte er natürlich auf den großen Durchbruch, der einfach unmittelbar bevorstehen musste. Schließlich hatte er sich ja für Malibu auch schon eine todschicke Badehose gekauft. Sollte sich der längst überfällige musikalische Erfolg tatsächlich einstellen, so ergäbe sich doch hier ein Multiplikator. Eine Plattform, die man zu diesem Zweck nutzen könnte, oder?

„Erde an Rally", dachte er sich. „Jetzt komm erst mal wieder zurück!" Was ihm jetzt fehlte, war ein ordentliches Frühstück. „Mann, so ein Kreuzzug macht ganz schön hungrig. Und wie hieß es schon bei der Bundeswehr: Ohne Mampf kein Kampf. Alles zu seiner Zeit." Mit etwas Anständigem im Bauch würde er früher oder später bestimmt auch den richtigen Weg finden. Bis dahin wünschte er sich, zumindest in die richtige Richtung zu gehen.

# DAS SPIEL

Mittwoch, 23. Dezember 1987
Endlich: Andreas war wieder in Koblenz. Rally hatte seinen besten Freund seit mehr als zwei Monaten nicht mehr gesehen. Zuletzt war er Anfang Oktober für zwei Tage zu ihm nach Göttingen gefahren, um ihn dort in seiner Studenten-WG zu besuchen. Wie immer hatten sie sich prächtig verstanden. Anders als Rally fühlte sich Andreas in Koblenz nie wirklich zu Hause. Er war froh, nach Abi und Zivildienst die empfundene Enge dieser Stadt und die seiner Familie verlassen zu können. Göttingen war dabei auch definitiv nur ein kurzes Intermezzo auf seinem Weg zum großen Erfolg als Schriftsteller oder Schauspieler oder sonst irgendetwas Künstlerischem. Schließlich konnte er ja auch noch ganz passabel malen und mehr oder weniger auswendig Gustav Mahlers Sinfonien dirigieren. Rally bewunderte seinen Freund angesichts dessen vielseitiger Talente. Er hatte ihm wirklich gefehlt. Auch wenn sie sich regelmäßig schrieben und über alle wesentlichen Entwicklungen auf dem Laufenden hielten, ein Ersatz für ihre oft stundenlangen Gespräche und Diskussionen war das nicht.

Am Telefon klang Andreas irgendwie seltsam. „Ich muss dir etwas erzählen. Es ist was passiert, über das ich am Telefon nicht reden kann." Nun, am Vortag von Heiligabend, wollten sie sich zum „Vondeln" treffen. So nannten sie ihren traditionellen philosophischen Gedankenaustausch in freier Natur, den sie erstmalig vier Jahre zuvor auf Klassenfahrt im Amsterdamer Vondel-Park ins Leben gerufen hatten.

Sie fielen sich in die Arme. Rally bemerkte, dass Andreas ihn ein wenig länger und fester drückte als gewöhnlich. „Gütiger Himmel, du siehst ja aus wie eine Kalkleiche!", stellte er angesichts der offensichtlich nicht vorhandenen Gesichtsfarbe seines

Freundes fest. „Steht die Göttinger Damenwelt jetzt auf Grufties?" – „Ehrlich gesagt, Rally, ich hatte schon bessere Zeiten!" Andreas war ungewöhnlich ernst. Normalerweise gab er zur Begrüßung immer einige Parodien oder sonstige humoristische Einlagen zum Besten. Das hatte er wirklich drauf. Ein weiteres Talent, über das er nach Belieben verfügte.

„Komm, lass uns in die Rheinanlagen gehen, ich muss mit dir reden." Ohne Umschweife kam er direkt zum Punkt. „Letzen Freitag bin ich mit Bernhard, einem Kerl aus meinem Ur- und Frühgeschichte-Seminar, um die Häuser gezogen. Und abends spät sind wir dann noch auf eine Fete in einer Wohnung im Göttinger Oberen Ostviertel gegangen, von der er irgendwie über drei Ecken erfahren hatte. Da war dann auch noch so eine Musikerin, die er unbedingt angraben musste. Aber ich kannte kein Schwein." Sein glattes, nicht ganz schulterlanges, blondes Haar war für seine Verhältnisse ungewöhnlich zerzaust. Er war ein gut aussehender, kräftiger Kerl. Wenn auch ein absoluter Spätentwickler. Noch vor zwei Jahren, als sie nach dem Abi die Schule verließen, war er ein dürres, schmächtiges Klappergestell, das sich selbst gerne im Spiegel mit den Worten „Schön. Stark. Überlegen. Ich bin göttlich!" bewunderte. Ein richtiges Bübchen, trotz seiner fast einundzwanzig Jahre und einer Größe von einem Meter fünfundachtzig. Doch seit seinem Zivildienst als archäologischer Grabungshelfer – eine Aufgabe mit viel körperlicher Arbeit an der frischen Luft – hatte er sich optisch wirklich gemacht. Daran konnte auch sein momentaner Zustand nichts ändern. „Das Ganze war eher eine lahme Veranstaltung. Also hab' ich mir was zu essen und zu trinken geschnappt und bin gelangweilt von Zimmer zu Zimmer geschlendert. Und in einem dieser Räume saß ein Haufen merkwürdiger Gestalten im Kreis auf dem Boden. Es brannten ein paar Kerzen, aber ansonsten war es dort stockdunkel. Dann bin ich fast umgefallen, als sie ganz selbstverständlich anfingen, Geister zu beschwören."

„Wat? Geishas betören? Geil!" – „Nein, du hast schon richtig gehört: Geister!" – „Andreas – Geister?" Rally verzog skeptisch das Gesicht. „Wo zur Hölle bist du denn da gelandet?" – „Genau das habe ich mich auch gefragt. Ich stand einfach nur an der Tür und sah zu. Jeder von ihnen hatte den rechten Zeigefinger auf ein Glas in der Mitte des Kreises gelegt. Das sah schon ziemlich behämmert aus. Um das Glas herum waren ebenfalls in einem Kreis das Alphabet und die Zahlen Null bis Neun aufgeschrieben. Und dann fing das Glas an zu schreiben." – „Du meinst, die Typen haben mit dem Glas geschrieben?", fragte Rally sehr angriffslustig, da jede Art von Okkultismus ein rotes Tuch für ihn war und er dies alles für absoluten Humbug hielt. „Das habe ich zuerst auch gedacht! Aber dann ist Folgendes passiert: Der Typ, der das Ganze leitete, fragte: ‚Wer ist dein Medium?', und das Glas schrieb ANDREAS. Daraufhin haben sich alle gefragt: ‚Wer ist denn Andreas? Hier gibt es keinen Andreas!' Dann habe ich gesagt, dass ich Andreas heiße. Und alle waren total erschrocken, weil das Medium immer Teil des Zirkels sein muss!"

„Andreas, bitte! Schreibende Gläser, Medium, Teil des Zirkels – was laberst du da eigentlich?" Rally war sichtlich ungehalten angesichts dieser Schilderungen, die für ihn völlig blödsinnig klangen. „Jetzt warte doch und lass mich mal ausreden!" Nun war Andreas sehr aufgebracht. Zugleich kamen ihm Zweifel, ob es richtig war, Rally davon zu erzählen. Aber er musste darüber reden. Und er musste mit Rally darüber reden! Er hätte heulen können, aber er riss sich zusammen und fuhr, so ruhig es ihm eben möglich war, fort. „Zuerst muss man fragen, wer das Medium ist! Danach soll der Geist sein Zeichen machen. Ist es ein christliches Kreuz, dann kann man ihn befragen. Macht er aber ein umgedrehtes Kreuz, dann muss man die Sitzung sofort beenden! Denn dann hat man mit etwas Bösem Kontakt." Rally konnte sich über diese naiv-abergläubischen Schilderungen seines Freundes nur wundern. So kannte er ihn gar nicht. Um aber nicht noch weitere Aufregung hervorzurufen, beschloss er, sich vorerst mit Kommentaren zurückzuhalten. „Also hat der Typ noch mal gefragt: ‚Wer ist dein Medium?' Und wieder kam die Antwort: ANDREAS. Auf die Frage: ‚Wann bist du gestorben', schrieb das Glas: GERADE EBEN. Das war schon gruselig. Ich weiß es zwar nicht genau, aber ich glaube, das Ding hatte eine männliche Identität und es schrieb direkt weiter: *Andreas du hast mit meiner Freundin Dagmar gefickt.*"

„Das war natürlich absurd, denn da hätte ich was von gewusst. Mit einer Dagmar hatte ich nie etwas. Auf jeden Fall war ich von dieser Derbheit noch zusätzlich schockiert. Überhaupt kam wohl allen in der Runde dieser Kontakt spanisch vor, deshalb sollte er dann sein Zeichen machen. Das machte er auch. Aber vorher schrieb er noch: *Andreas hat Angst,* um direkt danach ein riesiges umgekehrtes Kreuz zu zeichnen. Und er hatte recht: Ich hatte eine schreckliche Angst. Aber ich war zum Glück nicht der Einzige. Alle haben sofort das Glas losgelassen."

„Andreas, was macht dich denn so sicher, dass sie dich nicht einfach verschaukelt haben?" – „Der nächste Kontakt, den wir hatten! Der machte mich hundertprozentig sicher! Alle sagten, dass sie noch nie ein Medium außerhalb des Zirkels erlebt hätten und dass ich wohl besonders geeignet dazu wäre. Sie wollten, dass ich mich zu ihnen setze, um mitzumachen, was für mich natürlich nicht infrage kam. Also haben sie es ohne mich wieder versucht und einen guten Geist gerufen. Und dann kam sie: Doris von Epstein. Angeblich starb sie 1498. Und dreimal darfst du raten, wer ihr Medium war: Ich! Sie machte so was Ähnliches wie ein christliches Kreuz." – „So was Ähnliches? Wie geht das denn?", fragte Rally. „Ja", fuhr Andreas fort, „ich sehe es noch ganz deutlich vor mir: Es war eine von oben nach unten senkrecht geführte Linie, dann wie bei einem kleinen ‚d' unten ein Bauch, um dann mittig die senkrechte Linie zu durchschneiden und eine Volute nach rechts oben hin zu führen." – „Was für 'ne Schnute?", wollte Rally wissen. Andreas konnte es nicht fassen: „Mensch, Rally! Du warst auf einem humanistischen Gymnasium. Du wirst wohl wissen, was eine Volute ist!" – „Nö, keine Ahnung. Da hab' ich wohl gefehlt!", gab sich Rally wenig schuldbewusst.

„Voluten sind diese spiralförmigen Einrollungen, zum Beispiel am Kapitell ionischer Säulen oder bei Ornamenten in der Renaissance." – „Aha!" –

„So! Und nach der Volute folgte noch ein Bäuchlein, das sie aber nicht bis ganz oben hin durchgeführt hat."

Rally sah sich vorsichtshalber um. Die Begriffe Volute und Bäuchlein in einem Satz zu benutzen, war in manchen Gegenden von Koblenz nicht ungefährlich. Es brauchte nur eine gewisse Zuhörerschaft und schon war einem die Tracht Prügel sicher. „Schwein gehabt, Andreas. Außer mir hat's keiner gehört", dachte sich Rally mit breitem Grinsen.

„Und dann nannte sie zwei Details von meiner Familie. Diese Sachen weißt nicht einmal du. Die ganzen komischen Gestalten haben mich dann jeweils mit aufgerissenen Augen angesehen und total hektisch gefragt: ‚Und? Und? Stimmt das? Stimmt das, was sie sagt?' Und es stimmte. Es stimmte beides."

Andreas blieb unvermittelt stehen, packte Rally fest am Arm und sah ihn beängstigend eindringlich an. „Rally, sie kannte Einzelheiten aus einem sehr guten Gespräch, das ich vor einiger Zeit mit meiner Oma hatte." Andreas Stimme zitterte vor Erregung und wurde mit jedem Wort dröhnender. „Niemand war damals dabei. Mit niemandem habe ich je darüber gesprochen. Verdammt! Wie kann irgendjemand davon wissen?" Rally blieb ihm die Antwort schuldig, dachte sich aber seinen Teil. Vielleicht kannte jemand aus diesem Kreis die Oma, obwohl die zugegebenermaßen weit weg in Franken wohnte. Und warum sie Interna aus Gesprächen mit dem Enkel an Leute, die Andreas bis dahin nicht einmal persönlich kannten, weitergeben sollte, war auch nicht direkt einleuchtend. „Kennt Bernhard deine Oma?" – „Quatsch! Die ist seit Jahren nicht aus Hersbruck herausgekommen und Bernhard weiß noch nicht einmal, wo das liegt. Ich habe ihn nämlich gefragt."

„Was waren das wohl für Details?" Rally war nun doch neugierig. Da Andreas sie ihm aber offensichtlich auch jetzt nicht von sich aus sagen wollte, beschloss er, ihn damit in Ruhe zu lassen.

So gingen sie weiter und Andreas, der sich nach kurzer Zeit wieder etwas beruhigt zu haben schien, fuhr leise fort: „Es mag blöd klingen, aber da war noch was." Wieder blieb er stehen. Sein

Blick bohrte sich in den leicht schlammigen Fußweg unterhalb der Eisenbahnbrücke. Ohne den Kopf zu heben, fügte er scheinbar emotionslos hinzu: „Ich meine, ich konnte sie spüren. Es war mehr als nur so ein ungutes Gefühl." Nach kurzem Stocken sah er Rally an und versicherte ihm glaubhaft: „Es war mehr als nur Angst. Das, was ich da gefühlt habe, war auf eine eigenartige Weise unangenehm. Also habe ich dem Typ gesagt, er soll sie das Zeichen wiederholen lassen. Daraufhin hat sie es wie beim ersten Mal mit dem Querstrich des Kreuzes genau in der Mitte gemacht. Der Typ meinte dann, sie soll es eindeutig zeichnen, worauf sie antwortete: *Ich bin gut*. ‚Dann mach endlich dein Zeichen', habe ich sie angeschrien und bekam zur Antwort: *Ihr spielt mit dem Tod*. Daraufhin machte sie den Querstrich leicht unterhalb der Mitte. Da konnte ich nicht mehr! Ich bin einfach weggelaufen, so schnell es nur ging. Und zwar zu Heike, meiner neuen Freundin, nach Hause. Der habe ich dann erst einmal alles erzählt." – „Und wie hat sie reagiert?" – „Sie sagte, ich solle das Ganze nicht so ernst nehmen." – „Kluges Kind!"

Um Fassung ringend atmete Andreas einmal ganz tief durch und sagte: „Aber dann ist noch etwas passiert. Am Samstag wollte ich Holz für unseren kleinen Ofen vom Hof in die Wohnung bringen. Es war mittags. Da dachte ich plötzlich, es steht jemand hinter mir. Aber als ich mich umdrehte, war niemand zu sehen. Weit und breit nicht. Nur dieses Gefühl war wieder da. Doris! Ich weiß, wie überdreht sich das anhört. Dennoch, ich bin überzeugt davon, sie war es. Leider."

So als habe er sich bereits einem nicht zu ändernden Schicksal ergeben, flüsterte er: „Sogar jetzt glaube ich, sie ist hier. Sie beobachtet mich. Nicht immer. Tagsüber nur manchmal, dafür aber jede Nacht. Wobei es nachts unerträglich wird." – „Wieso? Was macht sie denn dann?", wollte Rally wissen. „Gar nichts", sagte Andreas aufrichtig. „Sie ist einfach da. Es kommt mir so vor, als wollte sie nur, dass ich weiß, dass sie da ist." – „Und wie äußert sich das?" – „Ich liege in meinem Zimmer und plötzlich ist es so, als ob jemand noch einmal das Licht ausmacht, obwohl es bereits stockdunkel ist. Rally, glaube mir bitte. Ich bin bei klarem Verstand. Jedes Wort, was ich dir sage, ist die Wahrheit." Noch nie hatte Rally seinen Freund so elend gesehen. Wie bedrohlich diese Situation für ihn sein musste, konnte man unschwer an seinem Gesichtsausdruck ablesen, der jedes Detail seiner Empfindungen widerspiegelte.

„Was ist das nur? Wie kann ich mich dagegen wehren? Wie kann das alles sein?" Rally wusste, dass Andreas ihn nie belügen würde. Selbst sein objektiv vorhandenes schauspielerisches Talent würde zu einer derartigen Vorstellung nicht ausreichen. Ohne Zweifel, subjektiv hatte er alles so erlebt, wie er es schilderte. Aber mit der Realität konnte dies nun wirklich nichts zu tun haben. Oder?

Wie war das denn mit seinem eigenen Traum – damals im Mai? Auch da ging es ja um das Übernatürliche. Auch da war alles so erschreckend real, bis hin zum Ende. Und sicher, er glaubte, dass dieser Traum für ihn eine bestimmte Bedeutung hatte. Aber dennoch war es ein Traum und keine Realität. Andreas behauptete nun aber, im täglichen Leben einen persönlichen Kontakt mit einem Geist zu haben. Das konnte nicht sein!

Die einfachste Erklärung erschien ihm auch als die beste: „Andreas, dein Kumpel muss dich reingelegt haben. Er hat einfach ein bisschen recherchiert, den anderen vorher ein paar Informationen gesteckt und dann haben sie dich hochgenommen." – „Nein!" Andreas wurde richtig ärgerlich. „Die Dinge, die von mir und meiner Verwandtschaft in diesem Zirkel offengelegt wurden, hätte er niemals in Erfahrung bringen können! Niemand konnte das wissen! Außerdem, wenn ich es dir doch sage, Rally: Sie ist noch hier!"

Sie gingen eine Zeit lang wortlos nebeneinander her. Es war nicht sonderlich kalt an diesem trüben, wolkenverhangenen Winternachmittag. Kaum ein Schiff fuhr auf dem Rhein. Eine düstere und morbide Stimmung lag über der Landschaft. Und dann noch diese Geistergeschichte.

Rally wusste beim besten Willen nicht, was er von alldem halten sollte. Sicher war nur eines: Er musste Andreas unbedingt helfen! So begann er nach einer Weile des Schweigens einen pseudowissenschaftlichen, von kühnem Halbwissen durchsetzten Vortrag über Jungs Archetypen, Sheldrakes morphogenetische Felder, ja sogar vor der Heisenberg'schen Unschärferelation machte er nicht halt. „Rally!" Andreas unterbrach diesen eher peinlichen Monolog: „Rally, das mag ja alles sein. Aber:
S i e   i s t   h i e r !
Kannst du sie denn nicht spüren?" – „Sorry, Andreas, das Einzige, was ich spüre, ist ein barbarischer, alles verschlingenwollender Kohldampf. Lass uns nach Hause gehen!" Andreas war sehr enttäuscht. Noch nie in seinem Leben war er so verzweifelt gewesen, und sein bester Freund dachte nur ans Essen.

Wiederum schwiegen sie eine Weile und starrten beim Nachhausegehen in die trägen, unerträglich grauen Wellen des Rheins.

„Das ist nicht der richtige Weg!" Noch immer hatte Rally ihn nicht gefunden. Obwohl er sich seit einigen Monaten etwas mehr mit der Bibel, aber auch ein kleines bisschen mit grenzwissenschaftlicher Literatur beschäftigte. Wirklich weitergebracht hatte ihn das auf seiner Suche nach einer Antwort bisher nicht. Nun gut, so richtig intensiv hatte er bisher auch noch nicht nachgeforscht. Das lag vor allem daran, dass ihm der Ansatzpunkt fehlte. Den Ratgeber „Teufel besiegen – leicht gemacht" gab es nun mal nicht, ganz im Gegensatz zu satanistischer Literatur. Da konnte man schon einiges finden. Mit diesem Dreck wollte er sich aber nicht wirklich beschäftigen. Darin würde er bestimmt nicht fündig.

Was aber, wenn sein Traum und das Erlebnis von Andreas in einem wie auch immer gearteten Zusammenhang stehen würden? Ein Gedankengang, den er relativ schnell als eher unwahrscheinlich wieder verwarf.

Gut, Geisterbeschwörung war nun mit Sicherheit nicht der richtige Weg. Schon allein deshalb, weil nichts, außer vielleicht Selbsttäuschung, dahintersteckte. Aber jetzt ging es ja auch nicht um ihn, sondern darum, Andreas von seiner Angst zu befreien. Und wie könnte man das besser als mit dem Beweis, dass dieses lächerliche Ritual – Auslöser und Ursache seiner Angst – nicht funktionierte. Feuer mit Feuer bekämpfen! Nein, hundert Prozent richtig war es nicht, aber ihm fiel einfach nichts Besseres ein.

„In Ordnung, Andreas! Es gibt nur einen Weg, um herauszufinden, ob an der Sache etwas dran ist oder nicht. Wir machen das Ganze noch mal." – „Nee, nee, nee, nee! Ohne mich! Das eine Mal hat mir bereits vollkommen gereicht. Du siehst doch, dass ich bereits jetzt mit diesem Mist kaum klarkomme. ‚Ihr spielt mit dem Tod!', hat sie gesagt." Er sah über seine linke Schulter, so als wollte er sich vergewissern, dass seine unsichtbare Begleiterin auch wirklich noch da sei. „Ihr spielt mit dem Tod!"

„Andreas, du hast diese Erfahrung mit Menschen gemacht, die dir vollkommen fremd sind! Und genau darin liegt das Problem! Du kannst keinem von ihnen trauen. Wenn aber nur Leute dabei sind, für die man die Hand ins Feuer legt, kommt man der Wahrheit vielleicht einen Schritt näher!" – „Möglicherweise hast du recht. Aber ich habe wirklich kein gutes Gefühl dabei. Falls überhaupt, wer sollte denn alles mitmachen?" – „Du und ich." – „Das reicht nicht! Wir brauchen einen Kreis." – „Unfug! Wir sind der Kreis!" Rally konnte mitunter sehr direkt, ja geradezu rüde und taktlos sein. Oft fühlte sich Andreas durch diese Verhaltensweise verletzt. Doch niemals sprach er seinen Freund darauf an. Zum einen hatte er wohl ein wenig Angst, dass der es ihm vielleicht als Schwäche auslegen würde, zum anderen sah er es ihm einfach nach. Rally hasste eben jegliche Art von Zeitverschwendung und alles, was er dafür hielt. „Wenn wirklich etwas dahintersteckt, dann ist es ja wohl egal, ob zwei oder zwanzig mitmachen", fuhr Rally fort. „Außerdem, jeder zusätzliche Teilnehmer bringt nur eine höhere Unsicherheit! Wir machen ein Experiment unter kontrollierten Bedingungen. Besser können wir uns gar nicht absichern: Wie sollte uns jemand verarschen, wenn niemand außer uns dabei ist?"

Das klang logisch. Und absolut typisch für Rally: konsequente Konzentration auf das Wesentliche. „Was habe ich schon zu verlieren? Beschissener kann es mir eigentlich kaum gehen", dachte Andreas und erklärte sich einverstanden. Rally konnte er nun wirklich vertrauen. Nur, konnte es mit so jemandem überhaupt funktionieren? Diskussionen mit ihm waren mitunter recht anstrengend. Seine selbstverliebte Logik, kombiniert mit dieser manchmal borniertеn Konsequenz, hatte Andreas bereits des Öfteren zur Weißglut gebracht. Fast taten ihm die Geister schon ein wenig leid, wenn sie sich nun bald mit Rally auseinandersetzen durften. Nun musste er grinsen. Zum ersten Mal seit Tagen. Ja, die Idee hatte etwas für sich! Und dieser langhaarige, unkultivierte Sturkopf war schon der Richtige. Er rauchte nicht, trank keinen Alkohol, nahm keine Drogen und akzeptierte mit Ausnahme seines Glaubens an Gott nur das, was man wissenschaftlich oder mathematisch beweisen konnte. Eigenschaften, die zumindest für die anstehende Aufgabe nicht verkehrt waren. Eben wollte er ihm für seine blöden Bemerkungen ja schon wieder mit wachsender Begeisterung ein bisschen im Gesicht herumhauen. Aber er konnte ihm einfach nicht lange böse sein. So war er nun einmal. Jetzt, als ihnen der Wind von vorn ins Gesicht wehte, sah dieser hochgewachsene Zausel einmal mehr wie ein keltischer Krieger aus. „So was in der Art muss er in einem früheren Leben gewesen sein", dachte sich Andreas. Das hatte er ihm auch schon mehrmals scherzhaft vorgeworfen, da dies gewisse Verhaltensweisen inklusive der Engstirnigkeit ganz prima erklären konnte. An Reinkarnation glaubte er jetzt mehr denn je! Sie hatten sich schon öfter darüber unterhalten, aber Rally hielt Wiedergeburt für Wunschdenken. „Für die meisten von uns wird es keine zweite Chance geben. Wir sollten das eine Leben nutzen, hier und jetzt. Wenn überhaupt, könnte ich mir die Wiedergeburt nur bei denen vorstellen, die nie eine Wahl hatten, sich für oder gegen Gott zu entscheiden. Da fallen mir im Moment nur verstorbene Kleinkinder oder Embryonen ein."

„Also wann?", fragte Andreas. Nun lächelte auch Rally für einen kurzen Moment, um dann aber wieder sehr ernst und zielstrebig das gemeinsame Vorhaben voranzutreiben. „Morgen ist Heiligabend, da habe ich volles Programm! Morgen früh muss ich dringend in der Stadt noch ein paar Geschenke besorgen. Nachmittags gehe ich dann zu meinem Opa nach Lützel, danach zur Oma in die Altstadt. Dann Abendessen und Bescherung mit Eltern, Schwester und Schwager. Um zehn kommt dann Nina und um zwölf gehen wir in die Mitternachtsmette. Wie sieht es bei dir denn am ersten Weihnachtsfeiertag aus?" – „Später Nachmittag ist kein Problem. Ich könnte gegen vier zu dir kommen." – „O.K. Vier Uhr bei mir! Was brauchen wir alles?" – „Ein Brett, ein Glas und was zu schreiben." – „Hab' ich." Es war bereits dunkel geworden. Sie erreichten die Josefstraße. Andreas' klappriges Sechzigerjahre-Herrenrad lehnte rostig und vollkommen unsortiert an der Hauswand. „Ich muss jetzt los, Rally. Danke, dass du mir zugehört und mich nicht ausgelacht hast. Ich wünsche dir frohe Weihnachten." – „Wünsche ich dir auch, Andreas. Und mach dir keine Gedanken, wir kriegen das schon zusammen hin." Sie umarmten sich fest und waren beide froh, im anderen einen so guten Freund gefunden zu haben.

# DIE SUCHE

„Andreas hat Angst!", hämmerte der Ausspruch des vermeintlichen Geistes in Rallys Kopf, als er die vierundsechzig Stufen zur elterlichen Wohnung im vierten Stock des Mietshauses emporstieg. „Andreas hat Angst!" Es stimmte. Noch nie hatte er seinen Freund so verängstigt gesehen. Andreas hatte offensichtlich entsetzliche Angst. Aber wovor? Und warum überhaupt? Natürlich wurde er nicht beobachtet. Natürlich war er einer „Verlade" seines Kommilitonen auf den Leim gegangen. Nichts Übernatürliches steckte dahinter, so viel war klar. Umso unerklärlicher die objektiv vorhandene Angst. Andreas war alles andere als einfältig. Er hatte einen messerscharfen Verstand, der nur sehr bedingt durch manche seiner romantisch verklärten Ansichten getrübt werden konnte. Wieso also diese lähmende Angst? Angst?

Wann hatte er selbst eigentlich das letzte Mal Angst gehabt? Dieses Gefühl kannte er nur zu gut. Es begann, als er vier war. Damals bekam Sabine, seine fünf Jahre ältere Schwester, ein eigenes Zimmer. Von da an war er nachts allein. Er hatte dann so unerträgliche Angst, dass er prinzipiell – sogar im Hochsommer – nur mit der über den Kopf gezogenen Decke schlafen konnte. Die Decke war der einzige Schutz vor diesem Grauen. Damals bildete er sich ein, dass da in seinem Zimmer etwas in der Dunkelheit lauerte und ihn beobachtete. Kein Mensch, sondern etwas unbeschreiblich Schreckliches. In seiner kindlichen Vorstellungswelt empfand er es als völlig real. Und somit war es für ihn auch da, Nacht für Nacht. Dabei empfand er es als besonders schlimm, nicht zu wissen, ob es immer der- oder dasselbe war, was ihn heimsuchte. Die Beantwortung dieser Frage hielt er als Kind für existenziell wichtig. Aber es gab für ihn in dieser Hinsicht keine

Gewissheit, weil er einfach nichts sehen konnte. Seine Eltern hatten ihm versichert, dass da niemand sein könne. Wie gerne hätte er das geglaubt. Doch er redete sich ein, es besser zu wissen, denn schließlich konnte er ja unmöglich jede Nacht grundlos eine solche Angst haben. Und einmal – ein einziges Mal – glaubte er nicht nur etwas gefühlt, sondern sogar gehört und gesehen zu haben. Es war an einen Samstagabend, kurz nach Weihnachten. Er war krank – Grippe, fiebrige Erkältung oder so etwas in der Art – und sollte daher früh ins Bett, obwohl seine Schwester noch weiter mit den Eltern im Wohnzimmer fernsehen durfte. Er war kein bisschen müde und fühlte sich völlig ungerecht behandelt. Der Lichtschein aus dem Flur und die Geräuschkulisse der Samstagabendshow im Fernsehen drangen durch den Türspalt in sein Zimmer. Er fand es zwar blöd, schon im Bett zu sein, aber irgendwie war es auch gemütlich und durch das einfallende Licht sowie die Gewissheit, dass sich ja Vati und Mami unmittelbar vor der Tür befanden, hatte er ausnahmsweise auch keine Angst. Teilweise konnte er sogar ihre Kommentare zur Fernsehsendung verfolgen und sich ein Bild davon machen, was dort gerade passierte. Doch dann hörte er etwas ganz anderes. Ein Rasseln, das eindeutig nicht von draußen kam, sondern unmittelbar aus seinem Zimmer. Genauer gesagt von seinem Kaufladen, den er zu Weihnachten bekommen hatte und der zu ihm gerichtet, rechts neben der Tür aufgebaut war. Und wieder – er kannte das Geräusch ganz genau. Das Rasseln einer dieser mit Puffreis gefüllten und mit Markenartikelaufdruck versehenen Miniatur-Pappschachteln. Den bunten Puffreis mochte er eigentlich ganz gerne, aber in den meisten Waschmittel-, Taschentücher- und Nudelverpackungen war leider nur der einfache weiße, der schon den Geschmack seiner Umhüllung angenommen hatte. Mangels Alternative aß er den natürlich hin und wieder trotzdem.

Aber wer oder was rasselte jetzt damit? Er war zu Tode erschrocken, als er deutlich die Gestalt eines Mannes in seinem Zimmer erkannte. Mitten in seinem Zimmer! Etwa so groß wie sein Vater, aber deutlich schlanker und auch irgendwie jünger, stand er mit dem Rücken zu ihm direkt vor dem Kaufladen. Er hatte auch mehr Haare. Nein, das war nicht sein Vater. Außerdem trug er einen Anzug. Sein Vater hatte zu Hause nie einen Anzug an. Die Gestalt beugte sich nun über den Kaufladen und schien in dem gut sortierten Regal nach etwas Bestimmtem zu suchen. Die ursprüngliche Puffreisschachtel hatte er ordentlich weggestellt und sich dann offensichtlich für ein anderes Produkt entschieden.

Langsam drehte er sich nun damit zu ihm um. Jetzt stand er im Abstand von vielleicht zwei bis drei Schritten genau vor ihm. Rally spürte, wie der Mann ihn ansah. Allerdings war sein Gesicht nicht zu erkennen, weil es von einem dunklen Schatten verdeckt wurde. Das änderte sich jedoch schlagartig, als es ohne sichtliche Bewegung direkt vor Rallys Bett auftauchte. Im schwachen, durch das Fenster einfallenden Licht der Straßenlaterne konnte er jetzt etwas erkennen.

Es war alt. Eine alte, knochige, faltige Fratze – von Adern und Furchen durchzogen. Ihre trüben, silbrig-weißen Augen saßen matt in tiefen Höhlen. War dies überhaupt ein Mann oder doch eher eine Frau?

Rallys Hals war wie zugeschnürt. Vor Angst bekam er keine Luft mehr. Und dann streckte sich ein zu diesem Gesicht passender spindeldürrer Arm durch die Gitterstäbe des Kinderbettes. In seiner Hand hatte die Gestalt eine Omo-Schachtel, mit der sie nun abermals in einer Auf- und Abwärtsbewegung rasselte, um dann langsam den Mund zu öffnen und zu flüstern: „Das ist vom Kaufladen."

Er schrie. Er schrie, so laut er nur konnte.

Sofort stürzten die Eltern ins Zimmer. Während sein Vater noch das Licht anmachte, hatte seine Mutter ihn bereits aus dem Bett herausgehoben und auf den Arm genommen.

Die Gestalt war wie vom Erdboden verschlungen – einfach weg. Natürlich, er hatte ja alles nur geträumt. Aufgeregt erzählte er seinen Eltern ganz genau, was er meinte, erlebt zu haben. Überzeugen konnte er sie nicht. „Du hast Fieber. Das war nur ein Albtraum!"

Ganz anders sein damals bester, gut ein Jahr älterer Freund Thorsten, der zwei Stockwerke tiefer wohnte. Rallys Schilderungen jagten ihm einen solchen Schrecken ein, dass er direkt zu seinem Vater lief. Doch der war selbstverständlich derselben Meinung wie Rallys Eltern. „Mein Papi hat gesagt, du hast nur geträumt. Ganz bestimmt", meinte dann auch Thorsten. Das Offensichtliche war nun jedem klar, nur dem kleinen Ralf nicht. Das waren die einzigen beiden Male, dass dieser sich jemandem in dieser Angelegenheit anvertraute. Und eines hatte er daraus gelernt: Man glaubte ihm nicht.

Nie wieder hatte er seitdem die Gestalt oder irgendetwas anderes Furchtbares in seinem Zimmer gesehen, geschweige denn gehört. Aber trotzdem – nachts im Dunkeln glaubte er damals, dass es immer noch da war. Er war fest davon überzeugt, das dunkle Starren spüren zu können. Auch über die entsetzliche Furcht, die das bei ihm auslöste, hatte er niemals wieder zu irgendjemandem ein Wort verloren. Weder mit den Eltern noch mit Thorsten sprach er darüber. Das musste er allein durchstehen. Sein Vater sagte ihm immer, dass er als großer Junge, der sogar schon in den Kindergarten ging, tapfer sein müsse! Und das konnte er auch. Er konnte tapfer sein. Deshalb wollte er ja auch auf gar keinen Fall, dass man ihn für einen Angsthasen hielt.

Jeden Abend sah seine Mutter noch einmal nach ihm und deckte ihn wieder auf, weil er sich wie immer komplett unter der Decke verkrochen hatte. Er stellte sich dann schlafend. Er konnte sich einfach nicht erklären, wie es seinem nächtlichen Beobachter immer gelang, so schnell zu verschwinden. Aber sobald die Mutter die Tür öffnete, war er wirklich weg. Oft hörte er die Eltern besorgt an seinem Bett flüstern. „Eines Tages wird er uns noch ersticken", befürchtete seine Mutter. Aber das konnte natürlich nicht passieren, denn er hatte gut vorgesorgt: Ein Luftloch zum Atmen stand immer zur Verfügung. Ach, würde seine Mutter doch einmal in seinem Zimmer bleiben. Einmal nicht weggehen. Nur für eine Nacht. Das elterliche Schlafzimmer lag zwar direkt nebenan, aber sobald die Tür geschlossen wurde, war er vollkommen auf sich allein gestellt. Dieses ekelhafte Gefühl der übermächtigen Angst war ihm auch heute – achtzehn Jahre später – noch sehr präsent. Seltsam, wann hatte es eigentlich aufgehört? Daran konnte er sich absolut nicht mehr erinnern. Aber es musste wohl irgendwann in der Grundschule zu Ende gewesen sein. Oder war es noch später?

„Das ist vom Kaufladen?" Wahrhaftig kein allzu angsteinflößender Satz. Unvermittelt musste er grinsen. Dieser Ausspruch war einfach nur lasch! Weder tiefgründig noch bedeutungsvoll. „Und dann auch noch einen winzigen Waschmittelkarton hinhalten. Omo? Keiner wäscht reiner!" Kaum zu glauben, welch irrwitzige Gedankengänge er damals entwickelte und diese sogar für real erachtete. „Einfach nur Blödsinn! Was einem als Kind so alles Angst machen kann!"

Aber nach all der Zeit waren ihm die ganzen Einzelheiten dieses Abends immer noch vollkommen präsent. Nichts trübte seine Erinnerung, obwohl er bestimmt seit etlichen Jahren nicht mehr daran gedacht hatte. „Komisch! Aber das liegt wohl daran, dass mir dieser Traum damals so real erschien und er mich über Jahre nicht losgelassen hat."

Und jetzt, mit einigem Abstand, konnte er feststellen, dass diese Fieberfantasie überhaupt nichts Schlimmes an sich hatte. Ja, nun erschien es ihm, als hätte die Traumgestalt ihn noch nicht einmal erschrecken, sondern eher unbeholfen mit ihm Kontakt aufnehmen, oder nur spielen wollen. Und er hatte das mit hysterischem Geschrei beantwortet. „Der arme imaginäre Greis! Als wenn er mit diesem Kopfstück nicht schon genug gestraft gewesen wäre. Kein feiner Zug von mir!", stellte er amüsiert fest. Tja, Angst führte halt schon immer zu absonderlichem Verhalten.

Wann hatte er überhaupt das letzte Mal vor irgendetwas Angst gehabt? In Gedanken ging er all die kritischen Situationen durch, in denen er sich in letzter Zeit befunden hatte. Merkwürdig, seit längerer Zeit gab es keinen konkreten Grund, weshalb er sich hätte fürchten müssen. Das fiel ihm jetzt erst auf. Soweit er sich erinnerte, lag sein letztes angsteinflößendes Erlebnis tatsächlich schon dreieinhalb Jahre zurück.

Es war im Sommer 1984. Er kam freitagnachts von einer kleinen spontanen Party bei Freunden in Pfaffendorf und fuhr mit seinem alten 5-Gang-Rennrad über den schmalen Fußgängerweg der Horchheimer Eisenbahnbrücke in Richtung Oberwerth.

Er sah auf die Uhr. „Mist, schon halb zwei durch und morgen ist Schule." Beginnend mit einer Doppelstunde Physik-Leistungskurs. „Klasse!" Die würde sich wieder ziehen wie Kaugummi. Zu allem Überfluss hatte er die Hausaufgaben auch noch nicht gemacht. Hoffentlich konnte er die morgen noch schnell von Willi abschreiben. „Aber bloß nicht wieder auf dem Klo!" Selbst ohne Benutzung war der Basisgeruch dort nicht auszuhalten.

Seine gute Stimmung trübte sich nun beträchtlich. Das Ende der Eisenbahnbrücke war jetzt erreicht. Er fuhr die lang gezogene Rampe hinunter, die von den Gleisen weg zur Jahnstraße hinführte. Zwei Durchfahrtssperren zwangen am Ende zur langsamen Slalomfahrt. Schnell genug, um keinen Fuß absetzen zu müssen, aber so kontrolliert, sich nicht die Knie an den Stangen anzustoßen, das war hier die Kunst. Prima, diesmal klappte es. Er rollte nun gemächlich die Rechtskurve an der Mauer entlang, die den steilen, mit Büschen bewachsenen Abhang unterhalb der Gleise abstützte, als es plötzlich hinter ihm knallte.

Es klang, als ob ein schwerer Sack von der Mauer auf den Asphalt geworfen worden wäre. Bevor er sich umsehen konnte, knallte es zum zweiten Mal. Diesmal allerdings noch ein wenig lauter und dumpfer. Und auch irgendwie härter. Was auch immer da jetzt auf dem Boden aufgekommen war, es war eindeutig schwerer als beim ersten Mal. In beiden Fällen kam etwas von der Mauer und landete unmittelbar hinter ihm auf der Straße. Was, wenn dies keine Säcke, sondern Menschen waren? Was, zum Teufel, wollten die mitten in der Nacht in einem Gebüsch an der Eisenbahnbrücke?

Und warum sprangen sie ausgerechnet in dem Moment von der Mauer, in dem er vorbeifuhr?
Feindliche Absicht? Verteidigungschance? Auf einem Rennrad? Bei einem Angriff von schräg hinten? Gleich Null!
Runter vom Rad? Dauert zu lang. Flucht!

Er trat mit voller Wucht in die Pedale, um gleich darauf zu erkennen, dass er das Richtige tat. Denn – dem zweiten Aufprall folgten schlagartig Schritte. Harte, lauter werdende Schritte. Wild durcheinander. Das klang nach zwei schweren Jungs mit verdammt derbem Schuhwerk. Mit diesen wollte er unter gar keinen Umständen Bekanntschaft machen.

Er hatte weniger als zehn Meter Vorsprung. Wie konnte er nur so blöd sein und vor den Durchfahrtssperren nicht herunterschalten? Das machte er doch sonst immer. Ausgerechnet jetzt aber fuhr er im schwersten Gang und kam trotz aller Anstrengung ganz im Gegensatz zu seinen Verfolgern kaum voran. Deren Schritte näherten sich eindrucksvoll bedrohlich.

Runterschalten? Nein! Keine Zeit! Hände in den Lenker krallen, Hintern aus dem Sattel und strampeln. „Strample um dein Leben!"

Er hörte bereits jemanden links hinter sich keuchen: ein männliches, ein besorgniserregendes, näher kommendes Keuchen.

Das konnte unmöglich viel weiter als eine Armlänge entfernt sein. „Schneller fahren!"

Waren es wirklich zwei Verfolger? Oder hallten nur die schweren Schuhsohlen unter dem Echo erzeugenden Brückenbogen? In dessen Mitte fuhr er jetzt genau unter der einzigen Lampe durch, die die ganze Szenerie in ein unheimliches, orangegelbes Licht tauchte. Ein kurzer Blick nach links an die beleuchtete Backsteinwand und er sah Schatten: seinen und den seines Fahrrads, bedrängt von einem weiteren. Er sah, wie die übermächtige, riesige, lang gezogene, schwarze Gestalt eines Verfolgers bereits das Hinterrad verdeckte. Der Schatten und das lauter werdende Keuchen verrieten ihm: „Einer ist schon neben dir. Gleich hat er dich. Noch schneller!"

Der Kerl müsste nur seinen Arm ausstrecken und ihn umschubsen. Und das würde bei der Geschwindigkeit, die sie mittlerweile erreicht hatten, fürchterlich wehtun. Vor dem Aufprall auf den Asphalt müsste er dann unbedingt seinen Kopf mit den Armen schützen. Zu allem Überfluss gab es rechts von ihm auch noch eine unschön solide Bordsteinkante. Sollte er dann um Hilfe rufen? Die ersten Wohnhäuser lagen ja unmittelbar vor ihm. Allerdings würde es sicher dauern, bis einer der Anwohner sich blicken lassen würde.
So fühlte sich also Todesangst an.

Jetzt! Er spürte wie eine Hand nach seinem T-Shirt griff, es aber, Gott sei Dank, nicht richtig zu fassen bekam. Der Angriff ging ins Leere. Beim Versuch, ihn vom Rad zu zerren, kam sein Verfolger offensichtlich etwas aus dem Tritt. Auch das Keuchen wurde leiser und die Schritte verhallten unrhythmisch. Er raste über die Kreuzung an der Schubertstraße vorbei, als es schließlich totenstill war. Er hatte es geschafft. Ohne sich umzusehen fuhr er zur Sicherheit noch etwa zwanzig bis dreißig Meter weiter, schaltete zurück in den dritten Gang und bremste. Erst dann wagte er den Blick nach hinten. Doch alles, was er sah, war der leere, gespenstisch beleuchtete Brückenbogen. Da war niemand mehr zu sehen. Mann, war das unheimlich! Sein Herz pumpte derart, dass es ihm stoßweise in den Augen wehtat.

Wenn es zwei waren, dann müsste sich der Langsamere nun hinter der Brücke und der Keuchende noch davor in einem der Vorgärten verstecken. Wie sonst sollten sie so schnell verschwinden können?

Jetzt wäre es möglich, vom Rad zu steigen und nachzusehen. Mit beiden Füßen auf dem Boden und ohne Drahtesel zwischen den Beinen wären die Karten mit Sicherheit neu gemischt. Angesichts der Tatsache, dass der Erste – wenn es denn nicht einfach nur ein Sack war – direkt aufgab und der Zweite bereits nach wenigen Metern außer Atem war, konnte es um ihren Fitnesszustand auch nicht allzu gut bestellt sein. Eine ordentliche

Abreibung hätten diese Drecksäcke wohl verdient. Aber wozu das Risiko eingehen? Vielleicht waren sie doch gefährlich und unter Umständen auch bewaffnet. Auf jeden Fall waren sie durchgeknallt! Selbst wenn es nur einer war, das machte es merkwürdigerweise sogar noch unheimlicher. „Was für ein Psychopath! Sagt keinen Ton und hechelt einfach hinter mir her." Was sollte das? Ein Teenager auf einem alten Fahrrad, bekleidet mit Turnschuhen, Jeans und T-Shirt – was für Wertsachen konnte man da erwarten? Noch keine zehn Mark hatte er in der Tasche. Sollte das wirklich ein Raubüberfall werden? Kaum vorstellbar.

Wenn aber nicht die persönliche Bereicherung das Ziel war, was war es denn dann? „Das will ich mir gar nicht vorstellen!" Er beschloss, nach Hause zu fahren. Aber tat er das, weil es ohne jeden Zweifel das Beste war, oder tat er es aus Angst? Denn auch hier bestand kein Zweifel, dieses Nachlaufspiel hatte ihm eine Heidenangst eingejagt.

Zu Hause angekommen plagte ihn ein schlechtes Gewissen. Was, wenn sie sich noch heute Nacht ein anderes Opfer suchen würden? Dann wäre er mitschuldig. War er ein Feigling? Sollte er jetzt noch die Polizei anrufen? „Nee, die sind doch bestimmt längst weg. Scheiß-Situation!"

# DIE WORTE

Freitag, 25. Dezember 1987
Am ersten Weihnachtsfeiertag klingelte Andreas um kurz vor vier Uhr nachmittags bei Rallys Eltern in der Josefstraße. Er war, so schnell er konnte, mit dem Fahrrad gefahren, dabei lagen ihm vier Stück Kuchen mit Sahne sowie unzählige Plätzchen, die er verdrückt hatte, einigermaßen schwer im Magen. Als er dann noch die vier Stockwerke ohne Hilfe eines Aufzugs bewältigen musste, kam er doch ganz schön ins Schwitzen. Rally öffnete ihm mit dicken Backen und einem breiten Grinsen, sofern die gewaltige Portion Gebäck, die sich in seinem Mund- und Rachenraum befand, das überhaupt zuließ. Sogleich zog er ihn herein, umarmte ihn kräftig und brabbelte irgendetwas Unverständliches wie: „Frohe Weihnachten, Andreas. Aber ganz schön feucht, wo du herkommst?!" – „Frohe Weihnachten, Rally! Ich freue mich halt, dich zu sehen!", sagte Andreas und konnte es sich nicht verkneifen, hinzuzufügen: „Trägst du da eigentlich aus Sicherheitsgründen deine gesamten Wintervorräte im Gesicht mit dir herum?" Diese Bemerkung war nicht ungefährlich, da Rallys Wangen- und Mundmuskulatur offensichtlich nur einem begrenzten Innendruck standhalten konnte. Sie lachten beide herzlich, wobei Rally mittels hektischer Schluckbewegungen sehr um einen kontrollierten Abfluss der Nahrungsmittel in die richtige Richtung bemüht war.

Als er wieder sprechen konnte, drückte er demonstrativ die ausgestreckten Finger seiner rechten Hand bis zum Anschlag in die Magengrube und prahlte: „Du wirst es nicht glauben, was hier alles reinpasst!" Andreas kopierte die Geste und konterte: „Du willst es nicht wissen, was hier schon alles drin ist!" Sie waren beide gute Esser. „Weißt du, worauf ich mich freue?", fragte Rally mit funkelnden Augen. „Keine Ahnung?" – „Aufs Abendessen! – Und damit wir bis dahin nicht verhungern, habe ich uns was mitgebracht!" Andreas zückte mit einer schnellen Handbewegung einen prall gefüllten Zellophanbeutel mit selbst gebackenen Plätzchen seiner Mutter aus dem Innenfutter des Anoraks. „S-le, Bärentätzle und Ausstecherle!", jubelte Rally! Er liebte das Zeug, wenngleich er die schwäbischen Bezeichnungen doch als ein wenig spießig empfand. Am meisten aber freute es ihn, dass sein Kumpel offenbar wieder der Alte war. Von der wehr- und farblosen Wasserleiche vom vergangenen Mittwoch war da keine Spur mehr. Sie waren beide bester Dinge, quatschten noch ein wenig mit Rallys Eltern und zogen sich dann wie geplant in Rallys Zimmer zurück.

Andreas verlor nicht viel Zeit. Er setzte sich auf den Fußboden. Dort war ausreichend Platz, da das Zimmer einigermaßen geräumig war. Zeitlos – in dunklem Braun gehalten – möbliert. Ein großer dreitüriger Kleiderschrank und ein Bücherschrank standen auf der einen Seite, gegenüber das Bett und die Stereoanlage. Auf der Stirnseite war ein großes Fenster, vor dem der Schreibtisch stand. An den Wänden hingen sieben Gitarren, sowie einige Plakate von *Agurs Words*-Konzerten und Kickboxturnieren, an denen Rally teilgenommen hatte. Auf einem kleinen Regal über dem Bett thronte der recht unscheinbare Pokal der gewonnenen Rheinland-Pfalz-Meisterschaft.

Auf ein großes braunes Holztablett mit Bildern von exotischen Früchten unter der glatten dicken Lackierung platzierte Andreas fein säuberlich in einer kreisförmigen Anordnung weiße Papierquadrate, die er bereits zu Hause mit Buchstaben und Zahlen beschriftet hatte. „Glas!" Ohne den Blick von seinem Machwerk abzuwenden, streckte er auffordernd seinen rechten Arm nach hinten. Rally tat, wie ihm befohlen, und reichte Andreas ein leeres Wasserglas, das er mit der Öffnung nach unten sofort ehrfürchtig im Zentrum seines Konstrukts deponierte. Rally betrachtete das geschäftige Treiben seines Freundes amüsiert. „Und wenn es sich doch bewegen sollte?" Dieser unvermittelt auftauchende

Gedanke war für Rally dermaßen außerhalb seiner Vorstellungskraft, dass er sich selbst gleich die Antwort gab: „Es wird nicht passieren!"

Draußen wurde es allmählich dunkel. Rally ging zu seinem neuen Dimmer für die drei Deckenstrahler, den sein Schwager erst vor einigen Tagen eingebaut hatte, und suchte fasziniert nach den – für diesen Anlass – geeigneten Lichtverhältnissen und Helligkeiten. Welch eine Vielzahl an Einstellungsmöglichkeiten ihm dieser simple Drehknopf doch bot! Er war begeistert und wiederholte aus Optimierungsgründen im paarweisen Vergleich jene Schalterstellungen, die er in der engeren Wahl hatte.

„Sag mal, Rally: Soll ich zu der Lichtorgel auch noch tanzen, oder können wir jetzt endlich anfangen?" Andreas hatte ihn bereits eine ganze Weile mit völligem Unverständnis beobachtet. „'tschuldigung!", murmelte Rally. „Was soll ich denn jetzt machen?" – „Na, setz dich!" Andreas war sehr aufgeregt und konnte es offenbar kaum erwarten. „Auf den Boden?" – „Ja, natürlich! Wohin denn sonst! So, und jetzt setz deinen rechten Zeigefinger ganz leicht auf das Glas! Nicht so fest! Mach's ebenso wie ich!" Andreas sah ihn ernst an. „Bist du so weit?" – „Klar, Chef! Fang einfach an!", sagte Rally, unendlich bemüht, seine Heiterkeit zu unterdrücken. „In Ordnung!" Andreas starrte hoch konzentriert auf das Glas und flüsterte beschwörend: „Wir rufen einen guten Geist! Wir rufen einen guten Geist! Wir rufen einen guten Geist! Hört ihr mich, ihr Geister?" Nein! Das war zu viel für Rally! Er biss sich mit aller Kraft in die Wangen, um nicht laut loszuprusten. Diesen Trick hatte ihm Gerhard Klein in der zweiten Grundschulklasse beigebracht, nachdem sie von ihrer strengen Lehrerin, Frau Litmanthe, unzählige Backpfeifen kassiert hatten, weil sie beide immerzu über alles Mögliche lachen mussten. Es reichte eigentlich schon, wenn sie sich nur ansahen. Besonders schlimm war es im Musikunterricht, beim Vorsingen. So manches Mal glühten ihm danach die Wangen! Genauso fühlte er sich jetzt! Bloß nicht lachen! Jetzt bloß nicht lachen! „Wir rufen einen guten Geist!"", hörte er Andreas unermüdlich wiederholen. „Mork ruft Orson! Mork ruft Orson!"", erinnerte er sich an seinen Lieblingsaußerirdischen Mork vom Ork. Lange würde er das nicht mehr aushalten können. „Kommt, ihr guten Geister!" – „Komm, Orson! Nano, nano." Das war's! Er sprang auf. Knallte sich auf sein Bett, hielt sich den Bauch und schrie vor Lachen vollkommen enthemmt: „Ich mach' gleich in die Bux!" Er kugelte sich hin und her. Die Tränen liefen ihm übers Gesicht! So hatte er schon lange nicht mehr lachen müssen. Andreas sah ihn ratlos an. „Mork ruft Orson! Komm, Orson!", keuchte Rally erklärend, zog eine dämliche Grimasse und simulierte in der Luft mit ausgestrecktem Zeigefinger den Kontakt zu einem imaginären, kreisenden Glas. Damit war es auch für Andreas zu spät. Er kippte wie ein Sack Kartoffeln zur Seite und stieß, auf dem Rücken liegend, Salven seiner berühmten Stakkato-Lache aus, unterbrochen von einem gekeuchten: „Nano, nano!" Ein Riesenspaß, so eine spiritistische Sitzung!

Als sie sich wieder beruhigt hatten, beschlossen sie, erst einmal etwas zu essen. Für eine Weile waren die Geister nebensächlich. Sie unterhielten sich über ihre Freundinnen, das Studentenleben und Musik. Als die S-le und Bärentätzle zur Neige gingen, blickte Andreas auf den Radiowecker, der auf Rallys Schreibtisch stand. Er selbst trug nie eine Armbanduhr. Manchmal hatte er eine schöne alte Taschenuhr dabei, die aber meistens stand. „Was? Schon halb sechs?! Komm, Rally, lass es uns noch einmal versuchen." – „Müssen wir das denn überhaupt? Wir haben bis jetzt noch nicht darüber gesprochen, aber es scheint dir ja wieder besser zu gehen." – „Stimmt! Offen gestanden, nach unserem Gespräch am Mittwoch war sie plötzlich weg." – „Datt Dorisje?" – „Ja! Ich weiß es ja auch nicht, vielleicht habe ich mich da in was hineingesteigert. Aber die ganzen Tage vorher war dieses Gefühl, beobachtet zu werden, so deutlich spürbar!" – „Na also", dachte sich Rally. „Jetzt wird er wieder vernünftig!" – „Ich will aber Gewissheit haben!", sagte Andreas bestimmend. „Jetzt haben wir alles vorbereitet, jetzt ziehen wir es auch durch! Und zwar ernsthaft, bitte!" – „Geht klar, Meister! Fang an!"

Sie berührten das Glas, das sich daraufhin direkt bewegte. „Andreas, hör auf zu schieben!" – „Das bin ich nicht!" Rally zog die Hand zurück, worauf das Glas sofort an Ort und Stelle stehen blieb! Er fixierte seinen Freund. Wie konnte Andreas wissen, in welchem Moment er loslassen würde? Zufall?! „Gute Reaktion!" – „R A L L Y !!! Das war ich nicht!" – „O.K.! Noch mal! Aber lass mich es zuerst berühren!" Rally berührte das Glas. Nichts tat sich. Andreas wartete einen Augenblick. Ganz vorsichtig streckte er seinen Zeigefinger aus und setzte ihn neben Rallys. Sprunghaft bewegte sich das Glas etwa fünf Zentimeter weiter, sodass beide erschrocken losließen. „Verflucht, Andreas! Jetzt hör auf mit dem Scheiß!" – „Aber wenn ich es dir doch sage: Ich bin das nicht!" – „Und warum bewegt es sich nur, wenn du es berührst?" – „Das tut es ja gar nicht! Es bewegt sich nur, wenn wir beide es berühren!" Rally glaubte Andreas kein Wort! Aber er hatte einen ganz einfachen Plan. „Na schön. Dann auf ein Neues. Aber diesmal bleiben die Griffel dran!" Sie legten die Finger aufs Glas und sogleich ging es weiter. Es bewegte sich! Es bewegte sich im Kreis!

Aber nicht nur das. Es vollführte eine exakte Kreisbahn im Uhrzeigersinn ohne jede Delle oder Ausbuchtung, auch ohne jede Art von wahrnehmbarer Verlagerung: Kreismittelpunkt und Radius blieben völlig stabil. „Wie mit 'nem Zirkel gezogen." Eine perfekte geometrische Figur mit gleichbleibender Geschwindigkeit von circa zwei Sekunden pro Umdrehung. Klar, Andreas konnte ja auch gut zeichnen, aber das war schon beachtlich. „Schließlich ist mein Finger ein zusätzlicher Ballast." Gerade im – aus Rallys Sicht – Ein-bis-fünf-Uhr-Bereich, wo er jedes Mal die Schulter anheben und mit dem Arm weiter ausholen musste, um nicht den Kontakt zum Glas zu verlieren. Dort wirkte die größte Schubkraft gegen den Widerstand seines trägen Armes. „Wie schafft er das nur? Sein Finger liegt scheinbar genauso locker auf wie meiner."

Aber er würde seinen Freund schon entlarven! Er müsste seinen Finger einfach nur einen Millimeter anheben. Nur einen Millimeter, nicht mehr. Und dabei den Arm unauffällig in dieser gleichförmigen Bewegung weiter kreisen lassen. Andreas würde das gar nicht mitbekommen. Blieb das Glas dann nicht sofort stehen, hätte er ihn überführt! Andreas hingegen war vollkommen bei der Sache. „O.K., ich weiß zwar nicht, was das Kreisen soll, aber fangen wir mal an: ‚Wer ist dein Medium?'" Doch das Glas glitt unbeirrt im Kreis weiter über das Tablett. Nun war die Gelegenheit günstig: Rally unterbrach den Kontakt in einer winzigen, für Andreas nicht zu bemerkenden Bewegung.

Stillstand! Das Glas bewegte sich nicht einmal einen einzigen Millimeter weiter. Das war eine Vollbremsung ohne Reaktionszeit.

Rally erschrak! Das konnte Andreas unmöglich gesehen haben! Offensichtlich war es nicht Andreas, der das Glas bewegte. Aber wer, zum Teufel, bewegte es dann? Da war doch außer Andreas nur noch er selbst im Zimmer.

War er jetzt völlig durchgeknallt? Andreas war außen vor. Der konnte es definitiv nicht sein. Wer oder was spielte ihm also den Streich? Seine Wahrnehmung oder sein Unterbewusstsein?

Das dämliche Tablett gehörte ihm, genauso wie das Glas. Beides hatte er eben selbst aus der Küche geholt. Hier gab es keine Manipulation von außen. Also blieb als letzte Einflussquelle nur noch er selbst. Aber die ganze Zeit ging die Kraft von dem Glas aus. In keiner Sekunde hatte er geschoben oder gezogen. Außerdem hatte er das Glas – gerade bei seinem Testversuch – doch nur minimal mit einer Fingerspitze berührt. Dieser Kontakt hätte es niemals bewegen, geschweige denn, derart perfekt kontrollierte Kreisbahnen vollführen lassen können.

„Was ist los?", fragte Andreas. „Warum geht es nicht weiter?" Rally sah ihn verwirrt an. Ihre Blicke trafen sich kurz. Rally senkte seinen Finger ein wenig und ohne jede Verzögerung wurde die

Kreisbewegung fortgesetzt. „Nein! Andreas ist es wirklich nicht. Und es liegt auch nicht an meiner Wahrnehmung oder gar an meinem Unterbewusstsein!" – „War nur ein Test", murmelte er kleinlaut.

Ohne sich weiter um Rallys Misstrauen zu kümmern, fragte Andreas: „Wie heißt du?" Unmittelbar erfolgte eine abrupte Richtungsänderung. In einer kerzengeraden Linie steuerte das Glas nun schnell und zielstrebig auf den Buchstaben *K* zu. Wow! Rally war beeindruckt. Er versuchte sogar ein wenig dagegenzuhalten, aber diese Bewegung war durchaus kraftvoll. Nachdem das *K* berührt wurde, gab es eine kurze Pause. Ein kleiner Bogen auf das *M*, dann wieder Pause, gefolgt von anschließendem perfektem Kreisen.

*KM?* Die Antwort lautete tatsächlich *KM?* Was war das denn für ein Quatsch?

„*KM* ist kein Name! Wie heißt du?" Andreas wurde energisch. *KM*, wiederholte sich die Prozedur.

„Mach dein Zeichen!" Kreisen!

„Wer ist dein Medium?" Kreisen!

„Wann bist du gestorben?" Kreisen!

„Nicht gerade kooperativ, unser Freund hier!", meinte Rally. „Wie viele Runden sollen wir denn noch drehen?" – „Ja. Ich denke auch, wir sollten aufhören", antwortete Andreas sichtlich besorgt. Die Reaktion folgte sofort: Das Glas zischte unvermittelt auf das *V* und direkt danach rechts daneben auf das *W*. Funkstille! Keine weitere Bewegung.

„Was soll das heißen, *VW?*" In Andreas Stirn gruben sich tiefe Sorgenfalten.

Schlagartig ging es nun weiter: „*KMVW*", lautete die Antwort. Aber diesmal nicht in feinen Bögen mit Pause. Nein, jetzt folgte nach jedem Buchstaben in gerader Linie der Umweg über den Mittelpunkt der Anordnung.

*KMVW – KMVW – KMVW.* Die Bewegung wurde schneller.
*KMVW – KMVW – KMVW.* Immer schneller.

*KMVW – KMVW.*
Sie sahen sich entgeistert an! Ihre Arme wurden im Zickzack hin und her geschoben. Für beide wurde es zunehmend schwerer, den Kontakt zum Glas aufrechtzuerhalten. Mit jeder dieser abrupten Richtungsänderungen rutschten ihre Zeigefinger über den Boden des Glases und drohten über den Rand hinauszufliegen.
„Hör auf damit!", schrie Andreas.
*KMVW – KMVW – KMVW.*
Das war beängstigend. Wo kam diese Energie nur her? Sie nickten sich zu und zogen gleichzeitig ihre Zeigefinger vom Glas. Stillstand!
Andreas hob das Glas vom Tablett und wischte zweimal kräftig mit dem gesamten rechten Unterarm über die Papierschnipsel. Seine fast liebevoll konstruierte Anlage war somit zerstört. „Er will wohl auf Nummer sicher gehen", dachte sich Rally. Hätte es nicht ausgereicht, einfach nur das Glas loszulassen? Aber konnte man die Sache wirklich so ohne Weiteres beenden? Rally war sich nicht sicher. Überhaupt, sein gesamtes wissenschaftshöriges Weltbild wurde innerhalb von weniger als fünf Minuten genauso weggefegt wie jene Papierquadrate, die nun in einem wüsten Durcheinander vor ihm lagen.
Unfassbar, er hatte es mit eigenen Augen gesehen, am eigenen Leib oder zumindest am eigenen Arm gespürt. Er hatte alle natürlichen Einflussfaktoren, einschließlich sich selbst ausschließen können. Was war das? Was steckte dahinter?

„Glaubst du mir jetzt?" Andreas war die Aufregung ins Gesicht geschrieben. Er sah Rally mit weit aufgerissenen Augen erwartungsvoll an. „Ja! Ich glaube dir!" Aber Rally war mit seinen Gedanken bereits woanders. Er hatte nicht nur etwas gesehen, was er nicht einordnen, geschweige denn erklären konnte, er hatte auch etwas gefühlt. Ja, fast war es so, als ob er die Präsenz dieses Phänomens, oder wie man es auch immer bezeichnen mochte, auf eine unangenehme Art und Weise körperlich gespürt hätte. Gerade bei diesem emotionalen KMVW-Ausbruch am Ende. Oder

war es nur simple Einbildung? Er neigte doch nicht zur Einbildung. War er nicht ein unbestritten robuster Charakter und für solche Empfindungen viel zu rational? Eins stand jedenfalls fest: Jetzt war es weg, dieses fiese Gefühl.
Da war aber noch etwas anderes, was ihn beschäftigte: Er hatte den Kontakt abgebrochen! Er hatte sich diesem Etwas nicht bis zum Ende gestellt! Er hatte sich vertreiben lassen!

Unverzüglich kam ihm sein Fahrraderlebnis wieder in den Sinn. Nun war er schon wieder geflohen. Davongestrampelt. Das war doch sonst nicht seine Art. Es kratzte an seinem Ehrgefühl! Er hatte diese Runde verloren. Ganz klar. Aber wieder das Handtuch werfen? Wieder davonlaufen, ohne den Gegner überhaupt gesehen zu haben? Ohne die geringste Ahnung, wie stark er letztendlich einzuschätzen wäre?
Nein, das würde ihm nicht noch einmal passieren!

„Noch mal!", sagte er zu Andreas, während er die Anordnung in einen funktionalen, wenn auch im Vergleich zum ersten Mal bedeutend weniger akkuraten Zustand versetzte. „Warte, Rally! Lass uns doch erst mal darüber reden. Was war das? Was bedeutet *KMVW?*" – „Genau das will ich ja jetzt herausfinden!" Andreas kannte diesen Gesichtsausdruck und wusste, dass Diskussionen nun aussichtslos waren. Rally war in Fahrt! Jetzt galt es, das Schlimmste zu verhindern. Ihn aufzuhalten, könnte nun allerdings schwierig werden.
Sie legten ihre Finger auf das Glas und sahen sich an. „Was auch passiert, die Hände bleiben dran!", befahl Rally. Andreas gefiel das gar nicht. Auf keinen Fall durfte das Ganze außer Kontrolle geraten. Leise sagte er widerwillig: „Wir rufen einen guten Geist!" Nichts geschah. „Wir rufen einen guten Geist! Hört ihr mich, ihr Geister?" Das Glas zuckte etwa fünf Millimeter zur Seite und direkt wieder in die Ausgangsposition zurück. „Ist da jemand?", fragte Andreas. Die Wiederholung der Bewegung war die

Antwort. Und sogleich stellte sich bei Rally wieder dieses Gefühl ein. Ein schwacher ekliger Druck. „Es ist derselbe! Er ändert sein Verhalten, um sich zu verstellen!", wertete Rally still seine Empfindungen. „Aber vorsichtig! Ich darf hier nichts überinterpretieren." Auf gar keinen Fall wollte er sich in irgendeinen gruppendynamischen oder gar okkulten Sog hineinziehen lassen. Er musste seine Objektivität sicherstellen, weiterhin nach natürlichen, wissenschaftlich haltbaren Erklärungsansätzen für dieses Phänomen suchen und unbedingt zu jedem Zeitpunkt eigene mechanische Einflüsse auf dieses Glas ausschließen.

„Wer bist du?", fragte Andreas.

*LUDWIG*, kam zur Antwort. „Ludwig beginnt mit *L*. *L* liegt genau zwischen *K* und *M*. Somit hat er eben seinen richtigen Namen im wahrsten Sinne des Wortes umschrieben. Er ist es", dachte Rally. Er war sich seiner Sache sicher, während Andreas sichtlich nervös die Reihenfolge der Fragen, die man ihm in Göttingen eingebläut hatte, vergaß.

„Wann bist du gestorben?"

*1789.*

„Wann wurdest du geboren?"

*1689.*

„Was? Hundert Jahre? Du wurdest hundert Jahre alt?"

*JA.*

Andreas wurde misstrauisch und sogleich fiel ihm wieder die wichtigste Frage überhaupt ein: „Mach dein Zeichen!" Es folgte ein Kreuz. Sie sahen sich an. Sie saßen sich genau gegenüber. Was für ein Kreuz war es nun? Andreas schaltete sofort: „Mach es noch einmal. Aber aus meiner Sicht. So, als ob ich es zeichnen würde." Dem Längsstrich folgte ein Querstrich im unteren Drittel. „Das reicht!", sagte Andreas erschrocken zu Rally gewandt. „Lass uns abbrechen!" – „Die Finger bleiben dran!", zischte Rally wütend. „Wir lassen uns doch nicht von einem umgedrehten Kreuz verjagen!" In Richtung des Glases fügte er hinzu: „Du bist *KM!*"

Stillstand!

Andreas sah ihn fragend an.

Nach einer Weile bewegte sich das Glas wieder. Langsam, sehr, sehr langsam.

*WOHER WEISST DU?*

„Ich kann dich spüren!", antwortete Rally scheinbar emotionslos. Keine Antwort! Das Gefühl sagte ihm, er war weg.

Das war nach seinem Geschmack! Diesmal hatte sich der blöde Sack – mitsamt seinem lächerlichen umgedrehten Kreuz – verpisst. Aber er war wieder da! Sieg!!!

Rally strahlte seinen verwirrten Freund an. Die grünen Augen funkelten. Andreas fühlte sich hingegen gar nicht wohl in seiner Haut. „Herzlichen Glückwunsch", dachte er sich, „Rally liefert sich hier Auseinandersetzungen mit irgendwelchen bösen Mächten und ich hänge mittendrin!" – „Woher wusstest du das?", fragte er ungläubig. „Ganz einfach: *L* liegt genau zwischen *K* und *M*! Und außerdem habe ich ihn wiedererkannt." Rally war bester Laune. „So, jetzt wird's aber Zeit fürs Abendessen!"

Sie setzten sich in die Küche und wärmten den Weihnachtsbraten samt Beilagen vom Mittag auf. „Also, was haben wir?", resümierte Rally. „Wir haben ein schreibendes Glas. Du schiebst es nicht! Ich schiebe es nicht! Und es bewegt sich doch! Allerdings nur, wenn wir beide es berühren. Wir haben einen hundertjährigen Ludwig aus dem achtzehnten Jahrhundert, der sich auch *KM* nennt und umgedrehte Kreuze malt. In Göttingen hattest du Kontakt zu Doris aus dem fünfzehnten Jahrhundert, die sich als gut bezeichnet und ebenfalls umgedrehte Kreuze gemacht hat. Vielleicht ist Ludwig ja auch Doris? Vielleicht ist es immer dasselbe, was Kontakt aufnimmt?" – „Nein, Rally! Das war nicht Doris!" – „Was macht dich so sicher?" – „Das war nicht Doris. Das hätte ich gespürt." – „Blödsinn!", dachte Rally, aber dann erinnerte er sich, was er gespürt hatte: *KM* war Ludwig. Wieso sollte Andreas dann nicht spüren können, dass *KM* nicht Doris war? Gleiches Recht für alle!

„O.K., dann gibt es also mindestens zwei von ihnen! Nur: Wer oder was sind sie?" – „Was sie jetzt sind, haben sie nicht gesagt!

Doris behauptete aber, mal ein Mensch gewesen und gestorben zu sein", antwortete Andreas. „Und beide bekennen sich in irgendeiner Form zum umgedrehten Kreuz." – „Das kann zweierlei bedeuten", meinte Rally. „Einmal das Petrus-Kreuz als Zeichen christlicher Demut, da Petrus nicht wie der Herr sterben wollte und darum bat, mit dem Kopf nach unten gekreuzigt zu werden", gab Rally sein Wissen aus dem Hollywood-Film „Quo Vadis" zum Besten und fügte hinzu: „Oder aber das Verneinen des christlichen Glaubens als Zeichen des Bösen!" – „Ich denke, das Petrus-Kreuz können wir ausschließen", sagte Andreas sachlich. „Stimmt. Ich glaube, beide hatten nur ein Ziel: ‚Ihr spielt mit dem Tod.' Umgedrehte Kreuze. Tausendmal *KMVW* schreiben! – Die wollen uns Angst machen! Das passt nicht zum Petrus-Kreuz!" – „Wenn sie sich aber zum Bösen bekennen und uns schaden wollen, können wir auch nicht erwarten, von ihnen die Wahrheit zu erfahren!", versuchte Andreas vorsichtig, Rally für alle Fälle schon einmal etwas zu bremsen. „Also, lass uns beim nächsten Mal aufhören, wenn dieses umgedrehte Kreuz kommt." Andreas ging somit selbstverständlich davon aus, dass sie es wieder versuchen würden. „Weglaufen ist keine Lösung!" In Rallys großspuriger Antwort klang noch deutlich die Genugtuung über die Vertreibung Ludwigs heraus.

Doch nach kurzer Überlegung musste er sich selbst daran erinnern, dass siegestrunkene Euphorie hier völlig fehl am Platze war. „Trotz allem müssen wir uns bewusst sein, dass wir uns hier auf sehr dünnem Eis bewegen." – „Wieso?", fragte Andreas. „Dein Vater ist doch Psychologe", überlegte Rally, „Was würde der wohl sagen, wenn er uns hier beobachten würde, ohne selbst den Finger auf das Glas zu legen? Wie würde er die Bewegung des Glases erklären?"

„Na ja, für einen Psychologen wäre das sicher leicht zu begründen mit ..." Er stockte einen Moment, zog die Brille tiefer auf die Nase, sah über sie hinweg und hob den Zeigefinger, um besonders gelehrt daherzuschwadronieren:

„… unterbewusst kontrollierten Muskelkontraktionen, deren geringe Einzelkräfte sich aufaddieren, das Glas in Bewegung setzen und dabei Buchstaben- und Zahlenketten bilden, die nichts weiter als ein Spiegelbild der Fantasien und Urängste in tieferen Schichten unserer Seele sind, bla bla bla." Na, ein bisschen Spaß hatte er schon dabei, über die Zunft seines Vaters herzuziehen!

Rally grinste, wurde aber direkt wieder ernst und fragte: „Können wir sicher sein, dass er nicht recht hätte?" – „Gegenfrage: Wie erklärt das die fundierten Kenntnisse der Göttinger über meine Familie?" – „O.K., gar nicht! Aber bleiben wir mal im Hier und Jetzt: So ein Gehirn ist eine mächtig komplizierte Angelegenheit. Definitiv bewegt keiner von uns allein das Glas, aber vielleicht machen wir das ja zusammen. Nehmen wir mal an, unsere Hirnströme hätten sich anfangs – keine Ahnung – irgendwie … äh, sagen wir mal, synchronisiert. Könnte das so eine Dynamik entwickeln wie eben bei dieser *KMVW*-Eruption?" – „Aber auf gar keinen Fall!", war sich Andreas sicher. „Unsere Arme wurden doch regelrecht herumgeschleudert. Für meinen Geschmack wäre das deutlich zu viel unbewusste Muskelkontraktion! Hier gab es doch eben kein Rumgezittere zu irgendwelchen Buchstaben, wie man es erwarten müsste, wenn sich unsere Gehirne auf Unterbewusstseinsebene aufeinander einstellten. Ich weiß noch nicht einmal, ob es so was gibt. Ich weiß aber, dass es bei uns eben direkt mit hundertprozentig exakten Kreisen losging." – „Ja! Hast du das auch bemerkt?", rief Rally aufgeregt. „Natürlich. Ich war ja dabei. Und auch danach: Alle Bewegungen waren vollkommen zielstrebig. Er schrieb in völlig gleichmäßigen, sanften Bögen, außer bei *KMVW*. Da waren alle Linien schnell und kerzengerade. Jede Richtungsänderung war exakt auf das Ziel ausgerichtet. Erinner' dich doch!" – „Stimmt", fügte Rally hinzu. „Außerdem glaube ich nicht, dass mein Unterbewusstsein Bewegungsabläufe steuern kann, wenn ich diese im selben Moment ganz gezielt und konzentriert verhindern möchte. Und ich habe höllisch darauf geachtet, dass mein Finger und mein Arm immer nur dem Glas folgen und nicht umgekehrt." – „Ich auch, Rally! Ich auch!" „Weiß ich doch, Andreas. Das hab' ich ja überprüft. Aber trotzdem, so muss es auch bleiben. Wir dürfen uns hier zu nichts hinreißen lassen und am Ende nur noch mit unseren Hirngespinsten kommunizieren!" Darüber herrschte völlige Einigkeit. Dennoch fügte Andreas, der Rallys innere Zerrissenheit in dieser Angelegenheit bemerkte, hinzu: „Akzeptiere es endlich. Jeder, der heute hier dabei gewesen wäre, jeder, der das erleben würde, was uns heute hier passiert ist, jeder, absolut jeder würde wissen, dass Zuckungen in unseren Fingern die energiegeladenen Bewegungen des Glases nicht erklären können. Wer oder was auch immer Ludwig sein mag, er ist

K E I N Hirngespinst!"

Gesättigt gingen sie zurück in Rallys Zimmer und machten sich sogleich ans Werk. Nun war es bereits Routine. Andreas rief wiederholt nach einem guten Geist. Es dauerte eine Weile, doch dann zuckte das Glas wieder.

„Wer bist du?"

*LUDWIG.*

„Aha", dachte Rally. „Er macht gar nicht erst den Versuch, sich zu verstellen." Denn er hätte ihn ja sowieso erkannt.

*ICH BIN BOESE.*

Sollte ihnen das etwa Angst einflößen? „Das klingt eher nach einem ungezogenen Kind als nach einem gefährlichen Dämon", grübelte Rally in sich hinein.

„Warum bist du böse?", fragte Andreas.

*LASST MICH IN RHUH.*

Doch nun bekam Rally eine Gänsehaut. War dies eine Schreibschwäche, oder schrieb man vor zwei-, dreihundert Jahren „Ruhe" tatsächlich auf diese Weise?

„In Ordnung. Wir lassen dich in Ruhe, aber sag uns vorher noch, warum du böse bist", versprach Rally.

*WEGEN CHRISTUS.*

Sie sahen sich erstaunt an. Wegen Christus? Was sollte das heißen? Ohne eine weitere Frage fügte Ludwig noch *PX* hinzu, gefolgt von einer nicht endenden Schreibwut. Was er auch schrieb, es war kein Deutsch. Auch wenn sie nichts von alldem verstanden, es hatte den Anschein, als handele es sich um eine reale Sprache. Es enthielt Wortfetzen, von denen sie meinten, dass sie etwas Ähnliches vielleicht schon einmal in der Bibel gelesen haben könnten. „Ist das Hebräisch? Oder vielleicht Aramäisch?", fragte Andreas.

In großer Geschwindigkeit erschienen Buchstabenfolgen, aus denen sie Bruchstücke wie *ELIJA* oder *SABACHTANI* herauslasen. „Damit wäre nun auch die Unterbewusstseinshypothese vom Tisch", überlegte sich Rally. „Mein Unterbewusstsein kann kein Aramäisch!"

„Das bedeutet nichts Gutes." Andreas ging die Sache allmählich zu weit. „Das sind Beschwörungsformeln! Lass uns aufhören, Rally!" Aber Rally reagierte nicht.

„Wegen Christus!?", wiederholte er nachdenklich und spürte in diesem Moment, wie das unangenehme Gefühl, das von Ludwig ausging, schwächer wurde.

„Ist Christus dein Herr?", dachte er laut.

Stillstand!

Das Gefühl wurde abermals schwächer, aber es war noch da, auch wenn sich jetzt nichts mehr rührte.

„Ja!" Rally verstand. „Christus ist dein Herr!"

Daraufhin zitterte das Glas und mit ihm das ganze Tablett. Die Papierquadrate vibrierten und schoben sich zum Teil übereinander. Sofort wanderten ihre Augen rund um das Tablett, um zu überprüfen, ob jemand von ihnen das Brett berührte und die Vibration verursachte. Das war nicht der Fall. Unverändert waren ihre locker aufgelegten Zeigefinger der einzige Kontakt. „Wie ist das möglich?", flüsterte Andreas. Das war ein Kampf, der sich da abspielte. Sie spürten wie Ludwig sich gegen etwas auflehnte, was stärker war als er. Dann war es plötzlich vorbei. Ludwig war weg!

Rallys Hochgefühl kannte keine Grenzen mehr.
Er hatte Ludwig erkannt!
Er hatte ihn mit Gottes Hilfe vertrieben!
Er hatte gewonnen!
Ein vollständiger Triumph.
War er etwas Besonderes?
War er auserwählt?
Würde er nun den richtigen Weg finden, den Teufel zu besiegen?
War das nicht die Botschaft des Traums, der nun schon mehr als sieben Monate zurücklag?
Hing das nun doch alles zusammen? Bisher hatte er da ja große Zweifel, doch jetzt …? Erst der merkwürdige Traum und gerade eben hatte er Ludwig mit seinem Exorzismus-Christus-Trick zum Teufel gejagt. Bis zum heutigen Tag glich seine Suche nach dem richtigen Weg eher einer Verkettung von kleinen Sackgassen. Nun war er sich aber sicher, noch heute, an Weihnachten, dem Tag der Geburt Christi, auf der Suche nach dem Weg ein riesiges Stück voranzukommen. Das alles war kein Zufall.

Überwältigt von diesen Eindrücken beschlossen sie, eine Pause zu machen. Sie versuchten gemeinsam, das Erlebte zu verarbeiten. Währenddessen schaltete Rally gedankenverloren den Fernseher ein. Er erinnerte sich, dass er mittags beim kurzen Überfliegen des Fernsehprogramms von einem neuen Mehrteiler gelesen hatte, der irgendwas mit „Teufelsschiff" hieß. Das musste er wohl sein. Soweit er das mitbekam, ging es dabei aber nur um die Angst vor technischem Fortschritt. Mit dem Teufel hatte das Ganze überhaupt nichts zu tun.

Der Fernseher diente auch nur zur Untermalung. Sie unterhielten sich angeregt weiter. Andreas bemühte sich gerade erneut, das Erlebte noch einmal in Worte zu fassen, als der Fernsehpfarrer in einer gut gefüllten Kirche zur Kanzel schritt und zu predigen begann. „Was hat er jetzt gesagt?", Rally zuckte zusammen.

„Wer stieg zum Himmel auf und kam hernieder?" Er versuchte, sich auf den Fernseher zu konzentrieren, was nicht gerade einfach war, weil Andreas' Erregung sich gerade in einer ungewöhnlichen hohen Lautstärke seiner Äußerungen manifestierte.

Der Pfarrer fuhr fort und Rally meinte „Wer fing den Wind in seinen Händen? Wer packte die Wasser in eine Hülle?" zu verstehen. Das konnte doch nicht wahr sein?! Er bat sichtlich verstört, Andreas möge kurz innehalten, während er fassungslos auf den Bildschirm starrte. Und tatsächlich, jetzt konnte er es deutlich hören.

„Wer setzte fest alle Enden der Erde?" – „Ja, das sind sie!" Und Rally sprach gemeinsam mit dem Fernsehpfarrer: „Wie ist sein Name? Und wie der seines Sohnes?"

Andreas staunte nicht schlecht. „Kennst du den Film?", fragte er amüsiert. „Nein! Das ist eine Erstausstrahlung!", stammelte Rally, ohne seine weit aufgerissenen Augen vom Fernseher abzuwenden. „Den Film kenne ich nicht. Aber die Worte kenne ich: Die Worte Agurs!"

Seine Band war danach benannt. Noch nie hatte er jemanden getroffen, der dieses eher unbedeutende Kapitel im Alten Testament kannte. Sogar ein katholischer Kaplan hatte ihm vor Kurzem erst gesagt: „Agurs Worte? Habe ich noch nie was von gehört!" Vor sieben Monaten hatte er sich nach seinem nächtlichen Erlebnis entschlossen, mithilfe von *Agurs Words* Okkultismus und Satanismus in dem einen oder anderen Song zu thematisieren. Und nun, am ersten Weihnachtstag, unmittelbar nachdem er im Namen Jesu einen Geist oder Dämon vertrieben hatte, hörte er zum ersten Mal aus dem Munde eines anderen diese Worte! Diese Worte, die für all das standen, was ihm wichtig war. Mehr als alles andere symbolisierten sie seine Ziele, seinen Lebensinhalt, ja mehr noch: den Sinn seines Lebens.

„Danke, Herr! Ich habe verstanden!"

# DER SCHMERZ

Auf die Uhr hatten sie schon lange nicht mehr geschaut. Jedes Zeitgefühl war ihnen abhandengekommen. Andreas fühlte sich zwar unbehaglich, hielt es aber für durchaus möglich, dass sie beide am Anfang von etwas wirklich Bedeutendem standen. Jetzt gab es kein Zurück mehr!

Was nun die Worte Agurs mit alldem zu tun hatten, konnte er sich nicht erklären. Aber an einen Zufall glaubte er in diesem Zusammenhang auch nicht. Glauben? Was war eigentlich sein Glaube? Er war evangelisch, Rally katholisch. In ihren Einstellungen zu Gott und Christus waren sie sich sehr nahe. Sie glaubten an Gott. Jesus Christus war eine historische Person. Er hatte gelebt. Kein Zweifel. Und er war einer der Großen. Seine revolutionären, uneingeschränkt guten Ideen waren imponierend. Aber war er auch Gottes Sohn? Was war das überhaupt, Gottes Sohn? Eine Art Hoheitstitel? Ein Stammhalter, ein Thronfolger? Wohl kaum. Gott schuf den Menschen nach seinem Ebenbild. Waren sie demnach nicht alle Gottes Söhne und Töchter? Natürlich verhielt es sich mit Jesus anders. Er war einzigartig, er lebte ohne Sünde und konnte Menschen heilen. Aber musste deshalb gleich der Zeugungsakt übernatürlich sein? Die jungfräuliche Geburt, die Wunder Jesu – hatte man das alles als Christ im 20. Jahrhundert immer noch zu glauben? Der Rationalismus ging davon aus, dass nur historisch sein könne, was naturwissenschaftlich möglich sei. Aber konnte man auf diese Weise Jesus wirklich gerecht werden? Hier waren sie beide hin- und hergerissen. Ohne jede Frage waren sie jedoch von der Auferstehung Christi und einem Leben nach dem Tod überzeugt.

„Also fassen wir noch einmal zusammen, was wir wissen", unterbrach ihn Rally in seinem Gedankenfluss. „Da gibt es irgendeine

Form von Intelligenz, die mit uns in Kontakt treten kann und von sich behauptet, gestorben zu sein. Das muss nicht unbedingt stimmen, da dieses Etwas sich selbst als böse bezeichnet. Es versteht Deutsch und erweckt bei uns den Anschein, noch mindestens eine weitere Sprache zu beherrschen. Eine Sprache, die für uns Laien hebräisch, aramäisch oder sonst irgendwie semitisch klingt. Wie auch immer, nichts von dem, was es uns mitteilt, muss der Wahrheit entsprechen. Das bedeutet aber nicht, dass alles, was es sagt, gelogen ist. Gefährlicher als die Lüge ist die mit Wahrheit vermischte Lüge!", plagiierte Rally mit dieser letzten Aussage ungeniert eine Szene aus dem Film „Der Exorzist" und fügte – als ob er über eine langjährige Erfahrung auf diesem Gebiet verfügen würde – vollmundig hinzu: „Und genau davon müssen wir hier wohl ausgehen."

„Aber wie sollen wir wissen, wann es lügt, oder wann es die Wahrheit sagt? Wir brauchen einfach einen guten Geist, dem wir vertrauen können!" Andreas klang nun recht zuversichtlich. „Wenn es aber keine guten Geister gibt?", fragte Rally und führte seine Theorie weiter aus. „Die Guten müssten doch eigentlich ihren Frieden gefunden haben. Welche Intention sollten sie haben, für uns ein Glas übers Tablett zu schieben? Fest steht, bisher hatten wir nur Kontakt mit dem Gegenteil." – „Das stimmt", nickte Andreas. „Aber es muss sie geben. Die Leute in Göttingen haben erzählt, dass sie oft Kontakt zu guten Geistern gehabt haben." – „Vergiss die Knalltüten aus Göttingen", sagte Rally barsch. „Vielleicht haben die gelogen, vielleicht wurden sie auch getäuscht. Die Erfahrung müssen wir schon selbst machen!"

„Gut! Wir werden sehen!"

„Was mich am meisten beschäftigt", sagte Rally nachdenklich, „ist Folgendes: Da bezeichnet sich jemand als böse und definiert sich als das Gegenteil von Christus. Sein Zeichen ist die Umkehrung des christlichen Kreuzes. Er ist böse wegen Christus. Er ist nicht böse wegen Gott, Jahwe, Allah, Buddha oder Mohammed. Er ist böse wegen Christus. Und die Aussage „Christus ist dein

Herr" lässt ihn verschwinden. Und hier weiß ich, dass er uns nicht belogen hat!" – „Wieso?" Andreas war nun sehr gespannt!

„Er ist Christus nicht gewachsen. Er ging nicht freiwillig. Du hast es eben selbst erlebt, wie hier alles durchgerüttelt wurde, als ich sagte ‚Christus ist dein Herr'. Außerdem habe ich gespürt, wie er bereits schwächer wurde, als ich nur seine Aussage ‚Wegen Christus' wiederholt habe. Christus ist der Schlüssel!"

„Da gebe ich dir recht! Ich will aber unbedingt noch einmal versuchen, mit einem guten Geist Kontakt aufzunehmen. Stell dir vor, was wir von dem alles erfahren könnten! Komm, lass uns anfangen." Andreas wartete erst gar keine Antwort ab und setzte sich vor die Anordnung. Sie berührten das Glas. „Wir haben kein Interesse an etwas Bösem!", improvisierte Andreas. „Wir rufen einen guten Geist." Augenblicklich setzte sich das Glas in Bewegung und schrieb mit einer bisher nicht dagewesenen Energie:

*JA.*

Rallys Antennen waren auf die schwache, unangenehme Empfindung eingestellt, die von Ludwig ausging. Doch jetzt wurde er fast erschlagen von dieser Präsenz. Er konnte kaum noch atmen. Was es auch war, es hatte bereits auf sie gewartet und spielte offensichtlich in einer anderen Liga als Ludwig!

Andreas blieb davon unberührt und fragte mit einer gewissen Abgeklärtheit: „Wer bist du?"

*ICH BIN GOTT.*

Sie fuhren zusammen und blickten sich fassungslos an. Sie brauchten einen Moment, um sich wieder zu sammeln. Das extrem negative Gefühl war mit dieser Aussage unvereinbar. „Was für eine Dreistigkeit!"

Rally wurde nun wütend: „Lüg' uns nicht an! Du bist nicht Gott. Sag uns sofort, wer du bist!"

Nun ließ die Antwort ein wenig auf sich warten.

*ICH BIN GUT,* hieß es kurz darauf.

Doch da war er bei ihnen an der falschen Adresse: „Du bist weder Gott noch gut. Also wer bist du?"
G.
„Wie? Was? *G*? Wie heißt du?"
G.
„Einfach nur *G*?", wollte Rally wissen.
*J*, kam zur Antwort.
„Was bedeutet *J*?"
*JA*.
„Spiritistensteno!", meinte Rally. Das gefiel ihm. Der Kerl wollte keine Zeit verlieren, das kam ihm sehr gelegen.
„Mach dein Zeichen aus meiner Sicht!", zog Rally die Kommunikation an sich. *G* gehörte nun ihm!
Sie sahen ein mittiges Kreuz.
„Das kenne ich schon!", sagte Andreas in Anspielung auf Doris.
„Mach es eindeutig!", befahl Rally.
Mittiges Kreuz!
„Auch noch stur!" Aber was soll's, sie wussten sowieso, mit welcher Fraktion sie es zu tun hatten!
„Wann bist du geboren?"
*3456*.
„Wann?"
*3456*.
„Wann bist du gestorben?"
*3456*.
„Was soll das heißen?"
*3456*.
„Ist das eine Jahreszahl?"
*N*.
Wenn *J* Ja bedeutete, war *N* nicht weiter erklärungsbedürftig.
„Für was steht die Zahl denn sonst?"
*3456*.
War das ein Rätsel oder schlicht Blödsinn? Rally nahm sich einen Augenblick zum Überlegen.

„3 gleich Heilige Dreifaltigkeit. Aller guten Dinge sind drei. Die göttliche Zahl.
4 gleich weltliche Ordnung. Vier Himmelsrichtungen. Vier Jahreszeiten. Vier Elemente: Erde, Feuer, Wasser, Luft.
5? Pentagramm. Der fünfzackige Stern als Zeichen des Teufels? Oder Pentateuch: die fünf Bücher Mose? Nicht eindeutig, aber wohl eher das schwarzmagische Pentagramm!
6: die vollkommene Zahl. Sowohl Summe als auch Produkt ihrer Teiler:
$1 + 2 + 3 = 6$.
$1 \times 2 \times 3 = 6$.
Die Welt wurde an sechs Tagen geschaffen. Der Mensch am sechsten. Gesamtheit: vier Himmelsrichtungen plus oben und unten.
Fazit? Von 3, dem Göttlichen, zu 4, dem Weltlichen, zu 5, dem Teuflischen, zu 6, dem Menschlichen oder dem Gesamten? Was bedeutet das zeitlich? Von Anfang an? Geboren 3456, gestorben 3456. Anfang gleich Ende. Ein Kreislauf? Ewigkeit? Passt alles nicht so richtig zusammen. Frag trotzdem!"

„Bedeutet 3456 Ewigkeit?"

Was war los? G stockte für einen Moment. Zögerlich kam als Antwort:

J. Und kurz darauf fügte er hinzu:

*AUCH.*

„War er jetzt überrascht, oder warum hat er so lange gezögert? Wieso *AUCH*? Ist Ewigkeit nur ein Teil der Lösung?"

„Bist du ein Mensch?"

*N.*

„Warst du jemals ein Mensch?"

*N.*

„Was bist du dann?"

*ICH BIN DER SCHMERZ.*

„Was soll das heißen?"

*ICH BIN DA WO MENSCHEN SCHMERZ HABEN.*

Wurde er nun redselig? Aber Rally war nicht weiter an G interessiert. Von *GOTT* zu *GUT* zu *G*, und jetzt war er der *SCHMERZ*.

Dieser Hochstapler würde sie nicht weiterbringen. Es war an der Zeit, die Angelegenheit mit seinem Christus-Trick zu beenden.

„Christus ist dein Herr!", sagte er siegessicher.

*N.*

Was? Kein Vibrieren? Kein Zittern? Kein Kampf? Nur ein fast gelangweiltes *N*.

„Doch! Christus ist dein Herr!" In seiner Ratlosigkeit wurde nun auch Rally stur.

*N*, war die ebenso kurze, wie überzeugende Antwort.

Das konnte doch nicht wahr sein! Wieso funktionierte es nicht? Er blickte hilfesuchend zu Andreas. Doch der zuckte nur mit den Schultern.

„Gott ist dein Herr!"

*ES GIBT KEINEN GOTT.*

Rally wurde nervös. Jetzt durfte er sich *G* gegenüber keinen Fehler erlauben. Dass *G* Ludwig meilenweit überlegen war, hatte er ja sofort gespürt; dass aber seine stärkste Waffe wirkungslos bleiben würde, war ein echter Schock!

„Keine Zeit verlieren. Er darf nicht merken, dass ich verunsichert bin! Frag was! Schnell!"

„Wer ist dein Herr?"

*666.*

„Nein! Bitte, nein!" Dem zweiten Schock folgte der dritte.

„Wer erkennen kann, der berechne die Zahl des Tieres. Denn es ist die Zahl eines Menschen. Und seine Zahl ist 666", hämmerte es in seinem Schädel. „Die Offenbarung des Johannes." Natürlich kannte er diesen apokalyptischen Abschnitt im Neuen Testament. Gerade nach seinem Traum im letzten Mai hatte er sich mehrfach damit beschäftigt. Und immer war er zu demselben Schluss gekommen: Diese Zahlenmystik ist lächerlicher Unfug. 666? Als Namen des Tieres? Oder die Zahl seines Namens? Eine Zahl für den Teufel? Was für ein Quatsch!

Doch nun: *G* bezeichnete tatsächlich *666* als seinen Herrn. Wie konnte das sein?

„Zeit gewinnen! Ich muss nachdenken!"
„Was ist 666?"
*666.*
„Offenbarung des Johannes! 666?
*Wer erkennen kann, der berechne.* Was erkennen? Wie berechnen? Lass ihn nicht so lange warten. Los, frag was!"
„Wer ist 666?"
*DER HERR.*
„Der Herr? Vielleicht deiner, meiner nicht!
Geboren *3456*. Gestorben *3456*. *3456*?
Gibt es vielleicht einen Zusammenhang zwischen *3456* und *666*? Ist *3456* nur eine andere *Berechnung*? Oder sogar ein Synonym?
Das würde das *AUCH* erklären. Dann wäre G geboren und gestorben im Zeichen Satans! Ewigkeit! Kein Mensch! Der Schmerz! Sagt er etwa die Wahrheit?" –
„$3 \times 4 = 12 = 2 \times 6$", rechnete er wild drauflos.
„$3 \times 4 \times 5 = 60 = 10 \times 6$.
Mal 6 ergibt $60 \times 6 = 360$. $36 = 6 \times 6$. Ein ganzer Haufen Sechser, aber ich komme einfach nicht auf 666!"
„Wo ist 666?"
*HOELLE.*
„Klingt logisch! Bleib dran!" –
„Wo bist du?"
*HOELLE.*
„Wo auch sonst?" –
„Mach dein Zeichen!"
*Umgedrehtes Kreuz.*
„Er wird doch wohl nicht etwa selbst ...?" –
„Bist du 666?"
*N.*
„Na, Gott sei Dank!", entfuhr es Rally.
„Rally! Lass uns aufhören! Bitte!" Andreas rutschte aufgeregt auf dem Boden hockend hin und her. „Andreas?!" Rally hatte ihn fast vergessen.

„Warte noch einen Augenblick! Ist der Teufel 666?"
N.
„Nein? Komisch!" –
„Ist Satan 666?"
N.
Wieder Nein? Gab es wirklich so etwas wie die teuflische Dreifaltigkeit? Oder war es einfach nur gelogen?
„Wer ist denn dann 666?"
666.
Das führte nicht weiter. „Zeit gewinnen!"
„Ist 666 dein Freund?"
N.
Nein? Sein Herr, aber nicht sein Freund? Interessant, aber auch durchaus naheliegend.
„Hast du Angst vor 666?"
J.
„Na bitte!" Damit ließe sich doch etwas anfangen.
„Eventuell geboren und gestorben im Zeichen des Teufels! Der Treueste der Treuen!
Und was ist sein Lohn? Schmerz, Angst, Hölle!
Damit kann er wohl kaum zufrieden sein!
O.K. Angriff!", dachte sich Rally.
Doch dazu kam es nicht, denn nun war es G, der unvermittelt angriff:
ICH HASSE EUCH ICH BRINGE EUCH DEN TOD.
Andreas zog den Finger weg. „Verdammt noch mal! Das reicht jetzt!"
Er stieß das Glas um und wirbelte das Papier durcheinander.
„Wir sind zu weit gegangen, Rally!"

Rally war kurz davor, zu explodieren. Er fühlte sich dem Ziel so nah. Doch dann sah er die Augen von Andreas. „Andreas hat Angst", erinnerte er sich an die Aussage von Doris. Und es stimmte noch immer. Weshalb waren sie eigentlich hier? Doch wohl, um Andreas von seiner Angst zu befreien! Und jetzt war alles noch viel schlimmer. Ja, er hatte in seiner Auseinandersetzung mit diesem Phänomen seinen Freund und dessen Gefühle regelrecht vergessen. War er nun selbst schon gefangen in diesem okkulten Sog? Das wollte er doch unbedingt vermeiden. Natürlich, er war von diesem Phänomen total fasziniert. Aber nach wie vor hatte er sich eine gewisse kritische Distanz bewahrt und immer wieder darauf geachtet, nicht Motor der Schreibbewegung zu werden.

Dabei geriet allerdings die Hauptaufgabe, Andreas zu helfen, vorübergehend aus dem Fokus. Er fühlte sich schuldig. Aber nicht schuldig genug, um jetzt aufzugeben! Denn wenn Andreas nicht mehr mitmachen würde, wäre es erst mal zu Ende. Allein konnte er den Kontakt ja nicht aufrechterhalten. Aber er war sich vollkommen sicher, sie konnten gemeinsam den richtigen Weg finden! Und dann würde auch diese Angst verschwinden, die er sowieso nicht ganz nachvollziehen konnte.

„Andreas, alles, was dieser Fiesling erreichen will, ist uns Angst zu machen." „Und was mich betrifft, ist ihm das bereits ganz gut gelungen! Ich bin Gott?! Ich dachte, ich sterbe! Und von Christus war er wohl auch nicht sonderlich beeindruckt. Ihr spielt mit dem Tod! Ich bringe euch den Tod! Nein! Das ist zu viel für mich!" Andreas hatte augenscheinlich genug.

Angesichts dieser Äußerungen schien es für Rally keine gute Idee zu sein, Andreas über seine eigenen Empfindungen, die er bei diesem Kontakt hatte, zu informieren. Auch seine Theorie bezüglich Herkunft, Geburt und Tod von $G$ würde er zu diesem Zeitpunkt besser noch für sich behalten.

# DIE BEKEHRUNG

„Glaub mir! Der kann uns gar nichts, Andreas!" Doch da war Andreas sich nicht so sicher. Er sagte: „Mir reicht es jedenfalls! Sieh mal auf die Uhr. Es ist schon nach zwölf." Das überraschte auch Rally. „Was, schon so spät?" Seine Eltern waren bestimmt schon ins Bett gegangen. Jetzt war Leisesein angesagt. Und irgendwie musste er Andreas davon überzeugen, noch zu bleiben.

„Warte noch einen Augenblick! Ich hab' eine Spitzenidee!" Er sprang auf und lief zum Bücherschrank, zog einen Schuhkarton hervor, kramte hektisch darin und zog triumphierend eine magnetische Christophorusplakette hervor, die früher in seinem ollen B-Kadett-Coupé am Armaturenbrett angebracht gewesen war. Sie zeigte den heiligen Christophorus mit dem Jesuskind auf seiner Schulter und einem langen Stab in der rechten Hand. Stolz präsentierte er das Fundstück, wobei seine Augen regelrecht strahlten.

„Was willst du denn damit?" Andreas war der Zusammenhang mit der angeblichen Spitzenidee schleierhaft. Zusätzlich waren ihm als Protestanten Heiligenabbildungen eher suspekt.

„In die Anordnung einbauen." – „Wozu?" – „Um zu signalisieren, dass wir nur mit etwas Gutem Kontakt haben wollen." Sprach es und begab sich ans Werk. Er bildete den Kreis aus Papierquadraten und positionierte den heiligen Christophorus nach der 9 und vor dem *A*.

„Na schön. Dieses eine Mal noch. Aber danach ist Schluss!", meinte Andreas und bereute es bereits, wieder mitzumachen.

Sie berührten das Glas. Augenblicklich schoss es auf den Christophorus zu. Es schien, als wollte es die Plakette aus der Anordnung herauskatapultieren. Aber das gelang nicht! Das Glas stoppte abrupt unmittelbar davor, um sich dann langsam auf die genau gegenüberliegende Seite zurückzuziehen.

„Ist das G? Er ist viel schwächer als eben!" Rally war sich nicht sicher, als das Glas sich wieder in Bewegung setzte.

MACH DAS WEG.

„Warum?", wollte Rally wissen.

W.

Es war G, kein Zweifel. Nur zur Sicherheit fragte er nach: „Wer bist du?"

G.

„Was bedeutet W?"

WEH.

„Es tut dir weh?"

J.

„Warum?"

MACH DAS WEG.

Und abermals raste das Glas auf den Christophorus zu und konnte ihn auch diesmal nicht berühren.

Unfassbar, ein unscheinbares christliches Symbol bereitete ihm Schmerzen? Das hätte er niemals erwartet.

Rallys Freude war riesig.

Er hatte seinen Bo, seine Engelslanze gefunden.

Er war wieder bewaffnet!

Er war zurück im Ring!

Sogleich sprang er auf, um aus demselben Karton eine Silberkette mit einem silbernen Kreuz hervorzuziehen. Beides hatte er zur Kommunion bekommen und, soweit er sich erinnern konnte, auch noch nie getragen. Er legte das Kreuz in den Kreis und berührte mit dem Finger das Glas.

W, war die Reaktion.

„Es tut dir weh?"

J.

Rally schob das Kreuz mit seiner linken Hand zum Glas und versuchte beides miteinander in Berührung zu bringen. In einer

heftigen Fluchtreaktion sprang das Glas zum Rand des Kreises.
„Das war deutlich!"

Abermals hastete Rally davon und griff zielsicher im Bücherschrank nach seiner blauen, gebundenen Bibel. Erwartungsfroh legte er auch diese in den Kreis. Er setzte sich und nahm den Kontakt wieder auf.

Er spürte es direkt: G wurde schwächer.

Das Glas bewegte sich jetzt nur noch langsam, unmittelbar an den Papierquadraten entlang, um an einigen etwas länger zu verweilen, die zusammen das Wort SCHMERZ ergaben.

Die Reaktion war glaubhaft. Auch Andreas fand großen Gefallen an dieser Entwicklung. „Wir haben ihn!", freute er sich. Nach seinem etwas passiven Verhalten in den letzten Stunden griff er jetzt wieder ins Geschehen ein. Er nahm die Bibel und schob sie fast schon genüsslich auf das Glas zu. Dieses wich zurück und versuchte, innerhalb des Kreises den größtmöglichen Abstand zu Bibel, Kreuz und Christophorus einzuhalten.

„Sehr schön!", sagte Rally. „Nun lass uns ihn noch mal befragen." Er legte das Kreuz – außerhalb des Kreises – an den Rand des Tabletts und bat Andreas, das Gleiche mit der Bibel zu machen.

„Du wolltest uns Schmerzen zufügen! Jetzt siehst du, dass wir uns wehren können. Im Gegensatz zu dir haben wir allerdings kein Interesse daran, jemandem wehzutun. Auch dir nicht. Wir möchten nur, dass du uns einige Fragen ehrlich beantwortest. O.K.?"

J.

„Du hast gesagt, du hättest Angst vor 666." Rally wollte G an seine eigene Äußerung erinnern, weil er hier einen aussichtsreichen argumentativen Ansatzpunkt sah. „Warum hast du Angst vor ihm?"

SCHMERZ.

„Er fügt dir Schmerzen zu?"

J.

„Hervorragend! Er liefert mir die Argumente ja reihenweise." –
„Warum fügt er dir Schmerzen zu?"
ER HAT MACHT.
„Warum dienst du ihm?"
ANGST.
Teufelskreis! So konnte man das wohl nennen.
„Wo bist du?"
HOELLE.
„Was ist die Hölle?"
SCHMERZ.
„Wo ist die Hölle!"
UEBERALL.
„Wie sieht die Hölle aus?"
DUNKEL.
„Dunkel? Aber heiß?"
N.
„Nein? Alle anderen Beschreibungen, die ich kenne, sagen das Gegenteil", flüsterte Andreas. Sie waren darüber wirklich überrascht. Aber wer konnte wirklich wissen, wie es an einem Ort aussieht, von dem noch niemand zurückgekommen war? Von dem man nicht einmal sagen konnte, ob er überhaupt existierte.
„Wenn die Hölle nicht heiß ist, wie ist sie dann?", bohrte Rally weiter.
KALT.
Dunkel und kalt? Durchaus vorstellbar. Hatte G vielleicht doch noch mehr Überraschungen zu bieten?
„Wer ist bei dir?"
666.
„Immer?"
N.
„Wann ist er bei dir?"
WANN ER WILL.
„Wer ist sonst noch bei dir?"
NIEMAND.

Sie sahen sich an. „Etwas perspektivlos!", sagte Rally. „Da will i c h nicht hinkommen!" –

„Ja!", bestätigte Andreas. „Ein düsteres Jenseits der Angst und der Schmerzen!"

Sie begriffen G nun weniger als Gegner, sondern mehr als Opfer. Er tat ihnen aufrichtig leid.

„Er hat Angst vor 666. Wenn er jetzt noch zugibt, dass 666 vor etwas Angst hat, dann sind wir einen Schritt weiter. Versuch es."

„Hat 666 Angst vor Christus?"

J.

Ja? Bei allem Optimismus, aber damit konnte man nicht rechnen. Natürlich hat die negative Kopie vor dem positiven Original Angst. Sie hat ja nichts Eigenes vorzuweisen. Sogar das Symbol ist geklaut und einfach umgedreht. Schwach! Erstaunlich: G sagte die Wahrheit an einem Punkt, an dem er eine Lüge erwartet hatte.

„Hat 666 Angst vor Gott?"

J.

Na bitte! Vor einiger Zeit hatte er noch die Existenz Gottes geleugnet.

„Hat 666 Angst vor Jahwe?"

N.

Ob er den Namen nicht kannte?

„Hat 666 Angst vor Allah?"

Den sollte er aber kennen.

N.

„Hat 666 Angst vor Mohammed?"

N.

„Hat 666 Angst vor Buddha?"

N.

Christus war offensichtlich der Schlüssel! Das wäre somit geklärt! Aber war es nur Jesus allein? Nur das Christentum? Das ließe sich an dieser Stelle nicht zwingend herleiten, wenn die

anderen Religionen G nicht bekannt waren. „Also einen Schritt weitergehen! Wahrscheinlich wird er lügen, aber trotzdem:" –
„Wer ist stärker: Gott oder 666?"
GOTT.
Bing, bing, bing – Jackpot! Aber warum log er nicht? Hatte er Angst, sie würden ihn mit der Bibel bestrafen?
„Wer ist stärker: Christus oder 666?"
CHRISTUS.
Vorsicht! Das lief jetzt alles ein bisschen zu glatt.
„Wenn Gott stärker ist als 666, dann wird Gott ihn auch besiegen!"
J.
Warum machte er das? Wollte er sie einlullen? Oder erhoffte er sich vielleicht etwas von ihnen?
„Wenn du weißt, dass 666 verlieren wird, warum dienst du ihm denn?"
ICH GEHOERE IHM.
Also doch: geboren und gestorben im Zeichen des Teufels. Konsistente Darstellung.
„Wärst du gerne frei?"
Keine Reaktion. Rally wiederholte die Frage und sah dabei Andreas hilflos an. Das Glas blieb weiterhin stehen. „Ich glaube, er weiß nicht, was das ist: frei", vermutete Andreas. „Kann gut sein", antwortete Rally nachdenklich. Das wäre logisch. Aber genauso könnte es auch möglich sein, dass er nur wollte, dass sie das glauben. „Bloß aufpassen. Er ist gefährlich!"

„Du bist in der Hölle. Du hast Schmerzen. Du hast Angst. Wärst du nicht gerne an einem anderen Ort? Einem Ort ohne Schmerzen und ohne Angst?"
DEN GIBT ES NICHT.
„Doch, man nennt ihn Himmel."
WO SOLL DAS SEIN?
„Er fragt uns. Zum ersten Mal. Hat er Interesse?" –
„Bei Gott!"

*ES GIBT KEINEN GOTT.*

Falsche Richtung! Konnte G eigentlich Gedanken lesen? Machte er die Sache jetzt etwas komplizierter, damit er glaubhafter erschien? Nein! Halt! In seiner Welt gibt es tatsächlich keinen Gott! Dies ist doch die Definition von Hölle: fern sein, verdammt sein von Gott.

„Doch! Er ist überall, nur nicht in der Hölle. Erinnere dich an deine eigenen Worte! 666 hat Angst vor Gott, weil Gott stärker ist als er und ihn besiegen wird! Hast du das gesagt?"

*J.*

„Jetzt weiß ich's. Er lügt nicht, weil Andreas und ich es ja bereits gesehen haben. Die Macht des Kreuzes und der Bibel. Er kann es ja sowieso nicht vor uns verbergen. Er ist den christlichen Symbolen genauso wenig gewachsen, wie 666 Gott gewachsen ist. Er ist schlau und gerissen! Mal sehen, was er jetzt sagen wird." –

„Wenn also Gott stärker ist als 666, dann hat er auch die Macht, dich aus der Hölle herauszuholen, oder?"

*J.*

„Willst du, dass er dich herausholt?"

*WAS MUSS ICH TUN?*

„Er hat Interesse! Ich sollte ihn noch ein bisschen zappeln lassen!" –

„Warum bist du in der Hölle?"

*ICH BIN DER SCHMERZ.*

„Na und?"

*ICH FUEGE MENSCHEN SCHMERZEN ZU.*

Das glaubten sie ihm aufs Wort!

„Wenn du von diesem verdammten Ort wegwillst, dann solltest du damit aufhören, Menschen etwas anzutun. Bereue, was du getan hast und bitte Gott um Vergebung."

*N.*

„Dann wünsche ich dir viel Spaß mit deinem Herrn 666, deinen Ängsten und Schmerzen. Mach's gut!"

Er packte das Glas, stand auf und stellte es auf den Schreibtisch. Der Kontakt war beendet. War er das wirklich? Er konnte nichts mehr spüren. Mit Ausnahme seiner Knie, die durch das lange Hocken im Schneidersitz ganz schön wehtaten. „Ich bin der Schmerz", hatte G gesagt. Der Schmerz als Wesen? Als Intelligenz? Schwer vorstellbar!
„Mensch Rally! Das war zu voreilig. Er hat sich doch nun wirklich sehr kooperativ verhalten! Warum hast du aufgehört?" – „Habe ich nicht! Wir geben ihm nur etwas Zeit zum Überlegen!" „Jetzt mal ehrlich, Andreas. Hast du etwas Vergleichbares schon mal erlebt?" – „Weiß Gott, nein! Aber ich bin mir nicht sicher, ob dieses Erlebnis so gut für mich ist. Wir haben Kontakt mit einem Insassen der Hölle, der uns Schmerz und Tod bringen will. ‚Ich bin der Schmerz.' Himmel, was soll das?" – „Tja, wenn ich das wüsste." Rally kratzte sich fragend am Hinterkopf und fügte hinzu. „Irgendwie tut der Kerl mir leid." – „Stimmt", meinte Andreas. „Ich glaube, er identifiziert sich so sehr mit seinem Schmerz, dass er sich schon selbst dafür hält." – „Interessante Theorie. So habe ich das noch gar nicht gesehen." – „Wieso, was hast du denn gedacht?" Rally grübelte einen Moment. „War es gut, Andreas von seinen Überlegungen zu erzählen? Besser vorsichtig!" – „Ehrlich gesagt, halte ich es für möglich, dass er wirklich nie ein Mensch war." – „Bitte? Wie kommst du denn darauf?" Andreas war sehr erstaunt. Rally beschloss, ehrlich zu bleiben: „Er war stärker als Ludwig. Viel stärker!" Andreas wurde die Sache nun noch unheimlicher. Denn es stimmte. Das hatte er auch bemerkt: „Ludwig hat schon bei Christi Namen das Weite gesucht, während G nicht mal zuckte. Aber wenn G kein Mensch war, was war er dann?"
„In der Bibel ist an ein paar Stellen von Dämonen die Rede. Bisher habe ich das immer als Unfug abgetan!" – „Genauso wie Beschreibungen von Geisterbeschwörungen!", warf Andreas mit einer gewissen Genugtuung ein. „Ja. Ich habe mich in vielen Dingen getäuscht! Aber was soll's? Dafür haben wir beide heute aber die Bestätigung für etwas unglaublich Großartiges bekommen: Es

gibt ein Leben nach dem Tod! Gott und Jesus sind stärker als der Teufel. Und Christus ist das absolut Gute. Wir haben es mit eigenen Augen gesehen! Der Christophorus, das Kreuz, die Bibel!" – „Ja, wir haben es gesehen. Das Gute ist stärker als das Böse!"

Andreas klang allerdings nicht sonderlich überzeugt. Er traute wohl seinen eigenen Augen nicht. Er war eben ein Zweifler. Aber Zweifel waren ja auch durchaus angebracht, denn alle Informationen hatten sie von – wie hatte er es ausgedrückt – Insassen der Hölle. Keine Aussage von ihnen konnte man ungefiltert für bare Münze nehmen. Aber Rally war sich sicher, dass vorsichtiges Einfühlungs- und Urteilsvermögen dabei helfen konnten, Lüge und Wahrheit zumindest in einigen Fällen zu erkennen.

„Aber Rally, jetzt mal was ganz anderes." Andreas druckste ein wenig herum, so als sei ihm etwas peinlich. „Ja, was denn?", fragte Rally gespannt. „Ehrlich gesagt, mir ist schlecht!" – „Schlecht?" – „Schlecht vor Hunger!" – „Auweh! Das ist schlecht! Aber jetzt, wo du es sagst."

Beide drückten sich jeweils die ausgestreckten Finger ihrer rechten Hand bis zum Anschlag in die Magengrube. „Erschreckend leer!", konstatierte Andreas. „Das müssen wir ändern. Wir brauchen eine Füllung. Wie wäre es mit Chips?", fragte Rally grinsend. „Bin dabei", freute sich Andreas. „Komm, wir gehen in die Küche. Ich brauche auch noch was zu trinken", schlug Rally vor. „Ja, die Zeit sollten wir uns nehmen. G kann uns ja schließlich nicht weglaufen. Obwohl ..." Andreas tat so, als ob er angestrengt nachdachte, und legte den rechten Zeigefinger an die rechte Schläfe. „... allzu lange sollten wir ihn nicht warten lassen. Er sitzt ja sozusagen auf glühenden Kohlen! Nein, halt. Stimmt ja gar nicht. Da ist es ja gar nicht warm. Sagen wir besser, er liegt auf Eis."

Nach einer 250g-Packung Chips und einem dreiviertel Liter Cola waren sie wieder einsatzfähig. Es war kurz vor drei, als sie die Finger wieder auf das Glas legten.

SAGT ES.
Eines musste man G ja lassen: Er verstand es, sich Aufmerksamkeit zu verschaffen. Seine kraftvollen Auftritte waren bisher immer für eine Überraschung gut. „Ich bin Gott!", der Überfall auf den Christophorus und jetzt dieses „Sagt es!" Es war imponierend und verschaffte ihm definitiv einen gehörigen Respekt.
Er hatte also tatsächlich auf sie gewartet, und wie immer mochte er keine Zeit verlieren. Aber was war seine Absicht?
„Was willst du von uns wissen?"
WAS MUSS ICH TUN.
„Um deine Schmerzen loszuwerden?"
J.
„Um deine Angst zu verlieren?"
J.
„Wende dich ab von 666!"
UNMOEGLICH.
„Wieso?"
ICH GEHOERE IHM.
„O.K.! Versuchen wir es noch einmal von einer anderen Seite." –
„Kannst du denken?"
J.
„Hast du eigene Gedanken?"
J.
„Wem gehören diese Gedanken?"
G.
„Wenn deine Gedanken dir gehören, gehört dieser wichtige Teil von dir nicht 666. Richtig?"
J.
„Folglich könntest du dich, wenn du wolltest, gedanklich von 666 abwenden. Richtig?"
J.
„Dann könntest du dich auch, wenn du wolltest, gedanklich Gott zuwenden. Richtig?"
J.

„Wenn Gott stärker ist als 666, könnte er dich dann vor 666 beschützen?"
J.
„Wenn Gott gut ist, du dich ihm zuwendest und er dich beschützt, wärst du dann von deinen Schmerzen und Ängsten erlöst?"
J.
„Wärst du dann noch in der Hölle?"
N.
„Wäre 666 dann noch dein Herr?"
N.
„Ist es also möglich, mit Gottes Hilfe die Hölle und 666 zu verlassen?"
J.

Andreas nickte Rally anerkennend zu. Über dieses Kompliment und die erreichten Fortschritte freute sich Rally sehr.

Aber offen gestanden war er nun entsetzlich müde und wollte die Sache mit G schnellstmöglich zu einem Ende bringen.

„G, jetzt hast du die Möglichkeit – die unglaubliche Chance – befreit zu werden. Bereue, was du getan hast, und bitte Gott um Vergebung. Versuch es!"
G antwortete nicht.
„G?"
J.
„Wir können dir dabei nicht helfen. Das kannst nur du allein."
LASST MICH NICHT ALLEIN.
„Irgendwann müssen wir das. Es ist schon reichlich spät."
G stockte eine Weile, dann schrieb er deutlich schneller und intensiver als zuvor:
SEID IHR BEREIT.
„Wozu?"
ZU STERBEN.
Ihre bleierne Müdigkeit war schlagartig verschwunden. Ja, in der Tat! Das mit dem Schocken hatte G wirklich drauf.

„Was?", stammelte Andreas.
*IHR SEID DEM TOD SO NAH.*
„Warum?" Sie konnten es beide einfach nicht fassen.
*IHR WERDET BEREUEN ICH HASSE EUCH.*
Sie sahen sich an. Vielleicht lag es an ihrem Erschöpfungszustand, vielleicht waren sie aber auch schon dank der sich wiederholenden Todesprophezeiung abgestumpft, so überwog bei beiden angesichts dieser mehr als unschönen Entwicklung einfach nur die Enttäuschung.

„Warum bedroht er uns jetzt plötzlich wieder?", fragte Rally. „Gerade eben sollten wir doch noch unbedingt bei ihm bleiben." – „Ich glaube, es hat mit deiner Ankündigung zu tun, dass wir ihn bald allein lassen werden. Danach hat er sich verändert", mutmaßte Andreas flüsternd. Ja, das stimmte wohl ganz offensichtlich. Andreas hatte anscheinend recht. „Was für ein Mimöschen, dieser Dämon!", dachte sich Rally und hatte trotzdem ein schlechtes Gewissen. Seine Ungeduld, oder besser seine Bequemlichkeit hatte diese Entgleisung verursacht.

„Mal langsam, G, wir werden dich nicht im Stich lassen. Aber mit Todesdrohungen und Hass wirst du an deiner Situation kaum etwas ändern. So kannst du nicht erwarten, dass Gott dir vergibt."
*ES GIBT KEINEN GOTT.*

„Na spitze!" Nun waren sie wieder ganz am Anfang. Sie stimmten sich kurz ab und waren sich einig, es noch einmal mit G zu versuchen.

„In Ordnung, G, lass uns bitte noch mal ganz sachlich von vorn anfangen." Rally war nun sehr darum bemüht, sich seine Unzufriedenheit nicht anmerken zu lassen. „Du hast gesagt, 666 hat Angst vor Gott, weil Gott stärker ist als er. Stimmt das?"
*J.*

Prima, der erste Schritt war getan. Danach durchliefen sie die ganze Argumentationskette noch einmal bis hin zu Gs Eingeständnis, dass es theoretisch möglich sei, mit Gottes Hilfe die Hölle und 666 zu verlassen. Es klappte wie am Schnürchen. Auch diesmal bestätigte G alles ohne jeglichen Widerspruch.

Was mit Logik und Verstand zu erfassen war, hatten sie G soeben zum zweiten Mal vermittelt. Doch nun war klar, dass das nicht ausreichen würde. Hatte dieses Wesen denn überhaupt so etwas wie ein Herz? War es zu positiven Empfindungen wie Mitgefühl oder Nächstenliebe fähig? Wenn nicht, wie sollte es dann für seine Taten aufrichtige Reue empfinden? Und ohne Reue war Vergebung von Gott wohl kaum zu erwarten. Die größte Schwierigkeit lag folglich noch vor ihnen. Doch dieser Herausforderung wollten sie sich gerne stellen. Egal wie müde sie waren, egal wie lange es auch dauern sollte – sie wollten wirklich helfen.

Aber durfte man das? Durften sie diesen Dämon bekehren oder gar missionieren? Ihm einen Weg aus der Hölle weisen? Und konnte man das überhaupt? War die Hölle nicht die ewige Verdammnis?

Rally wusste, dass er es sowieso nicht könnte! Das hatte sich eben bei Gs plötzlichem Sinneswandel mehr als deutlich gezeigt. Aber Gott könnte es! Da war er sich sicher.

Ohne danach zu fragen, ob es richtig sei, betete Rally still: „Bitte, Herr, hilf uns, Gs Leiden zu beenden. Bitte hilf ihm, den Weg zu dir zu finden."

Voller Zuversicht führte er dann die Argumentation fort:

„G, als du uns von deinen Schmerzen und deiner Angst erzählt hast, als du uns sagtest, dass du mit Ausnahme deines Peinigers zu niemandem Kontakt hast, hatten wir Mitleid mit dir. Wir haben mit dir mitgefühlt. Diese Fähigkeit, mitzufühlen, ist etwas Gutes. Sie kommt von Gott!

Hast du Menschen Leid zugefügt?"

J.

„Haben diese Menschen durch dich Schmerzen erfahren?"

J.

„Weißt du, was es bedeutet, Schmerzen zu haben?"

J.

„Kannst du dir die Schmerzen, die diese Menschen durch dich erfahren mussten, vorstellen?"

J.

„Du hast ihnen das angetan, was 666 dir antut. Schmerzen! Kannst du mit deinen Opfern mitfühlen?"

J.

„Dann bist du nicht absolut böse. Du trägst etwas Göttliches in dir: Mitgefühl!"

G reagierte nicht. Aber das negative Gefühl, das Rally bei Gs Anwesenheit empfand, wurde schwächer.

„Andreas und ich sind Freunde. Wir vertrauen uns. Wir können uns aufeinander verlassen. Wir helfen uns gegenseitig. Das ist ein sehr schönes Gefühl! Wir fügen uns keine Schmerzen zu. Das Band zwischen uns ist ebenfalls etwas Göttliches! Es kommt von Gott! Es ist gut! Weißt du, wie man dieses Band nennt?"

N.

„Liebe!"

„Du hast Menschen Leid zugefügt. Kannst du auch an ihrem Leid teilhaben?"

J.

„Diese Menschen mussten wegen dir leiden. Tut dir das leid?"

J.

„Auch das ist etwas Gutes. Weißt du, wie man es nennt?"

N.

„Reue! Und es ist der erste und wichtigste Schritt in Richtung Vergebung." –

„Herr, er bewegt sich auf dich zu. Bitte, hilf ihm."

LICHT.

„Bitte?"

DA IST LICHT.

„Wo?"

WEIT WEG.

„Christus hat gesagt: ‚Ich bin das Licht.' Also geh hin!"

ES IST ZU WEIT.

„Nein! Du schaffst das! Geh hin!"

LASST MICH NICHT ALLEIN BITTE.

Da waren sie also wieder an diesem überaus kritischen Punkt. Doch diesmal beschloss Rally, es nicht wieder zu versauen. Dazu bekam er von Andreas allerdings auch gar keine Gelegenheit mehr, denn der grätschte vorsichtshalber mal schnell dazwischen: „Wir sind bei dir. Und wir bleiben bei dir, solange du willst. Ganz sicher. Wir helfen dir, so gut wir können. Aber den wichtigsten Schritt kannst nur du allein machen. Du selbst musst bereuen und Gott um Vergebung bitten. Geh zum Licht!"

J.

Stillstand!

Das negative Gefühl war verschwunden. Rally bemerkte es erst jetzt. Es war vollkommen weg!

„G?"

J.

Aber G war noch da!

„Wo bist du?"

BEI GOTT.

„Was?" Wie sollte das gehen? „Das kann doch nicht sein?!" – „Er belügt uns!", sagte Andreas mit einem Ausdruck des ungläubigen Entsetzens.

N, antwortete ihnen G.

GEBT MIR DAS KREUZ.

„Das Kreuz? Was will er denn damit?" Rally griff mit der linken Hand nach der Kette und ließ den Anhänger etwa zwei Zentimeter über dem Tablett schweben. Das Glas bewegte sich langsam auf das Kreuz zu. War es Furcht oder Ehrfurcht?

Die Bewegung setzte sich gleichmäßig fort. Eine Ewigkeit für so eine kurze Distanz.

„Kann er es berühren? Wird er es berühren?"

Sie hielten den Atem an, beide. Der Abstand betrug höchstens noch einen Millimeter. Aber noch immer gab es keine Berührung. Zog er eigentlich unbeabsichtigt den linken Arm weg? „Halt doch still!"

Kontakt!

Nein! Es war mehr als das. Es war eine Umarmung. Das Glas schob nun das Kreuz in schnellen, wild kreisenden Bewegungen vor sich her. Ständig änderte es die Richtung. „Er will es festhalten!", rief Andreas begeistert. „Er ist angekommen!"

„Ja", das dachte auch Rally. Aber konnte das sein? Alles ging so schnell! Das negative Gefühl war verschwunden, aber G war noch da. Vor einiger Zeit tat dieses silberne Kreuz ihm noch weh, und nun tanzte er damit förmlich eng umschlungen vor ihren Augen.

Rally unterbrach den Kontakt, legte das Glas beiseite und stellte den Christophorus ins Zentrum der Anordnung. „Wenn er bei Gott ist, dann kann er auch direkt mit dem Christophorus schreiben!" Andreas verstand und setzte seinen Finger darauf.

Die Reaktion von G erfolgte prompt:
*DANKE.*
„Wo bist du?"
*HIMMEL.*

Sie wussten nicht, was sie antworten sollten und starrten ungläubig auf den Christophorus, als G ihnen bedeutete:
*IHR KOENNT MICH NUN ALLEIN LASSEN ICH LIEBE EUCH.*

Sie stammelten einige Wortfetzen zum Abschied und ließen los. Es war Punkt vier Uhr morgens. Sie waren völlig am Ende. Geistige Wracks. Aber auch körperlich hatten sie einige Probleme: Vom langen Hocken auf dem Fußboden tat der Hintern, die Knie und der Rücken weh. Vom Zeigefinger bis zur Schulter, der rechte Arm brannte wie Feuer. Stundenlang hatten sie in dieser widernatürlichen Haltung verbracht.

„Mein Schädel kollabiert! Ich bin total ausgelaugt! Ich muss jetzt ins Bett!" Andreas schwankte zur Tür. „Warte", bat Rally enttäuscht, „wollen wir nicht erst mal was essen?" – „Nö. Ich kann nicht mehr reden! Ich kann nicht mehr denken! Ich kann nicht einmal mehr was essen! Lass uns morgen Mittag treffen. Ich komme um drei vorbei." Sprach es und verschwand ohne weitere Verabschiedung im Hausflur.

# DAS OPFER

Samstag 26. Dezember 1987
Nachdem er noch eine Kleinigkeit gegessen, sich die Zähne geputzt und sich gewaschen hatte, fiel er gegen halb fünf in einen tiefen komaähnlichen Zustand. Nicht einmal zwei Stunden später erwachte er wie gerädert. An Weiterschlafen war nicht mehr zu denken. Die Fülle der Grenzerfahrungen, denen er in der vergangenen Nacht ausgesetzt war, diktierte nun seinen Tagesablauf. „Schreib es auf! Alles! Wort für Wort! Und zwar gleich nach dem Frühstück!"

Um möglichst wenig Zeit zu verlieren, machte er sich schnell ein paar belegte Brote, die er dann am Schreibtisch essen wollte. Doch als er von der Küche in sein Zimmer zurückkam, verging ihm schlagartig der Appetit. Was war das nur für ein widerwärtiger Geruch? Es stank bestialisch nach faulen Eiern. Dabei hatte er doch erst vor wenigen Minuten, als er sich sein Frühstück machte, gründlich gelüftet. „Ist ja widerlich", dachte er sich, hielt den Atem an, riss erneut mit der rechten Hand himmelweit das Fenster auf, während sein linker Arm, soweit wie möglich nach hinten in Richtung Tür gestreckt, darum bemüht war, den Teller mit den Broten möglichst wenig diesem hochkonzentrierten Gas auszusetzen. Ob man die jetzt überhaupt noch essen konnte? Fluchtartig raste er in den Flur und zog hektisch die Tür hinter sich zu.

Definitiv konnte niemand zwischenzeitlich in seinem Zimmer gewesen sein. Seine Eltern schliefen ja noch – jedenfalls bis zu dem Zeitpunkt, als er die Tür so laut zugeknallt hatte. Und er war ja auch nur wenige Augenblicke schräg gegenüber in der Küche gewesen. Wie konnte es da plötzlich so verdammt nach Schwefel stinken? „Schwefel?! So roch doch auch Mephisto in Goethes Faust, oder?"

Übervorsichtig und geradezu angewidert roch er nun an seinen Broten. „Salami! Schinken! Leberwurst! Gott sei Dank – die sind noch O.K.!"

Erst rund zehn Minuten und drei Scheiben Mischbrot später traute er sich, die Tür zu seinem Zimmer für einen Geruchstest zu öffnen. Die Luft war wieder rein. Winterlich kalt und klar. Angestrengt schnüffelte er nun in jeder erdenklichen Ecke, um eine mögliche Geruchsquelle zu identifizieren. Aber da war nichts. Überhaupt nichts! „Merkwürdig!"

Er fand keinerlei Erklärung dafür. Umso dringlicher erschien es ihm, nun alles lückenlos schriftlich zu dokumentieren. Das hielt ihn eine Zeit lang beschäftigt. Genauer gesagt, mehr als fünf Stunden brauchte er, um jedes Detail auf seinen Block mit Spiralheftung zu kritzeln. Dies half ihm einigermaßen, um sich neu zu orientieren. Er war schließlich in den letzten Stunden um essenzielle Teile seines Weltbilds beraubt worden. Viele auf Messbarkeit basierte Fixpunkte seines Lebens hatten sich verschoben, teilweise sogar vollständig aufgelöst. Das musste erst einmal verarbeitet und bewältigt werden.

Nach dem gemeinsamen Mittagessen mit seinen Eltern kam Pitt bei ihm vorbei. Pitt war ein wirklich guter Freund – lebensfroh, lustig, versehen mit einem Riesenschlag beim anderen Geschlecht. Er war zwar mit seinen ein Meter siebzig kein Adonis, aber sportlich und, was die Damenwelt wohl besonders honorierte, humorvoll und charmant. Sie hatten sich für Viertel nach zwei verabredet, was Rally allerdings zwischenzeitlich völlig entfallen war. „Frohe Weihnachten, Rally!" Pitt stand wie üblich mit bester Laune in der Tür. „Na, was gab's denn dieses Jahr Feines vom Christkind?" Er schob Rally einfach beiseite, um weiter zu sprudeln: „Meinen Eltern habe ich gesagt: ‚Vollkommen egal, was ihr mir schenkt – Hauptsache viel und teuer!' Sie haben aber nicht auf mich gehört. Und bei dir?"

Konnte er mit Pitt darüber reden, was ihn wirklich beschäftigte? Pitt war genau wie er katholisch. Aber Pitt ging jeden

Sonntag in die Kirche. Er war gläubig und unheimlich gutmütig. Die materialistisch angehauchte Äußerung bezüglich seines Wunschzettels war lediglich einer seiner Witze. Tatsächlich hatte er seinen Eltern und seinen drei Geschwistern vorgeschlagen, in diesem Jahr auf Geschenke zu verzichten, das gesparte Geld zu spenden und zusätzlich einige Obdachlose am Heiligen Abend nach Hause einzuladen, um mit ihnen gemeinsam Weihnachten zu feiern. Dieser Vorschlag erwies sich innerhalb der Familie allerdings als nicht mehrheitsfähig.

„Komm mit, Pitt! Hinsetzen, zuhören, still sein – schaffst du das?" – „Klingt langweilig. Muss es unbedingt sein?" – „Ja!" Und Rally erzählte ihm in etwa einer Viertelstunde die Kurzfassung des Erlebten. Pitt hörte sehr aufmerksam zu. Und eines wusste er genau. Rally neigte nicht dazu, die Nerven zu verlieren. Er trank nicht und nahm keine Drogen. Jegliche psychischen, psychosomatischen oder halluzinogenen Einflussfaktoren konnte er bei ihm somit ausschließen. „Na los! Jetzt darfst du wieder was sagen." Rally blickte ihn auffordernd und erwartungsvoll an, nachdem er geendet hatte. Wie würde Pitt es aufnehmen?

„Ich will nur eines wissen, Rally. Wo ist G jetzt?" – „Tja, das würde mich auch brennend interessieren." Er war sehr geschmeichelt. Pitt brachte ihm nicht den leisesten Hauch von Misstrauen entgegen. Dass er ihm angesichts dieser nun wirklich unglaublichen Geschichte vertraute, machte ihn ein wenig stolz. Pitt hielt ihn immer noch für glaubwürdig. Das war beruhigend.

„Also, auf was wartest du noch? Bau den Apparat auf, und wir fragen ihn!" Pitt wollte es offensichtlich wissen. Rally war sich noch nicht ganz schlüssig. Eigentlich mochte er es ja nicht wiederholen. Aber Pitt hatte recht: einmal noch!

Sie setzten sich gegenüber und berührten das Glas, das sich unmittelbar darauf in Bewegung setzte. Doch diese Bewegung war extrem langsam. Das Glas brauchte für einen Zentimeter fast eine halbe Minute. An eine Kommunikation war in diesem Tempo kaum zu denken. Pitt sah Rally verächtlich an: „Wohl ein wenig übertrieben, was?" – „Pitt, ich weiß nicht, warum das jetzt hier in Zeitlupe abläuft. Heute Nacht war das alles deutlich energiegeladener. Vielleicht ist es hier einfach zu hell." Er sprang auf und zog das Rollo am Fenster herunter. Danach lief es tatsächlich etwas zügiger, aber es stand immer noch in keinem Verhältnis zur vergangenen Nacht. Oder lag es etwa daran, dass Andreas fehlte? War der vielleicht wirklich für dieses Verfahren besonders talentiert, wie man ihm in Göttingen gesagt hatte? „Doof!" Plötzlich fiel ihm auf, dass sie weder Ludwig noch G gefragt hatten, wer denn ihr Medium sei. „Warum eigentlich nicht? Das wäre doch interessant zu erfahren." Aber selbst wenn sie danach gefragt hätten, was wäre deren Antwort schon wert?

Die Prozedur war nun seit circa zwei bis drei Minuten im Gang und bisher hatte sich das Glas lediglich einmal zum Buchstaben *J* und wieder zurück ins Zentrum der Anordnung bewegt. Dann klingelte es an der Tür: „Das wird Andreas sein. Er wird dir bestätigen, was ich erzählt habe."

Es war Andreas. Er und Pitt begrüßten sich herzlich. Genauso wie am Nachmittag zuvor machte er einen guten, ausgeglichenen Eindruck. „Wie geht es dir?", fragte ihn Rally. „Sehr gut! Und dir?" – „Ein bisschen müde, aber ansonsten topfit! Übrigens, Pitt weiß Bescheid. Ich habe ihm erzählt, was passiert ist", klärte ihn Rally auf. „Ja, was ist eigentlich passiert? Haben wir tatsächlich eine verlorene Seele der Hölle entrissen? *Per aspera ad astra* – durch Nacht zum Licht?", fragte Andreas augenzwinkernd pathetisch. „Pitt und ich wollten das eben herausfinden. Du glaubst nicht, wie lahmarschig das jetzt vorangeht. Es dauert Minuten, bis auch nur ein einziger Buchstabe geschrieben ist." – „War es *G*?", erkundigte sich Andreas. „Keine Ahnung! Ohne dich funktioniert es nicht richtig. Vielleicht liegt es aber auch am Licht. In 'ner halben Ewigkeit haben wir es gerade mal zum Buchstaben *J* geschafft." – „Klingt aber ziemlich nach *G*."

Man einigte sich in der Folge erst einmal auf Kaffee und Kuchen, um dabei das weitere Vorgehen zu diskutieren. Sie unterhielten sich angeregt und philosophierten über die religiösen und theologischen Konsequenzen, die sich aus ihrem Erlebnis ergaben.

„Auf geht's, Männer! Schon vier Uhr durch. Lasst uns noch ein letztes Mal nach G sehen." Rally zog zusätzlich zum heruntergelassenen Rollo noch die Vorhänge zu, um den Raum einigermaßen abzudunkeln. Nachdem sie ihre Finger aufgesetzt hatten, quälte sich das Glas auf eine Kreisbahn. Es war etwas schneller als beim letzten Versuch, aber immer noch ermüdend langsam.

„Wer bist du?"

G.

Rally konnte nicht sagen, ob es stimmte. Er fühlte etwas, aber das war noch schwächer als die Empfindung bei Ludwig.

„Wo bist du?"

„Sag Himmel. Bitte, sag Himmel", flehte er still in sich hinein.

H.

„Grundgütiger, dauert das lange." Aber bereits nach dem zweiten Buchstaben hatten sie Gewissheit. Es folgte ein *O*, ein *E*, zwei *L* und ein *E*.

*HOELLE.*

Alle waren maßlos enttäuscht. Niemand wusste, wie man mit dieser Hiobsbotschaft umzugehen hatte.

Das Glas wanderte zurück ins Zentrum, verweilte einen Augenblick, vollzog eine etwa zehn Zentimeter lange gerade Ab- und Aufwärtsbewegung mit anschließendem Halbkreis von circa fünf Zentimetern im Durchmesser. Was war das? Ein großes *P* oder ein kleines *d*? Alle Papierquadrate zeigten Großbuchstaben. Das sprach für ein *P*, ebenso wie auch der Bewegungsablauf. Ein kleines *d* würde normalerweise mit dem Halbkreis beginnen.

Nach einer kurzen Pause bewegte sich das Glas zum *A* und schwenkte von dort auf eine Kreisbahn. *G* reagierte nicht mehr auf Fragen. Er zog die kreisförmige Bewegung enger. Somit war es nun eher eine Spirale, die er ausführte. Draußen wurde es allmählich dunkel. War das der Grund, warum die Bewegung zunehmend schneller wurde?

„Was bedeutet diese spiralförmige Bewegung zum Zentrum des Kreises hin? Warum hat er dort eben ein *P* gezeichnet? Warum ist er nicht einfach zum Buchstaben *P* gegangen?" Rally überlegte angestrengt. Das Denken strengte ihn tatsächlich an. Es fiel ihm regelrecht schwer. War das der fehlende Schlaf? „Gleich ist er im Zentrum. Mensch, er wird immer schneller!" Auch das negative Gefühl steigerte sich nun von Sekunde zu Sekunde.

„Was bezweckt er damit? Warum sind wir eigentlich alle so still?" Er konnte nicht aufblicken, um zu sehen, was die anderen taten. Aber fest stand, dass niemand mehr *G* irgendetwas fragte. Sie starrten alle nur wie gebannt auf diese Spirale. Rally wehrte sich gegen die Leere in seinem Gehirn und zwang sich zu denken. „Für was steht *P*? Pitt? Gleich hat *G* die Mitte erreicht."

Dann schoss es ihm plötzlich durch den Kopf: „Verdammt, er will Pitt!"

So schnell er konnte schlug er mit der rechten Hand das Glas unter den Fingern der beiden anderen weg, während seine linke die Papierquadrate vom Tablett fegte.

„Nein!" Es war Pitt. „Nein!" Er schrie augenblicklich wie am Spieß. „Baut es wieder auf! Baut es wieder auf!" Mit großer Kraft schlug er völlig von Sinnen auf Rally ein. „Macht schon!" Obwohl Rally ihm körperlich überlegen war, gelang es ihm nicht, Pitts Arme festzuhalten. Geistesgegenwärtig sprang Andreas auf Pitt zu und packte ihn von hinten. Zu zweit konnten sie ihn gerade so bändigen. Daraufhin hörte er unvermittelt auf, um sich zu schlagen, um sie direkt danach weinerlich verzweifelt anzuflehen. „Bitte, baut es wieder auf. Wir müssen ihm helfen! Bitte!"

Einen solch extremen Sinneswandel in kürzester Zeit? Vom kommandierenden Tobsüchtigen zum bettelnden Jammerlappen? Wie war das möglich? Wie war das zu erklären? Sie ließen ihn nun vorsichtig wieder los.

„Baut es wieder auf! Bitte!", stammelte Pitt weiter. „Wir müssen ihm doch helfen!" Es hatte jedoch den Anschein, dass dies gelogen war. War es wirklich Pitt, der da sprach? Würde „Ihr müsst MIR helfen!" nicht eher der Wahrheit entsprechen? Für Pitt müsste es doch ein Leichtes sein, den Kreis wiederherzustellen. Doch ihr Gegenüber war dazu offensichtlich nicht in der Lage. Warum nicht? Seine Hände hielt er immer noch hinter seinem Rücken, so als sei er unfähig, sie nach dem Glas auszustrecken. Paralysiert stand er da, die Verzweiflung ins Gesicht gemeißelt. Als er erkannte, dass niemand die Anordnung für ihn wieder aufbauen würde, setzte er ein ekelhaft überhebliches Grinsen auf. Einen Gesichtsausdruck, den sie beide noch nie bei Pitt gesehen hatten. Ohne das höhnische, erschreckend boshafte Lächeln zu unterbrechen, sagte er zu ihnen: „Ihr glaubt doch nicht wirklich an den ganzen Scheiß?!", drehte sich um und verschwand durch die Tür.

Rally lief ihm hinterher. „Pitt! Pitt, warte bitte!" Doch Pitt war bereits im Hausgang und rannte die Treppen hinunter. Es hatte jetzt keinen Zweck, ihm zu folgen, da war sich Rally ganz sicher.

Er! Er! Er!

Er hatte sich wie eine egoistische Hohlbirne verhalten!

Er hatte in grenzenloser Dummheit und Überheblichkeit seine besten Freunde gefährdet!

Er hatte versagt!

Erst jetzt erkannte er das Ausmaß seiner Fehler. Mussten nun andere für seinen Hochmut bezahlen? „Durch meine Schuld. Durch meine Schuld. Durch meine große Schuld." Doch er wusste auch, dass er sich trotz seiner Verfehlungen nicht unnötig lange in lähmendem Selbstmitleid ergehen durfte. Jetzt war Schadensbegrenzung angesagt. Niemals konnte er dies ungeschehen machen. Das hieß aber nicht, dass er jetzt gar nichts machen konnte. Nur, was würde jetzt noch helfen? War es nicht schon zu spät? Er war nun wirklich bereit, für seine Freunde alles zu tun. Ganz egal, wie hoch der Preis für ihn persönlich wäre. Von nun an würde es nicht mehr um ihn gehen!

Er eilte zurück in sein Zimmer. Andreas war sehr besorgt: „Was haben wir getan?" – „Nicht wir, Andreas. Ich!" Noch nie in seinem Leben war er so traurig gewesen. „Du hattest recht! Du hast mich mehrfach gewarnt. Du wolltest aufhören. Das Ganze ist einzig und allein meine Schuld, nicht deine!" – „Das stimmt nicht, Rally! Ich hätte ja jederzeit aufhören können. Aber das ist ja auch vollkommen unwichtig. Pitt ist jetzt wichtig." Andreas spürte, was sein Freund gerade durchmachte.

„Denkst du, was ich denke?", fragte Rally. Andreas blieb in seiner Wertung der Situation sehr vorsichtig: „Er hat sich deutlich verändert." – „Ja." – „Von einer Sekunde zur nächsten!" – „Andreas, wir müssen ihm helfen! Dieser Höllenbastard hat irgendwie Besitz von Pitt ergriffen. Verflucht, warum habe ich das nicht früher durchschaut?" – „Ich habe es auch nicht mitbekommen. Irgendwie war ich nicht ganz da!" Andreas konnte sich das im Nachhinein selbst nicht erklären.

Sie schwiegen eine Weile, beide in ihren Gedanken versunken. „Lass uns *G* noch ein allerletztes Mal befragen", bat Rally. „Hältst du das wirklich für eine gute Idee? Er wird doch sofort da weitermachen, wo wir ihn eben unterbrochen haben!" – „Ja, bestimmt sogar. Ich weiß, es ist unverantwortlich, dich darum zu bitten. Ich habe nicht nur Pitt, sondern auch dich gefährdet! Das tut mir entsetzlich leid. Aber jetzt müssen wir erfahren, ob Pitt von *G* bereits besessen ist." – „Du kannst dich natürlich auf mich verlassen. Ich bin dabei! Aber *G* wird uns hundertprozentig wieder anlügen!" – „Wahrscheinlich, aber ich glaube zu erkennen, wann er lügt." Andreas hatte da seine Zweifel. Doch mangels einer besseren Idee begann er sogleich mit der Sortierung der Papierfetzen.

Sie berührten das Glas. Wie erwartet, bewegte es sich sofort. War das *G*? Wer auch immer, er war wesentlich stärker als vorhin. Das lag offensichtlich daran, dass es jetzt draußen schon stockdunkel war. Er zeichnete wieder ein *P* im Mittelpunkt und schwenkte genau wie beim ersten Mal auf eine Kreisbahn ein. Doch sie hielten das Glas einfach fest.

„Das wird kein zweites Mal funktionieren! Also versuch es erst gar nicht. Was willst du von Pitt?", fragte Rally wütend.

*BESITZ.*

Das war erschreckend ehrlich.

„Besitzt du ihn schon?"

*J.*

„Das war gelogen!" Rally konnte es deutlich spüren. Außerdem entbehrte es jedweder Logik. Warum sollte er das Ritual neu beginnen oder fortsetzen, wenn es bereits vollzogen war? Aber er hatte einen Einfluss auf Pitt, ohne jeden Zweifel.

„Du lügst! Du besitzt ihn nicht."

*ABER BALD.*

„Aber bald? Das könnte stimmen. Ich muss es verhindern! Unbedingt!" –

„Du widerwärtige Ausgeburt der Hölle, nimm mich!"

*N.*

„Na los! Schreib ein *R* und mach deine Kreise! Wir werden dich nicht daran hindern!"

*N.*

Entsetzt blickte Andreas auf. Er befürchtete nun, Rally würde die Kontrolle verlieren.

„Warum nicht?", fauchte Rally.

*NOCH NICHT.*

„Er lügt! Er wird es nicht mal versuchen."

„Nein! Du kannst es nicht! Das ist der Grund!"

*G* oder der, der sich für *G* ausgab, blieb die Antwort schuldig und versuchte zu kreisen. Doch sie hielten das Glas fest.

Warum konnte er es bei Pitt, aber nicht bei ihm? Dafür musste es doch eine Erklärung geben. Aber es hatte keinen Zweck mehr, weiter zu fragen. Im Gegenteil, es wurde mit jeder Sekunde gefährlicher. Jetzt musste er auch an Andreas denken. Das Risiko war einfach zu groß.

„Wir haben versucht, dir zu helfen. Aber du hast uns angegriffen. Wenn du an deinem erbärmlichen Zustand, bestehend aus Angst und Schmerz, etwas ändern willst, dann bereue und bitte

Gott um Vergebung. Mit uns jedenfalls wird es keinen Kontakt mehr geben. Nie wieder!" Er stellte das Glas zur Seite und warf die Papierquadrate in den Mülleimer.

„Na, Gott sei Dank. Es war noch nicht zu spät!" Andreas war darum bemüht, die Lage möglichst positiv einzuschätzen. „Er wird Pitt niemals bekommen." Rally sah ihn zweifelnd an. „Pitt ist gläubig und total gutmütig. Der wird sich ganz schnell von dem Einfluss dieses Höllenhunds befreien. Du wirst es sehen, Rally!" Andreas sagte dies, weil er seinem Freund helfen wollte. Wirklich überzeugt war er nicht von seiner eigenen Beurteilung. Zu sehr hatte ihn die plötzliche Veränderung Pitts verwirrt. Allein dieser Gesichtsausdruck, bevor er verschwand. Wenn er nur daran dachte, überkam ihn ein Schauder. „Mann, ich hoffe so sehr, dass du recht hast." Rally raufte sich sichtlich verunsichert die Haare. „Mit was haben wir uns da eingelassen?" – „Mit etwas Gefährlichem", antwortete Andreas und meinte: „Bis die Sache mit Pitt geklärt ist, sollten wir mit keinem darüber sprechen." – „Unbedingt", bestätigte Rally. „Ich werde vorerst nicht einmal mit Nina darüber reden. Ich hab' schließlich schon genug Unheil angerichtet!"

Sie vereinbarten, sich am folgenden Nachmittag wieder zu treffen, da Andreas nun in der Stadt zum Abendessen verabredet war und Rally zu Nina musste. Vorher wollte er aber noch versuchen, Pitt zu erwischen. Doch der blieb verschwunden. Bis zum Abend war er weder zu Hause noch bei seiner Freundin aufgetaucht.

Bei Nina ließ Rally sich nichts anmerken. Das war auch nicht sonderlich schwer, denn Nina war gedanklich schon längst im Skiurlaub. Sie wollte früh ins Bett, da sie noch in der Nacht mit ihren Eltern ins Pitztal fuhr. So blieb er nicht lange, wünschte ihr lediglich einen schönen Urlaub und einen guten Rutsch.

Anfangs war er nicht begeistert, dass sie Silvester nicht zusammen verbringen konnten, aber vielleicht war es auch ganz gut, wenn sie sich ein paar Tage mal nicht sehen würden. Denn mit ihrer Beziehung stand es nicht zum Besten, was allerdings nichts Ungewöhnliches war.

Am nächsten Morgen, es war Sonntag, ging Rally ins Hochamt der Liebfrauenkirche. Dort war auch Pitt immer anzutreffen, sofern er nicht ausnahmsweise einmal sterbenskrank im Bett lag. Aber diesmal erschien er nicht. Das war zwar ungewöhnlich, aber nicht unbedingt wert, einen negativen Rückschluss daraus zu ziehen. Schließlich gab es ja in den vergangenen drei Tagen reichlich Gelegenheit, Gottesdienste zu besuchen, und Pitt nahm sich nun mal eine Auszeit. Was aber, wenn es der Beginn einer dauerhaften Verhaltens- oder Einstellungsänderung wäre? Rally beschloss, nach der Messe zu Pitt zu fahren, dann würde sich wohl einiges klären.

Pitt hatte im Haus seiner Eltern eine kleine ausgebaute Mansardenwohnung. Pitts Mama öffnete ihm freundlich. „Klar, Pitt ist oben. Aber Vorsicht! Er räumt schon seit Stunden die Wohnung um. Und ist übel gelaunt." Er stieg die steilen Stufen nach oben, klopfte zaghaft und bekam ein unmissverständliches „Hau ab!" zu hören. Er öffnete die Tür aber trotzdem. Die Wohnung war reichlich chaotisch. Überall lagen Klamotten herum. In der Mitte des Schlafzimmers stand der leer geräumte Kleiderschrank, dem offensichtlich ein neuer Standort zugewiesen werden sollte. Pitt war ungekämmt, unrasiert und hatte noch seinen Pyjama an, dessen Oberteil nur durch die beiden unteren Knöpfe geschlossen war. Unwillkürlich fiel sein Blick auf Pitts Hals. Die Kette mit dem goldenen Kreuz, die er – seit Rally ihn kannte – noch nie abgelegt hatte, war weg.

„Was glotzt du denn so blöd?", herrschte Pitt ihn an. „O.K., Pitt. Jetzt mach mal langsam!" Rally hasste es, wenn man so mit ihm sprach. Er nahm aber sofort die Schärfe seines Tons zurück und sagte: „Ich hab' Mist gebaut und ich bin hier, um mich zu entschuldigen. Du kannst mir glauben, es tut mir leid, was passiert ist." – „Was soll denn passiert sein? Nichts ist passiert! Gar nichts ist passiert! Und jetzt geh, du siehst doch, dass ich zu tun habe." Pitt nahm einen Wäschestoß vom Sofa und setzte ihn planlos auf einem Sessel wieder ab. „Soll ich dir beim Möbelrücken helfen?", fragte Rally versöhnlich. „Nein. Ich brauche deine Hilfe nicht! Verschwinde!", war die feindselige Antwort. Rally wurde nun sauer. „Sag mal, Pitt, kommt dir dein Verhalten nicht selbst merkwürdig vor? Gestern schreist du bei mir das ganze Haus zusammen, läufst weg und heute führst du dich auf wie ein HB-Männchen. Sag mir wenigstens, was los ist." – „Nichts ist los!" – „Wo ist denn dein Kreuz, das du sonst immer anhast?" – „Ach so. Sag es doch gleich! Du glaubst, ich bin vom Teufel besessen. Ich könnte das Kreuz nicht mehr tragen. Ich könnte nicht mehr in die Kirche gehen, was?" – „Nein, das glaube ich nicht! Aber was glaubst du denn?" Pitt blieb die Antwort schuldig und beharrte stattdessen auf seiner Behauptung: „Natürlich glaubst du das! Gib es doch zu!" – „Nein! Aber ich halte es für möglich, dass wir alle uns gestern für etwas geöffnet haben, was nicht in diese Welt gehört. Etwas, das uns zu beeinflussen versucht." – „Andreas und du, ihr spinnt ja vollkommen. Du sagst, mein Verhalten wäre merkwürdig? Seht euch doch mal an, ihr Exorzisten und Inquisitoren. Ich hab' jetzt keine Zeit mehr für so was. Lasst mich einfach zufrieden mit eurem mittelalterlichen Aberglauben!" Pitt schritt über verschiedene auf dem Boden liegende Schubladen und wies ihm die Tür. Rally folgte seiner Aufforderung und sagte im Gehen: „Es ist nicht wichtig, was ich glaube. Es ist wichtig, dass du glaubst. Ruf mich bitte an, wenn du dich wieder beruhigt hast."

Nun stand fest: Pitt hatte sich verändert. Er schwebte nicht unter der Decke und sprach auch nicht mit veränderter Stimme. Nein! Seine Veränderung war subtiler. „Er schreit hysterisch in der Gegend herum, was er sonst nie macht. Er geht am Sonntag nicht in die Kirche, was er sonst immer macht. Er trägt das Kreuz nicht, das er sonst immer trägt. Er ist schlecht gelaunt, was er sonst – zumindest in dieser Form – nie ist." Aber reichte das wirklich aus, um die Veränderung zwingend auf irgendwelche dunklen Mächte zurückzuführen? Natürlich nicht! Wenn da aber doch ein

Zusammenhang bestünde? Vielleicht ein psychologischer? „Sein gestriges Verhalten ist ihm im Nachhinein eventuell peinlich. Wenn dem so wäre, könnte es sein, dass er einfach alles verdrängen möchte, was weitläufig damit zu tun hat. Um Übersinnliches würde er dann erst einmal einen weiten Bogen machen. Sogar um seinen seit Jahren gefestigten und praktizierten Glauben. Das wäre eine von Abertausend möglichen logischen Erklärungen. Was aber, wenn diese alle falsch wären? Was, wenn doch etwas Übernatürliches dahinter steckte?" Wer außer Andreas und ihm käme wohl auf so eine Idee?

Andreas machte sich wieder mit seinem Fahrrad auf den Weg und fuhr die Josefstraße zu Rally hinauf. Er war gespannt, was aus der merkwürdigen Sache mit Pitt geworden war. Für ihn persönlich jedenfalls hatte sich eine positive Wendung dieser schauerlichen Geschichte ergeben: Doris war seit Weihnachten verschwunden. Und an ihre Stelle war auch glücklicherweise niemand anderes getreten. Kein Ludwig, kein G, niemand! So sollte es auch bleiben!

Rally ging es mit Ausnahme seines schlechten Gewissens und der Sorge um Pitt gut. Ihn beschäftigte die Frage: War in dem Moment, in dem sie die Finger vom Glas zogen, wirklich der Kontakt beendet? Andreas glaubte ja, nach seinem Erlebnis in Göttingen noch beobachtet worden zu sein. Pitt war einer merkwürdigen Veränderung unterworfen. Und er? Nachwirkungen der okkulten Aktionen spürte er keine. Nicht im Geringsten. Lediglich die Kette mit dem Kreuz trug er jetzt um den Hals. Aber weniger um sich vor etwas zu schützen, sondern mehr als Zeichen seiner Überzeugung.

# DIE HÖLLE

Montag 28. Dezember 1987
Um 15:30 Uhr hatte Rally einen Vorsorgetermin bei seinem Zahnarzt. „TÜV und ASU zwischen den Jahren", wie der das immer nannte. Dabei fand er diesmal eine kleine poröse Stelle in einer von Rallys Plomben. „Nur ein klein's Löchle. Brauchen wir ein klein's Spritzle?", fragte der Zahnarzt freundlich in schwäbischer Mundart. „Bei dem gab's an Weihnachten bestimmt auch Butter-S-le zu Hause", dachte sich Rally und antwortete: „Nö, danke. Das wird wohl ohne gehen." Doch das war ein Fehler. Beim Bohren brach dann die Füllung ganz heraus, was weiteres, tieferes und vor allen Dingen unbetäubtes Bohren zur Folge hatte.

Er ging zu Fuß nach Hause. Es war kein weiter Weg. „Eine Schmerztablette wäre jetzt nicht verkehrt", dachte er sich. Aber leider war er gegen die Dinger allergisch und bekam dann Atemnot. So beschloss er, sich gegen halb fünf einfach eine Runde aufs Ohr zu legen. Danach wären die Schmerzen wohl vorbei.

Was war das an seinen Beinen? Da war doch was? Ganz plötzlich war er hellwach. Er lag in seinem Bett. Das heruntergezogene Rollo vor seinem Fenster ließ nur wenig Licht von der Straßenbeleuchtung in sein Zimmer hinein. Somit war es sehr dunkel, wenn auch nicht ganz vollständig. Da war es wieder! Durch den Adrenalinstoß ausgelöst, schoss Blut in seine Muskeln. Sein Herz schlug bis zum Hals. „Gefahr!" Es bewegte sich etwas über der Bettdecke von seinen Beinen zu den Füßen hin. Es waren mehrere Druckstellen. Eine Katze? Vom Gewicht und der Größe der Kontaktflächen, die in etwa der Pfote einer Katze oder auch der eines kleinen Hundes entsprachen, konnte es hinkommen. Aber sie hatten keine Katze und auch keinen Hund. War er wirklich wach? Sein Herz raste! Er lag auf seiner rechten Seite und hatte somit den Kopf der Raummitte zugewandt. Das, was sich da bewegte, war aber in der Nähe der Wand. Er konnte es nicht sehen, ohne sich aufzurichten. „Verdammt noch mal, was ist das?" Noch blieb er regungslos liegen und blickte auf den Radiowecker. Die roten Leuchtdioden zeigten exakt 18:00 Uhr. Was es auch war, es saß jetzt auf seinen Füßen und bewegte sich nicht mehr. Stattdessen vernahm er nun ein grunzendes Geräusch, das weder von einer Katze noch von einem Hund stammen konnte. Es erinnerte ihn eher an ein Schwein. Aber auch nur sehr entfernt. „Jetzt!", dachte er sich, ballte die Fäuste und schnellte mit sich drehendem Oberkörper in Richtung Fußende. Doch was dann geschah, konnte er nicht begreifen. „Nein! Es ist ein Traum! Es ist nur ein Traum!" Er saß aufrecht in seinem Bett. Doch es war nicht möglich zu sehen, was sich an seinen Füßen befand. Die Bettdecke. „Das kann nicht sein! Das ist ein Traum!" Sie stand wie eine Wand senkrecht vor ihm. Die Bettdecke. Sie verbarg die Ursache des Grunzens vor seinem Blick. Die Bettdecke!

Und da war sie wieder! Zum ersten Mal seit langer Zeit. Die Angst!
    Die verlorengeglaubte. Die lähmende. Die panische.
    Die Angst seiner Kindheit!
    Und genau wie damals war seine Bettdecke der einzig verfügbare Schutz. Wie damals griff er nun nach ihr. Mit beiden Händen. Wie damals wollte er sie sich über den Kopf ziehen. Sie sollte ihn beschützen. Wie damals! Doch sie stand nur da. Noch immer! Noch immer wie eine Wand. Senkrecht in der Luft! Seine Hände umfassten sie. Sie krallten sich in sie hinein. Sie war weich. Er zog mit aller Kraft. Aber sie bewegte sich keinen Millimeter. Wie eine Wand!
    Er war vollkommen schutzlos.

Und nun sah er es! Das Grauen! Direkt vor seinem Bett! Es kam aus dem Boden vor seinem Bett. Genau an der Stelle, an der sich zum ersten Mal vor drei Tagen die Anordnung befunden hatte. Es hatte Hände, die sich um seinen Hals legten. Es hatte Arme. Glatt! Es war so kalt. Er bekam keine Luft mehr! Es hatte einen Oberkörper. Glatt! Es tat so weh! „Das ist kein Traum! Das ist die Wirklichkeit!" Es hatte einen Kopf. Glatt! Ohne Augen! Ohne Gesicht! Ohne Kontur! Alles an diesem Oberkörper war glatt. Makellos in seiner Bosheit.

Er ließ die Decke los, die ihm den Schutz verweigerte. Er griff nach den glatten, kalten Unterarmen, um sich von dem tödlichen Griff zu befreien. Es gelang ihm nicht. Sie wollten sich einfach nicht auseinanderbewegen lassen. Würde er jetzt sterben?

Jedenfalls nicht ohne zu kämpfen. Die Angst wich Zorn! Er schlug in Richtung Kopf. Er schlug Serien. Unbändiger Zorn! Aber er konnte den Kopf nicht treffen. Diese glatten Arme waren einfach zu lang. Er schlug zum Körper, aber auch den konnte er nicht erreichen. Die Luft ging zu Ende. Ihm wurde schwindlig! Es war an der Zeit, dem Tod ins Auge zu sehen. Nun würde er sterben. Er wurde ruhig, ganz ruhig.

Er hatte keine Angst mehr. Er spürte keinen Zorn. Er war ruhig!

Würde er nun Gott begegnen? Würde der ihm seine Schuld vergeben? Würde er ihn in sein Reich aufnehmen?

„Moment! Du kannst nicht sterben! Nicht auf diese Weise!"

Er erinnerte sich an die Aussage von *G:* ‚Gott ist stärker als 666!'

Du trägst das Kreuz an deinem Hals!

Wenn du dich Gott zuwendest, kann 666 dich nicht töten!"

In dieser Zuversicht machte er ein Kreuzzeichen. Seine geöffnete rechte Hand glitt ohne Widerstand durch jene Arme, die er vorher mit Gewalt nicht wegbewegen konnte. Die Hände drückten aber noch immer seinen Hals zu. Doch das interessierte ihn jetzt nicht mehr. Er begann zu beten:

„Vater unser im Himmel,
geheiligt werde dein Name.
Dein Reich komme.

Dein Wille geschehe."

Nach der vierten Zeile war das Wesen schlagartig verschwunden. Die Bettdecke fiel auf seine Füße herab. Gierig atmete er ein. Seine Lungen schmerzten, während sie sich mit dem füllten, was er zum Leben so dringend brauchte. Sein Hals brannte! Er sah sich um. Da war nichts mehr.

Er saß in seinem Bett! Er schnappte nach Luft.
Er sah auf den Radiowecker:
18:03 Uhr!
„Das war kein Traum!"
Die Angst kehrte mit all ihrer Macht zurück!
„Raus hier!" Er stürzte zur Zimmertür. Riss sie auf. „Licht!" Er lief seiner Mutter in der Diele direkt in die Arme. „Was ist denn mit dir passiert?", fragte sie sichtlich erschreckt. „Nichts, ich habe nur schlecht geträumt." – „Und was hast du da an deinem Hals? Da ist ja alles feuerrot!" Rechts von ihm war der große Garderobenspiegel. Er musste sich nur umdrehen. Es kostete ihn alle Kraft, über die er zurzeit noch verfügte. Langsam, unendlich langsam drehte er sich nach rechts. Gleich würde er es sehen! Den Beweis, den er nicht haben wollte. Den Beweis, der seine Angst ins Unermessliche steigern würde.

Dann sah er sie: die Würgemale! Die Abdrücke der großen kalten Hände. Jeden einzelnen Finger konnte er sehen. Rot in seine Haut gebrannt. Zwei Daumen! Einer oberhalb, einer unterhalb des Kehlkopfs. Und jeweils vier Finger seitlich bis zum Nacken reichend.

Er war starr! Starr vor Schreck! Starr vor Angst!
Sein gesamter Körper – überzogen mit einer Gänsehaut.
Doch dann fiel ihm die Mutter wieder ein. Sie sollte sich nicht ängstigen!

„Ach das. Da habe ich mich eben gekratzt!", sagte es, ging ins Bad und schloss schnell die Tür hinter sich. Er stellte sich vor das Waschbecken und untersuchte seinen Hals im Spiegel.

„Schwein gehabt, dass er dir nicht den Kehlkopf eingedrückt hat!" Oder konnte er das sich vielleicht selbst zugefügt haben? Er versuchte, die Abdrücke mit seinen Händen in Übereinstimmung zu bringen, indem er sich selbst würgte. Sosehr er sich auch anstrengte, es passte einfach nicht. Obwohl er selbst große Hände hatte, sie waren um etwa zwei Zentimeter zu klein.

„Ich wurde wach um 18 Uhr. 6 6 6 ≈ 3 × 6 = 18.
Ich wurde angegriffen und drei Minuten später gerettet. Drei: Die göttliche Zahl. Die Heilige Dreifaltigkeit.
Das Vaterunser bis zu *Dein Wille geschehe* hat es beendet.
Ich habe Würgemale an meinem Hals. Mutter hat sie gesehen."
Er wünschte sich so sehr, geträumt zu haben, doch er kannte die Wahrheit!

## DIE RÜCKKEHR

Sie verließ ihn nicht mehr! Die Angst. Ebenso wenig wie das Gefühl der permanenten Begleitung. Es war anders als bei G. Es war nicht G!
    Es war schmerzlich.
    Es war abscheulich. Verfault. Verrottet. Stinkend. Es war schlecht!
    Niederträchtig. Heimtückisch. Unmenschlich. „Wer bist du?"
    Darauf bekam er keine Antwort. War es doch G? War es ein Dämon, ein Geist, 666 oder gar Satan persönlich. Er wusste es nicht. Er wusste nicht, wer oder was es war. Er wusste nur, wie es war: böse. Das Böse!
    Die Angst und die unheilvolle Ausstrahlung des Bösen waren zwei verschiedene Empfindungen. Von nun an gingen sie gewöhnlich miteinander einher. Sie beeinflussten sich gegenseitig. Sie sollten aber schon in naher Zukunft auch getrennt voneinander auftreten können.

Nun war es so, wie Andreas gesagt hatte: „Nachts ist es unerträglich!"
    Es reichte nicht mehr aus, den Finger vom Glas zu ziehen. Er hatte es begonnen. Konnte er es auch beenden? Wie?
    Diese uralten, symbolträchtigen Gegensätze. Tag und Nacht? Licht und Dunkel? Gut und Böse? Entsprachen sie wirklich nur einer mystisch verklärten Vorstellungswelt vergangener Jahrhunderte? G beschrieb die Hölle als dunkel, und bevor er behauptete, bei Gott zu sein, sah er ein Licht. „Ich bin das Licht!"
    „Nachts ist es unerträglich!" Die Befragung, sie funktionierte nicht im Hellen. Je dunkler es wurde, desto kraftvoller der Kontakt. Desto mächtiger sein neuer Begleiter. Dieser Macht musste

er Einhalt gebieten! Und zwar jetzt sofort! Bevor es vielleicht noch zu einem weiteren körperlichen Angriff kommen würde. Den durfte es einfach nicht mehr geben. Jetzt galt es, alles ihm Verfügbare dagegen aufzuwenden. Er hatte ja gesehen, wie es funktionierte. Das Kreuz an seinem Hals war nur der Anfang. Die blaue Bibel legte er hastig in das Epizentrum des Bösen – auf den Boden, aus dem es gekrochen war. Jene Stelle, die als Brücke zwischen den Welten fungiert hatte, seitdem sie zum ersten Mal mit Ludwig Kontakt aufgenommen hatten. Das Wort Gottes würde dieses Tor verschließen. Zusätzlich hatte er das Neue Testament und eine kartonierte englischsprachige Jugendbibel zur Verfügung. Das Neue Testament lag auf seinem Gitarrenverstärker, der am Kopf des Bettes auch als Nachttischablage diente. Die Jugendbibel sicherte unterdessen den Fußbereich des Bettes. Genau da, wo sich das katzenartige Tier als Vorbote des Leibhaftigen aufgehalten hatte. Darüber hinaus fand er im Wohnzimmerschrank einen Rosenkranz. Den würde er sich ab sofort nachts für alle Fälle noch um den Hals hängen.

War das nicht alles total verrückt und abergläubisch? Egal, was es war. Er hatte die kalten Hände des Bösen gespürt. Nie würde er dieses Gefühl vergessen! Sein Hals schmerzte noch immer. Niemals wieder wollte er diese Hölle erleben. Er wusste, dass er sich auf seinen Verstand noch immer verlassen konnte. „Oder? Doch, doch!"

Es ging jetzt um sein nacktes Überleben. Da waren ihm ohne jede weltanschauliche Bedenken all jene Mittel recht, die sich bereits als probat erwiesen hatten.

Diese Maßnahmen waren hoffentlich geeignet, die bereits erfahrene körperliche Präsenz des Bösen zu unterbinden. Vor seiner subjektiv empfundenen Gegenwart konnten sie ihn jedoch offensichtlich nicht schützen. „Warum nicht? Verschwinde endlich!"

War eigentlich das glatte, körperlich manifestierte Wesen mit dem jetzt anwesenden unsichtbaren identisch? Er vermutete, ja! War das 666?

Und was hatte es eigentlich mit dem Tier auf sich, dessen Erscheinen dem Angriff voranging? Das Tier, das ihn aufweckte, das er nur spüren und hören, nicht aber sehen konnte. Ging nicht auch in der Offenbarung des Johannes dem Erscheinen von 666 der Auftritt eines anderen Tieres voraus?

Unstrittig war jedenfalls: Er hatte einem Dämon zumindest prinzipiell den Weg aus der Hölle gezeigt. Konnte dessen früherer Herr das einfach auf sich sitzen lassen? „Unabhängig davon, ob G den Weg zu Gott nun gefunden hat oder nicht, ich habe Satan dadurch angegriffen. Darauf musste er reagieren!" Die Vermessenheit seines Angriffs wurde ihm nun mit aller Gewalt vor Augen gestellt.

Er war ein Nichts!

Er hatte eine Macht herausgefordert, der er nicht einmal annähernd gewachsen war.

Er war angekommen. Ganz unten! Auf felsigem Grund. Auf der emotionalen Entwicklungsstufe eines Vierjährigen. Verängstigt und orientierungslos.

Und das Böse zelebrierte nun die Demonstration seiner Einflussnahme mehr als beeindruckend. Der Druck, der von ihm ausging, war so übermächtig, dass Rally in dieser ersten Nacht der Begegnung sich nicht einmal traute, die Augen zu schließen. Sein Kopf, sein Hals, sein Brustkorb, sein Bauch – alles war davon umschlungen und wurde nun höllisch komprimiert.

Er las in der Bibel. Er betete. Er dachte nach.

„Es war kein Fehler, das Böse bekämpft zu haben – der Fehler war meine Überheblichkeit. Zu meinen, auch ohne Gottes Hilfe dagegen bestehen zu können!" So viel hatte er jetzt verstanden. Christus ließ sich nicht instrumentalisieren, sich nicht als Trick zur Vertreibung des Bösen nach Belieben hervorzaubern. „Du sollst Gott, deinen Herrn, nicht versuchen!" Christus konnte das Böse besiegen. Christus brauchte ihn nicht dazu, aber er brauchte Christus!

Er fiel auf die Knie und betete in Richtung des Kruzifixes, das über dem Türrahmen seines Zimmers angebracht war: „Herr, bitte, lass Andreas und Pitt nicht das erleben, was ich erlebt habe. Bitte, bestrafe sie nicht für meine hochmütige Dummheit. Bitte, erlöse uns von dem Bösen. Du hast mich gerettet. Bitte rette auch Pitt. Ohne Dich wäre ich jetzt bereits tot. Danke Herr. Danke!"

„Ihr spielt mit dem Tod!" Wie weit würde es noch gehen? Er selbst war dem Tod noch nie so nahe gewesen wie an diesem Abend. War das erst der Anfang? Selbst wenn, er hatte das verdient! Nicht aber seine Freunde!

Bisher war Andreas ja noch am besten weggekommen. „Zum Glück! Nicht auszudenken, wenn ich auch ihm geschadet hätte!" Was für eine Ironie. Wie konnte er sich nur so überschätzen? Anstatt zu helfen hatte er alles nur verschlimmert. Und Pitt? Wie hatte Andreas gesagt? „Pitt ist gläubig und gutmütig. Der wird sich ganz schnell vom Einfluss dieses Höllenhunds befreien." Ja! Das glaubte er auch. „Wirklich?" Oder wollte er nur sein Gewissen beruhigen? Seit achtzehn Uhr erschien die Sache mit Pitt in einem ganz neuen Licht. Seitdem war die vorstellbare Aktionspalette dieses Höllenhunds namens 666 deutlich weniger limitiert.

„666? Wie war das noch mal genau?" Er nahm das Neue Testament und suchte die entsprechende Stelle in der Offenbarung des Johannes. Da stand es im 13. Kapitel: *Wer erkennen kann, der berechne die Zahl des Tieres. Denn es ist die Zahl eines Menschen. Und seine Zahl ist 666.*

Kapitel 13! „13? Wie passend! Den wievielten Vers haben wir denn hier?" Und sein Blick fiel auf die kleine hochgestellte Ziffer am Anfang des Satzes: 18.

Offenbarung des Johannes, Kapitel 13, Vers 18!

„Das gibt's doch gar nicht!" Und wieder lief es ihm eiskalt über den Rücken. 13? 18? „13 gleich Unheil! 18. Vers. Schon wieder 18! $3 \times 6 = 18$.

Ist das die Berechnung? Für die Zahl des Tieres?

Die Zahl eines Menschen. Oder, wenn Iron Maiden die Bibelstelle beim Intro von *Number of the Beast* richtig zitiert haben, heißt es im Englischen *human number*. Die Zahl eines Menschen. Das könnte man auch als *menschliche Zahl* übersetzen. Menschliche Zahl?"

Gab es auch nichtmenschliche, oder gar unmenschliche Zahlen? „*Sechs* steht für den Menschen, weil der laut Schöpfungsgeschichte am sechsten Tag erschaffen wurde. Aber warum dreimal Sechs? Das Produkt der göttlichen Zahl 3 mit der menschlichen Zahl 6 ergibt jedenfalls 18.

Und bei *G*? Geboren 3456. Gestorben 3456. 3456?

3 + 4 + 5 + 6 = 18! Verdammt, 18!

18 = 3 × 6. Dreimal sechs entspricht 6 6 6."

Jetzt passte es endlich zusammen. Die Zahl 18 war die Verbindung. *G* wäre somit tatsächlich geboren und gestorben in 6 6 6! In der Zahl und dem Zeichen des Tieres! Gebrandmarkt für alle Ewigkeit! „Kein Mensch! Nur Schmerz! Er sagte die Wahrheit!"

Was war wohl jetzt mit *G*? „Wenn der es wenigstens geschafft hätte!" Natürlich musste Rally sich zugestehen, dass da der Wunsch Vater des Gedankens war. An seinem persönlichen Fehlverhalten würde das ohnehin nichts ändern. Trotzdem, derjenige, der Pitt am zweiten Weihnachtsfeiertag angegriffen hatte, nannte sich zwar *G* und verhielt sich teilweise auch so, aber war er es wirklich? Sein Gefühl sagte ihm Nein! „Eindeutig Nein!"

Von seiner ursprünglichen Theorie war er nun vollkommen überzeugt. Auf die von ihnen praktizierte Weise konnte man keinen Kontakt zu etwas Gutem bekommen. Gott und jene, die den Weg zu ihm gefunden hatten, kommunizierten nicht auf diese Art. Angenommen, *G* wäre wirklich von seinem Elend erlöst worden, dann hätten sie ihn mit dem Gläserrücken am Folgetag definitiv nicht mehr erreichen können.

Um sich noch einmal in der Offenbarung über die ganzen dort auftauchenden Tiere und ihre Bedeutung einen Überblick zu verschaffen, blätterte er ein wenig zurück. Schon im Kapitel 12 wurde er fündig: *Da entbrannte im Himmel ein Kampf; Michael und seine Engel erhoben sich, um mit dem Drachen zu kämpfen. Der Drache und seine Engel kämpften, aber sie konnten sich nicht halten und sie verloren ihren Platz im Himmel. Er wurde gestürzt, der große Drache, die alte Schlange, die Teufel oder Satan heißt und die ganze Welt verführt; der Drache wurde auf die Erde gestürzt und mit ihm wurden seine Engel hinabgeworfen.* „Aha, der Drache ist also der Teufel und der ist mitsamt seinen Dämonen aus dem Himmel hinausgeschmissen worden."

*… Sie haben ihn besiegt durch das Blut des Lammes und durch ihr Wort und Zeugnis; sie hielten ihr Leben nicht fest, bis hinein in den Tod. Darum jubelt, ihr Himmel und alle, die darin wohnen. Weh aber euch, Land und Meer! Denn der Teufel ist zu euch hinabgekommen; seine Wut ist groß, weil er weiß, dass ihm nur noch eine kurze Frist bleibt.* „Das Lamm ist Christus, das ist schon mal klar. Und … *besiegt durch das Blut des Lammes* … heißt durch Christi Tod am Kreuz." Was aber bedeutete … *und durch ihr Wort und Zeugnis* …? Dass sie darüber gesprochen haben? Wie konnte das zum Sieg beitragen? „Verstehe ich nicht!"

Jedenfalls war der Teufel jetzt mächtig sauer. BOESE WEGEN CHRISTUS, erinnerte er sich. „Passt!"

Dann las er in Kapitel 13 weiter: *Und ich sah: Ein Tier stieg aus dem Meer, mit zehn Hörnern und sieben Köpfen … Das Tier, das ich sah, glich einem Panther; seine Füße waren wie die Tatzen eines Bären und sein Maul wie das Maul eines Löwen. Und der Drache hatte ihm seine Gewalt übergeben, seinen Thron und seine große Macht. … Die Menschen warfen sich vor dem Drachen nieder, weil er seine Macht dem Tier gegeben hatte; und sie beteten das Tier an und sagten: Wer ist dem Tier gleich, und wer kann den Kampf mit ihm aufnehmen? … Und es wurde ihm erlaubt, mit den Heiligen zu kämpfen und sie zu besiegen. Es wurde ihm auch Macht gegeben über alle Stämme, Völker, Sprachen und Nationen.*

Das war also die zweite Ausprägung des Teufels: 6 6 6. Das Tier! Die Bestie, die aus dem Meer kam, vom Teufel mit all seiner Macht ausgestattet und von den Menschen angebetet. Hier hatte er schon verschiedene Deutungen gehört, die von der metaphorischen Darstellung antiker Flotten oder ganzer Weltreiche wie des Römischen Imperiums über das Papsttum an sich bis hin zur wortwörtlichen Auslegung mancher Sekten reichten. Bisher war das Ganze für ihn so verwirrend, dass er sich noch gar keine persönliche Meinung zutraute.

„Erst mal weiterlesen." *Und ich sah: Ein anderes Tier stieg aus der Erde herauf.* „Was denn? Noch eins? Wie viele Biester kommen denn da noch?" *Es hatte zwei Hörner wie ein Lamm, aber es redete wie ein Drache. Die ganze Macht des ersten Tieres übte es vor dessen Augen aus. Es brachte die Erde und ihre Bewohner dazu, das erste Tier anzubeten … Es verwirrte die Bewohner der Erde durch die Wunderzeichen, die es im Auftrag des Tieres tat …*

Da war er also, der *Antichrist*, der *Falsche Prophet*. Den kannte er noch aus *Das Omen*. Optisch hatte er ein bisschen was vom Messias (*wie ein Lamm*), aber er sprach mit der Stimme des Teufels (*redete wie ein Drache*). Analog zu Gott, dem Heiligen Geist und Christus hatten wir hier also die Antipoden: Satan, Tier und Falscher Prophet.

Und der *Name des Tieres oder die Zahl seines Namens* war *666*.

Wenn er jetzt mal die Aussagen von G bezüglich 6 6 6 als zutreffend annahm – und bisher hatte er keinen Anhaltspunkt gefunden, warum dies nicht der Fall sein sollte – dann passten die mal gerade gar nicht auf Staaten, Organisationen oder Institutionen wie das Römische Weltreich oder das Papsttum. Auch die wortwörtliche Auslegung war natürlich Quatsch. Nach Gs Schilderung war 6 6 6 der Chef in der Hölle. Der *HERR*, dem er *GEHOERTE*, der ihn als Einziger besuchte, der ihm schreckliche *ANGST* bereitete und der seinerseits Gott und Christus fürchtete. 6 6 6 war demnach ein handelndes Wesen, ein Individuum und definitiv nicht das persische Weltreich oder die römische Flotte, die bei G vorbeisegelte.

Konnte diese Person ihn gewürgt haben? Oder war am Ende das Tier an seinen Füßen sogar *d a s Tier,* 6 6 6? Ganz selbstverständlich war er bisher davon ausgegangen, dass hier im Raum der Würger das eigentlich Böse verkörpert hatte und dass das Tier eher unwichtig war. Warum eigentlich? Es könnte doch durchaus auch genau andersherum gewesen sein. *Das Tier, das ich sah, glich einem Panther ... mit dem ... Maul eines Löwen.* „In meinem Fall war das dann mal eher ein Stubentiger, der ja auch in keiner Weise angsteinflößend war. Angst bekam ich ja erst, als die Decke im Raum stand." Nach Rallys Geschmack war sein Tier deutlich zu unscheinbar, um 6 6 6 gewesen zu sein. Wie auch immer, zwei Wesen kamen um 18 Uhr in sein Zimmer: „Das grunzende Katzenviech und der still vor sich hin würgende Polierte." Müßig, darüber zu spekulieren, wer jetzt von beiden der Mächtigere war, welche Zahl oder welchen Namen sie hatten. Beide waren Teil des Bösen und das, was ihm jetzt unsichtbar zusetzte, empfand er ohnehin als Einheit. Mangels besserer Informationen beschloss er für sich, die gesamte beteiligte Teufelsbrut zunächst einmal unter dem guten alten Begriff *Satan* zusammenzufassen. Denn letztendlich würde der nämlich hinter alldem stecken.

*KMVW?* Was hatte das eigentlich zu bedeuten? Wenn *KM* als Umschreibung für Ludwig stand, was war dann *VW?* Wohl kaum die Automarke. Und die später von Ludwig ausgestoßenen semitisch klingenden Beschwörungsformeln? Was, wenn sich Beschwörung und *VW* – ähnlich wie bei *P* und Pitt – auch auf einen Menschen bezog? Zum Beispiel auf Volker Wiesemann, seinen um mehrere Ecken mit ihm verwandten ehemaligen Nennonkel, der auch in der Vorstadt wohnte. Ehemalig deshalb, weil er ihn seit ein paar Jahren auf dessen Wunsch hin nur noch Volker nannte. Sofern er sich erinnern konnte, kannte er niemanden sonst mit den Initialen *VW.* Könnte es sein, dass noch von einer weiteren Person *Besitz* ergriffen wurde? Was für ein abwegiger Gedanke, Volker Wiesemann könnte zu Schaden gekommen sein, nur weil bei ihnen am ersten Weihnachtsfeiertag wiederholt die Buchstaben *VW* geschrieben wurden. Es war Quatsch. Überhaupt musste er sich jetzt einmal die Frage nach seinem Geisteszustand stellen. Hatte er bereits die Nerven verloren? War er hysterisch? Wenn er sich nur wenige Tage in die Vergangenheit zurückversetzen könnte, was würde der Vorweihnachts-Rally wohl von dem jetzigen Rally denken? Wahrscheinlich: Armer Irrer.

„Und? Hätte er recht?", fragte er sich. „Nein, ich bin nicht verrückt! Vielleicht im Moment etwas angeschlagen, vielleicht auch arm dran, aber kein armer Irrer. Oder?" Vielleicht gab es ja für Teile seiner Erlebnisse ganz natürliche Erklärungen. Und vielleicht war ja auch manches, was er in Zusammenhang brachte, wirklich nur Zufall: der Schlag ins Gesicht oder Agurs Worte im Fernsehen. Vielleicht hatte er den Angriff auch nur geträumt. Auch wenn das Erlebte noch so überwältigend war, er durfte jetzt nicht die Nerven verlieren! „*KMVW* hat nichts mit Volker zu tun. Ende!"

Trotzdem, gleich morgen früh würde er dort hingehen, es war sowieso an der Zeit, sich bei Volker und seiner Frau mal wieder sehen zu lassen. Doch jetzt musste er sich erst mal hinlegen. Es war schon fast sieben Uhr morgens und seine Angst wurde ihm zunehmend unwichtiger.

Dienstag, 29. Dezember 1987
Um Viertel nach zehn morgens stand er auf, da er nicht mehr schlafen konnte. Es ging ihm ganz gut. Seine negativen Empfindungen bewegten sich im Minimalbereich. „Also raus aus den Federn, waschen, anziehen, essen, Volker besuchen. Bestimmt hat er zwischen den Jahren frei. Danach rufe ich Pitt an, denn der hat auf jeden Fall Urlaub." So weit der Plan. Beim Zähneputzen stellte er fest, dass sich die Würgemale auf eine leichte Rötung reduziert hatten. Handabdrücke waren jetzt nicht mehr zu erkennen. Eigentlich hatte er mit länger sichtbaren Blutergüssen gerechnet.

Gut eine Stunde später klingelte er bei Volker an der Tür. Ein Kerl wie ein Bär. Ende vierzig. Lustig, großzügig, hilfsbereit, mit zwei linken Händen. Auf Volker konnte man sich verlassen. Von ihm konnte man sogar sein letztes Hemd bekommen, aber für körperliche oder gar handwerkliche Arbeiten war er nicht zu gebrauchen. Was er anfasste, verarbeitete er zu Klump. Er hatte bereits mehrfach geklingelt, als Volkers zweite Frau Margot endlich öffnete. „Störe ich?" Rally bemerkte, dass Margot sich in keinem guten Zustand befand. Sie sah ziemlich fertig aus, obwohl sie sonst auf ihr Äußeres großen Wert legte. Sie war zwei oder drei Jahre älter als Volker, was man ihr aber in keiner Weise ansah. Sie war eine attraktive Frau mit einem natürlichen, jugendlichen Auftreten. „Rally!" Margot schien es schwerzufallen, den folgenden Satz über die Lippen zu bringen. „Komm doch rein." Rally ging zielstrebig ins Wohnzimmer, er kannte sich ja aus. „Ist alles klar bei dir, Margot?" – „Ja, ja", antwortete sie gequält. „Du wirkst ein wenig niedergeschlagen", setzte Rally nach. Aber sie kommentierte das nicht weiter und bot ihm stattdessen etwas zu trinken an. „Danke, nein. Ich wollte nur mal kurz vorbeikommen, um zu sehen, wie es euch geht." Sie drehte sich um und verschwand in der Küche. „Was macht denn Volker? Muss er etwa arbeiten?" Aber er bekam keine Antwort.

Er wartete eine Weile, doch Margot kam nicht zurück. „Margot?" Vorsichtig schob er die nur angelehnte Tür zur Küche auf und sah Margot mit dem Rücken zu ihm auf einem Stuhl sitzen. Den Kopf hatte sie in ihren Händen vergraben. „Margot, ist wirklich alles in Ordnung mit dir?" Sie wischte sich die Tränen aus dem Gesicht, während sie sich umdrehte. „Mit mir ja!" Sie stand auf und war um Fassung bemüht. Sogleich tat sie beschäftigt und räumte zwei Teller in den cremefarbenen Hängeschrank der neu erworbenen Einbauküche. „Volker? Was ist mit ihm?" Nun gab sie ihre Zurückhaltung auf und umarmte ihn verzweifelt. „Ich kenne ihn nicht mehr wieder!" – „Bitte nein! Herr, bitte nein!" Rally rang nun ebenfalls um Fassung. „Was heißt das, Margot?"

Margot ließ ihn wieder los, setzte sich erneut auf den Stuhl und sagte leise: „Er trinkt wieder!" Volker hatte früher ein massives Alkoholproblem gehabt, doch das war so lange her, dass Rally sich kaum daran erinnern konnte. Seit vielen Jahren war er nun schon trocken. „Nein er trinkt nicht, er besäuft sich hemmungslos!" Margots Gesichtsausdruck verhärtete sich nun verbittert. „Heute Morgen hat er mich sogar geschlagen, als ich ihn nicht in die Kneipe gehen lassen wollte." – „Margot, das ist ja furchtbar." An seinem Gesichtsausdruck konnte sie erkennen, wie nahe es ihm ging. Sie bereute es nun, dass sie sich einen Moment lang nicht unter Kontrolle gehabt hatte. Sie streichelte Rally mütterlich über den linken Handrücken und meinte: „Mach dir mal keine Sorgen, Rally. Wir kriegen das schon wieder hin." Sie wurde geschlagen und er getröstet? „Seit wann trinkt er wieder?", fragte Rally aufgeregt. „Noch nicht lange, erst seit ein paar Tagen. „Seit wann genau?" – „Ich habe ihn abends mit einer Flasche Sherry auf der Toilette erwischt. Das war am ersten Weihnachtstag."

Würde er jetzt endlich bald aufwachen? Wie konnte es sein, dass dieser Albtraum nicht enden wollte? Wenn es aber kein Traum war, was war es dann? Alles nur Einbildung? Schon wieder nur ein Zufall?

„Sieh der Realität ins Auge! Du bist wach! Es ist keine Einbildung und es ist kein Zufall!" Er hatte etwas die Tür geöffnet, das nicht hierher gehörte. Nun zeigte sich ganz deutlich, dass der Schaden, den er angerichtet hatte, nicht auf die teilnehmenden Personen beschränkt war. Er ließe sich ja demnach noch nicht einmal räumlich begrenzen. Bereits beim allerersten Kontakt hatten sie zugelassen, dass Unbeteiligte wie Volker zu Schaden kamen. Dies war lange bevor das erste umgedrehte Kreuz gezeichnet wurde. Lange bevor 6 6 6 erwähnt wurde. Lange bevor er sich selbst überschätzt hatte.

Diese neu gewonnene Erkenntnis änderte nichts an seiner Schuld. Im Gegenteil, sie zeigte nur die veränderte Tragweite des Geschehens. Bereits in dem Moment, als er zum ersten Mal seinen Finger auf das Glas setzte, hatte er sich schuldig gemacht! Es war unverantwortlich von Anfang an!

Wie wurde in einem der uralten Religionsbücher, die er von seinem Opa geschenkt bekommen hatte, die besondere Schwere seiner Sünde umschrieben? Gestern Nacht hatte er beim Blättern darin eine Stelle gefunden, wo es sinngemäß hieß: *Beschwörung von Toten und Dämonen ist eine Verfehlung der Verehrung Gottes und kommt Götzendienst gleich.*

Götzendienst? Nie hätte er geglaubt, dass so ein altmodisches Wort für ihn jemals einen aktuellen Bezug mit dieser Bedeutung haben würde.

Auch wenn er den Wortlaut nicht mehr zu hundert Prozent parat hatte; es war schon genau zutreffend, wie es dort als *pervertierte Neugier* bewertet wurde. Und dass *Macht über Tote oder sogar Macht über die Zukunft haben zu wollen, einer zutiefst unchristlichen und unmoralischen Einstellung entspricht.* Es war wirklich unentschuldbar!

Dafür übernahm er die Verantwortung. Dafür war er auch bereit, zur Rechenschaft gezogen zu werden.

„Entschuldige, Margot. Es tut mir leid. Es tut mir so unendlich leid!" Er drückte sie zum Abschied. „Ich werde mit Volker sprechen! Wenn du Hilfe brauchst, ruf mich an. Jederzeit!" Er ließ Margot, die mit seiner Reaktion überhaupt nichts anzufangen wusste, verdutzt in der Tür stehen.

Schnellstmöglich musste er mit Volker reden. Ihm würde er alles erzählen. Aber dies hätte natürlich nur einen Zweck, wenn der auch nüchtern wäre. Er klapperte die örtlichen Kneipen ab und traf auch auf so manche Vorstadtgröße, die ihn an der Theke stehend mit lockeren Beinen und schwerer Zunge auf das Herzlichste begrüßte. Nur Volker fand er nicht.

Auch Pitt war weder daheim noch sonst irgendwo zu finden. Dieses Zur-Untätigkeit-Verdammtsein machte ihn fast wahnsinnig. Nachdem er die gesamte Vorstadt kreuz und quer abgeklappert hatte, beschloss er entnervt, nach Hause zu gehen. Auf dem

Heimweg kam er an der Sankt-Josefs-Kirche vorbei und ging spontan hinein. Es war ein sehr schöner neugotischer Bau. Der Innenraum war erst vor einiger Zeit renoviert worden, wobei man sich bemüht hatte, dem ursprünglichen Erscheinungsbild der Jahrhundertwende möglichst nahezukommen. Durch die bunten Kirchenfenster trat das sanfte Licht in vielen Farben ein. Einige Kerzen brannten vor den verschiedenen Altären. Er setzte sich in eine Bank. Hier war er frei von allen negativen Empfindungen. Hier gab es keinen unheimlichen Beobachter. Er betete nicht. Er genoss einfach nur die Ruhe und den Frieden dieses Ortes. Er war zu Hause.

Die riesige, aus seiner Sicht nahezu kitschfreie Krippe, die er mit all ihren großen alten Holzfiguren von der Heiligen Familie, den Hirten, den Engeln und den Tieren als Kind schon bestaunt und geliebt hatte, stand auf der Treppe zum Altarraum. Noch immer konnte er sich an ihrem Anblick aufrichtig erfreuen.

Nach einiger Zeit fiel sein Blick auf die Statue des Erzengels Michael, die im linken Seitenschiff in etwa vier Meter Höhe angebracht war. Die Lanze war auf den am Boden liegenden Teufel gerichtet. So hatte er sich die ganze Zeit gefühlt: als Sieger in dieser Pose über dem Teufel stehend. Doch nun war die Frage, wessen Lanze durchbohrte wen?

Er war es doch, der zu Boden gegangen war, nicht der Teufel!

„Hochmut kommt vor dem Fall!"

Er war gefallen! Ein tiefer Absturz mit hartem Aufschlag.

Nun kniete er nieder und bat Gott um Vergebung.

„Hinfallen ist keine Schande, aber liegen bleiben!", schoss es ihm daraufhin durch den Kopf.

Der Ort und dieser Satz gaben ihm Kraft. Ebenso wie die Gewissheit, dass er ja bereits wieder aufgestanden war. Vielleicht noch etwas wackelig, vielleicht noch etwas benommen. Aber er stand!

Bereit, seinen Fehler wieder gutzumachen!

Bereit, für seine Freunde zu kämpfen!

„Herr, ich bin nicht würdig, dass du eingehst unter mein Dach. Aber sprich nur ein Wort, so wird meine Seele gesund.

Danke, Herr."

Er hatte das Wort vernommen, verließ die Kirche, trat hinaus in die kalte, klare Winterluft und dachte:

„Hinfallen ist keine Schande, aber liegen bleiben!"

# DER WEG

Mittwoch, 30. Dezember 1987
An Schlaf war nicht zu denken. Es war bereits nach sechs Uhr morgens, doch der Druck war immer noch kaum auszuhalten. Seit seinem Besuch in der Kirche war er sehr zuversichtlich, die Sache würde sich zum Guten wenden. Doch als er gegen 00:30 Uhr ins Bett gehen wollte, musste er erkennen, dass diese positive Einstellung keine mildernde Auswirkung auf das hatte, was ihn seit Montagabend bedrohte. Im Gegenteil, er hätte nicht für möglich gehalten, dass es sich sogar noch steigern ließ. Und es ließ sich steigern. Satan oder 6 6 6 oder wer auch immer war bei ihm im Zimmer. Die kalten glatten Arme hatte er schon nach ihm ausgestreckt. Die Hände kamen seinem Hals bereits gefährlich nahe. Nur sehen konnte er ihn diesmal nicht. Doch das Böse ließ ihn spüren, dass es da war, ihn beobachtete und auf eine günstige Gelegenheit zum Angriff wartete.

Derartig unter Druck gesetzt, überlegte Rally, mit wem er über diese Erlebnisse reden musste. Natürlich mit Andreas, den würde er gegen Mittag noch einmal sehen. Danach war es für Andreas wieder an der Zeit, nach Göttingen zurückzufahren. Wenn ihm einer glauben würde, dann Andreas. Außerdem müssten Pitt und Volker unbedingt erfahren, mit wem sie es zu tun hatten.

Wieso eigentlich konnten all seine Gebete, Kruzifixe und Bibeln das personifizierte Böse nicht vertreiben? Er glaubte doch. Bei Ludwig hatte es ja auch funktioniert. Schon der Name Christi konnte ihn vertreiben.
 Ludwig? Dieser komische Vogel! Hatte der wirklich die Macht, Volker zu beeinflussen? Vermutlich ja. Gab es da vielleicht noch

mehr? Schließlich hatten sie ihn ja endlos lange diese scheinbaren Verwünschungsformeln schreiben lassen, die sie nicht verstanden. Angeblich war er böse wegen Christus. Und dann begann er seinen Ausflug ins Fremdsprachliche mit „PX". XP war doch das Christusmonogramm – im Griechischen die beiden Anfangsbuchstaben von *Christos*. Wahrscheinlich war *PX* wieder so eine dämliche Satanisten-Umkehrung, genauso wie beim Kreuz.

„Sabachtani", dachte er laut. „Wo hatte er das nur schon einmal gehört?" Wenn es etwas mit Jesus zu tun hatte, dann bestimmt im Neuen Testament. Und wenn er sich daran erinnern konnte, dann musste es sich wohl um eine prominente Stelle dort handeln.

„Richtig, die Kreuzigung! Da war doch dieser Ausruf von Jesus auf Hebräisch." Er nahm das Neue Testament von seinem Gitarrenverstärker und fand die entsprechende Stelle ziemlich gegen Ende des Matthäusevangeliums: *Um die neunte Stunde aber schrie Jesus auf mit lauter Stimme und sagte: Eli, Eli, lema sabachtani, das heißt: Mein Gott, mein Gott, warum hast du mich verlassen?*

Das war's! Genau das hatte Ludwig geschrieben: *Eli Eli lema sabachtani*.

Aber warum? Fühlte sich Ludwig von Gott verlassen, was er ohne jeden Zweifel war, oder wollte er Jesus nur verhöhnen? „Keine Ahnung", dachte er sich und las weiter. *Einige von den Herumstehenden hatten ihn aber falsch verstanden. Sie meinten, er rufe den Propheten Elija.* „Elija! Das gibt's doch gar nicht! Ludwig hat mindestens zweimal Elija geschrieben." Und weiter hieß es bei Matthäus: *Einer von ihnen holte einen Schwamm, tauchte ihn in Essig, steckte ihn auf einen Stab und wollte Jesus trinken lassen. Aber die anderen sagten: Lass doch! Wir wollen sehen, ob Elija kommt und ihm hilft.* „Elija!" Da stand es zum zweiten Mal. „Hat der Kerl vielleicht die ganze Bibelstelle zitiert? Wenn ja, warum? Was hat er sonst noch von sich gegeben?" Doch sosehr er sich auch anstrengte, an weitere Wortfetzen Ludwigs konnte er sich beim besten Willen nicht mehr erinnern.

Gegen sieben wurde das negative Gefühl langsam etwas schwächer. Er schaltete die silberne Nachttischlampe aus und schlief sofort ein.

„Andreas ist da!" Seine Mutter hatte den Kopf durch die Tür zu seinem Zimmer gestreckt. „Es ist schon elf Uhr durch. Also aufstehen!" Gütiger, war das wieder eine Nacht. Er brauchte eine Weile, um sich zu orientieren. „Kaum vier Stunden geschlafen. Schon wieder. Das ist einfach zu wenig." Wie stand es mit seiner Begleitung? „Niemand da!" Genau wie früher, wenn Rallys Mutter erschien, war der Mistkerl verschwunden. Sie war sowieso die Beste, dagegen war sogar der Teufel machtlos. Gleiches galt auch für seinen Vater. Er hüpfte aus dem Bett. „Hab' ich ein Glück mit diesen Eltern!"

„Sexy! Wenn du das Teil noch in Gold hättest, könnte man dich glatt für einen Rapper halten!" Andreas stand vor ihm und imitierte die obligatorische Handhaltung der Vertreter dieser Musikgattung. Er spielte auf den Rosenkranz an, den Rally um den Hals trug. „Gib mir einen Moment, Andreas. Ich muss erst mal unter die Dusche, dann erkläre ich dir alles." Ein wenig peinlich war es ihm schon, dass Andreas ihn damit gesehen hatte.

„Deine Mutter ist in die Stadt gefahren und trifft sich dort mit deinem Vater in der Mittagspause. Sie wünscht uns guten Appetit." Andreas saß an dem reichhaltig gedeckten Küchentisch und kaute auf einem Brötchen mit Schinken, als Rally aus dem Bad kam. „Nett von ihr. Ich glaube, den werden wir haben." Somit waren sie allein in der Wohnung und konnten sich ungestört unterhalten. „Sieh mich an, Andreas! Alles, was ich dir jetzt sage, ist die Wahrheit. Die reine, nackte Wahrheit." Das taten sie doch immer?! Andreas war angesichts dieser Ankündigung, die in ihrem Umgang miteinander einer Selbstverständlichkeit entsprach, sehr gespannt. „Gott hat mein Leben gerettet! Nicht im Traum, nicht in einem übertragenen Sinne, sondern direkt und ganz real!" – „Um Himmels willen, was ist denn passiert?"

„Nachdem ich am Montagnachmittag beim Zahnarzt war, hatte ich mich etwas hingelegt. Um Punkt 18 Uhr wurde ich wach. Kennst du die Offenbarung des Johannes 13,18? *Wer erkennen kann, der berechne die Zahl des Tieres. Denn es ist die Zahl eines Menschen. Und seine Zahl ist sechs sechs sechs.* Es ist wohl deshalb eine menschliche Zahl, weil der Mensch nach der Genesis am sechsten Tag erschaffen wurde. Ich glaube, die von Johannes gemeinte Zahl ist nicht sechshundertsechsundsechzig, sondern sechs und sechs und sechs, gleich drei mal sechs, gleich *18*." Andreas sah ihn völlig irritiert an. Doch das ignorierte Rally und erläuterte weiter: „Erinnere dich, G sagte, er sei geboren und gestorben in *3* und *4* und *5* und *6*, das ergibt *18*. Demnach wäre er geboren und gestorben in der Zahl des Teufels, im Zeichen des Teufels. Er sagte ja auch, dass er *6 6 6* gehöre."

„Ja, aber warum hat er denn nicht gleich *18* oder *6 6 6* als Geburts- oder Sterbejahr angegeben?", warf Andreas ein. „Weil *3* und *4* und *5* und *6* zwar zusammen *18* ergibt, aber trotzdem mehr bedeutet", erklärte Rally. „Jede einzelne Zahl hat für sich genommen einen bestimmten Sinn, genauso wie die Zahlenkonstellation oder der Gesamtwert für etwas Bestimmtes stehen. Er sagte ja, *3456* bedeute auch Ewigkeit. Vielleicht meinte er darüber hinaus mit *3456* auch einen Weg. Von der Drei, dem Göttlichen, ging alles aus. Gott hat alles erschaffen, die Welt und auch Luzifer, den Engel, der sich später von ihm abwandte – symbolisiert durch die Vier und die Fünf. Die Sechs kann für Vollkommenheit oder Gesamtheit stehen, aber auch für den Menschen. Vielleicht war Menschlichwerden sein Ziel. Ich weiß es nicht genau. Aber offensichtlich haben Zahlen in Gs Welt einen hohen symbolischen Stellenwert und somit eine Aussage."

Ganz konnte Andreas diesen Rechenexempeln nicht folgen, aber unheimlich war es ihm schon. „Doch weiter", sagte Rally, um auf das Wesentliche zurückzukommen. „Um Punkt 18 Uhr bin ich dem Bösen persönlich begegnet. Ein glatter, ein kalter, ein konturenloser Oberkörper kam plötzlich aus dem Boden, genau an der Stelle vor meinem Bett, wo unsere Anordnung stand. Seine Hände haben mir den Hals zugedrückt. Erst hatte ich panische Angst und habe versucht, die eiskalten Hände wegzuziehen. Dann wurde ich wütend und habe auf ihn eingedroschen. Alles ohne Erfolg. Er war zu stark und seine Arme waren zu lang, ich konnte ihm nichts anhaben. Dann ging mir die Luft aus und ich dachte, ich würde sterben. Aber zum Glück fiel mir ein, dass ich ja die Kette mit dem Kreuz um meinen Hals trug und Gott stärker ist als der Teufel. Also habe ich das Vaterunser gebetet. Das Kreuzzeichen konnte ich einfach durch seine Arme hindurch machen. Durch dieselben stahlharten Arme, die ich vorher mit Gewalt nicht einmal einen Millimeter auseinanderbewegen konnte. Aber für das Kreuzzeichen waren diese Arme kein Hindernis. Bei der vierten Zeile des Vaterunsers – Dein Wille geschehe – war der Teufel verschwunden. Es war genau um 18 Uhr und 3 Minuten. Drei Minuten. Drei ist die göttliche Zahl. Die Heilige Dreifaltigkeit! Sie steht über der 18. Ich war hellwach. Vollkommen panisch bin ich dann aus meinem Zimmer gerannt. Im Flur kam mir meine Mutter entgegen und dreimal darfst du raten, was sie mich gefragt hat. ‚Was hast du denn da an deinem Hals?', hat sie gefragt und mit ihren Fingern darauf gezeigt. Und im Spiegel sah ich dann seine Würgemale. Ganz deutlich! Jeden einzelnen Finger!" Andreas stockte der Atem. Er versuchte, seinen Schrecken zu verbergen und sagte so gelassen, wie es ihm eben möglich war: „Noch mal ganz langsam, Rally. Erzähl mir das Ganze noch mal in jeder Einzelheit, aber lass bitte diesen Zahlenkram weg."

Und Rally schilderte den exakten Ablauf dieser drei Minuten bis ins Detail. Von dem Tier an seinen Füßen, der Bettdecke, dem Oberkörper, dem Kampf und dem Gebet. Er ließ nichts aus. Er fügte nichts hinzu. Die reine Wahrheit. Und Andreas glaubte ihm. Auch wenn er sonst Rallys größter Kritiker war. Er hielt ihm keinen pseudowissenschaftlichen Vortrag, warum dies alles nicht sein konnte. Er unterstellte ihm nicht, dass er sich in etwas hineingesteigert hätte. Er betrachtete ihn nicht von oben herab.
Andreas war eben ein Freund!

Rally hatte die Befürchtung, dass sein Erlebnis bei Andreas die Angst noch verstärken würde. Aber dem war nicht so. Natürlich war Andreas geschockt, dennoch zog er ganz schnell die richtigen Schlüsse. „Wenn dein Erlebnis auch viel schlimmer ist als meines – ich weiß genau, wie du dich jetzt fühlst und was du nachts durchmachst. Aber genau dafür gibt es doch keinen Grund mehr. Wir haben es beide gesehen: Gott ist stärker als der Teufel! Wir brauchen keine Angst zu haben. Du selbst hast es doch zu mir gesagt: ‚Alles, was er will, ist uns Angst machen!' Erst dadurch machen wir ihn stark. Erst dadurch geben wir ihm Macht! Macht über uns! Ich werde ihm keine Macht mehr geben!"

Andreas fügte hinzu: „Ich habe mir in letzter Zeit viele Gedanken gemacht. Warum werde ich nicht mehr beobachtet? Warum ist da niemand mehr? Ganz einfach:
Weil Gott es nicht zulässt!
Weil ich an Gott glaube!
Weil ich weiß, Gott ist allmächtig!
Antworten werde ich nur noch bei ihm suchen. In der Bibel, in der Kirche, im Gebet, aber bestimmt nicht mehr in Geisterbeschwörungen! Nie mehr! Nie wieder!"

Rally erkannte, dass Andreas ihm um mindestens einen Schritt voraus war. Er hatte bei der Bewältigung der Ereignisse bereits eine höhere Stufe erreicht. Dorthin zu kommen, würde für Rally noch ein hartes Stück Arbeit bedeuten.

Nein, um Andreas musste er sich wirklich keine Sorgen mehr machen. Aber lernen konnte er von ihm. Andreas hatte vollkommen recht! Dem war nichts mehr hinzuzufügen. Außer: „Erinnerst du dich noch an *KMVW?*" – „Natürlich!", sagte Andreas und sah ihn fragend an. „Mit *KM* hatte Ludwig ja sich selbst umschrieben! Nach der Erfahrung mit Pitt habe ich mich gefragt, ob vielleicht *VW* auch für eine Person steht. Da waren ja auch noch diese merkwürdigen Sätze, die du für Beschwörungsformeln hieltest. Ich kenne nur einen mit den Initialen *VW:* Volker Wiesemann."

Andreas kannte Volker und mochte ihn gut leiden. Gespannt hörte er weiter zu. „Gestern war ich bei seiner Frau. Sie sagt, er habe sich verändert. Er würde wieder trinken und sie sogar schlagen." – „Seit wann?" Andreas war sehr aufgewühlt. „Seit dem 25.12. abends!" – „Nein!" Er rieb sich mehrfach die geöffneten Handflächen derart kräftig durchs Gesicht, dass sich seine Augenlider in verschiedenen Richtungen beträchtlich von ihren angestammten Positionen entfernen mussten. „Das waren wir Schwachköpfe!"
Schwachköpfe! Ja, das traf es genau! Wie erbärmliche Schwachköpfe hatten sie sich verhalten. Aber damit war jetzt Schluss, da waren sie sich beide einig.

Zur Sicherheit beschlossen sie noch, unabhängig davon, wem auch immer sie von diesen ganzen Erlebnissen erzählen würden, Dritten gegenüber niemals die Namen der anderen Beteiligten zu nennen. Unter gar keinen Umständen durften zwei oder gar drei der Namen Andreas, Pitt und Rally mit dieser Geschichte in Zusammenhang gebracht werden. Warum genau das gefährlich sein sollte, wussten sie nicht. Da war lediglich die von beiden geteilte Einschätzung einer unheilvollen Verbindung über Initialen und Namen zu dem, was sie bedrohte.

Andreas eröffnete Rally, dass er sich nun beeilen müsse, da er bei der Mitfahrzentrale einen Platz nach Göttingen bekommen habe. Die Abfahrt sei schon um 14:00 Uhr. Andreas hatte zwar ein schlechtes Gewissen, weil er sich um Pitt und Volker sorgte, aber er musste wirklich dringend zurück. Und Rally käme auch ganz gut ohne ihn zurande, da war er sich sicher. „Halte mich auf dem Laufenden, Rally. Und wenn Not am Mann ist, komme ich sofort vorbei." – „Geht klar, Chef!" Rally war sehr erleichtert. Das Gespräch mit Andreas hatte ihm sichtlich gutgetan. Wenn ihm auch der Abschied schwerfiel, er wusste, dass es gut war. Die nächste Stufe musste er allein nehmen.

„Nein, tut mir leid, Rally. Pitt ist kurz entschlossen über Silvester und Neujahr nach Holland gefahren. Er brauchte mal etwas Luftveränderung. Ehrlich gesagt war er in letzter Zeit dermaßen schlecht gelaunt, dass ich ganz froh bin, ihn ein paar Tage nicht zu sehen." Rally mochte Pitts Mama. Sie war so erfrischend ehrlich. An ihr war nichts Falsches. „Na, schade! Ich melde mich dann im neuen Jahr wieder. Auf jeden Fall wünsche ich Ihnen einen guten Rutsch", sagte er. „Danke, Rally. Dir auch."
Von Pitt zu Volker waren es nur ein paar hundert Meter, und Rally machte sich sofort auf den Weg. Die Sache mit Pitt gefiel ihm gar nicht. Nur nach Holland würde er ihm auf keinem Fall folgen. Außerdem war Holland ja auch eine ziemlich vage Ortsangabe. Hoffentlich würde er wenigstens Volker antreffen. Doch in diesem Punkt hatte er Glück. Obwohl Glück vielleicht nicht der richtige Ausdruck war.

„Ach du Schande, Volker, wie siehst du denn aus?", entfuhr es ihm entsetzt, als Volker die Tür öffnete. War dieser Penner wirklich Volker? Ungewaschen, unrasiert, ungekämmt am späten Nachmittag, darüber konnte man ja noch hinwegsehen, aber diese glasigen, gelben, rot unterlaufenen Augen. „Meine Güte, deine momentanen Leberwerte möchte ich nicht wissen." – „Rally, mein Freund. Komm rein!", lallte Volker euphorisch in stark alkoholisiertem Zustand. „Jetzt trinken wir erst mal einen." Das übertraf Rallys schlimmste Befürchtungen. Den Kerl konnte man so schnell nicht nüchtern bekommen. Jede Unterhaltung wäre jetzt absolut zwecklos. Margot erschien in der Tür. Sie schämte sich für ihren Mann. „Margot, wie geht's dir?" – „Mach dir keine Gedanken, Rally. Mir geht es gut. Allerdings siehst du ja hier unsere Aktion Sorgenkind." Rally wunderte sich über diese Formulierung. Aber in gewisser Weise hatten sie mit Volker schon ein Sorgenkind vor sich. Im Hintergrund sah er ihn mit einer Flasche Cognac und zwei Wassergläsern hantieren. Dabei war er im Verschütten nicht kleinlich. „Ich würde ja gerne mit ihm reden, aber dazu brauche ich ihn nüchtern." – „Nüchtern? Wenn man vom Restalkohol absieht, kommt er diesem Zustand morgens früh um sechs am nächsten. Danach steigt sein Alkoholpegel sprunghaft an", sagte Margot deprimiert. „O.K., dann komme ich eben morgen früh um sechs wieder." Unterdessen reichte ihm Volker ein gut gefülltes Glas. „Prost, Jung!" – „Komm Volker, lass mal gut sein. Meinst du nicht, du hättest genug getrunken?" – „Genug? Ohne Quatsch, ich hab' den ganzen Tag noch keinen Tropfen getrunken. Das schwöre ich dir, Rally. Ganz ehrlich!" Volker bemühte sich um Haltung, was angesichts seines Promillegehalts ein aussichtsloses Unterfangen war. Die verlauteten Äußerungen waren seiner Glaubwürdigkeit auch nicht unbedingt dienlich. „Volker, ich komme morgen früh wieder. Bitte, tu mir den Gefallen und leg dich jetzt ins Bett." – „Bist du jetzt auch schon bekloppt geworden?", herrschte ihn Volker an. „Was soll ich denn am helllichten Tag im Bett? Die Alte dahinten geht mir auch schon die ganze Zeit auf den Sack!" Wie schnell sich ein Gesicht in eine hässliche Fratze verwandeln konnte! So aggressiv hatte er Volker nun wirklich noch nie erlebt. Unter Alkoholeinfluss war er ein anderer Mensch. Margot sah man an, wie entsetzlich peinlich ihr die Situation war. Um zu beschwichtigen, schob sie Rally zur Tür und sagte: „Komm Rally, du siehst ja, das hat jetzt keinen Zweck!" Nun rastete Volker vollends aus. „Halt die Schnauze, du Drecksau! Ich zeig dir gleich, was keinen Zweck hat." Er riss sie von hinten zu Boden und kippte ihr den Rest Cognac aus seinem Glas ins Gesicht. Wen hatte Volker eigentlich gerade mehr gedemütigt, seine am Boden liegende Frau oder sich selbst? Niemals würde er ihren Gesichtsausdruck vergessen können. Ihre Augenlider zuckten vor Angst. Die Arme hatte sie zum Schutz vor dem Kopf verschränkt. Die braune Flüssigkeit bahnte sich sternenförmig ihren Weg und spritzte in Augen, Nase und Mund. Sie verschluckte sich, hustete, röchelte. Sie krümmte sich.

Sie weinte.

Rally wurde angesichts dieser asozialen Szene häuslicher Gewalt regelrecht schlecht. Er packte Volker mit beiden Armen und zog ihn von Margot weg.

„Wie kannst du ihr so was antun?" Der Jähzorn entstellte nun auch Rallys Gesicht. Er stieß Volker zur Wand und ballte die Fäuste. Diesem Suffkopf würde er es nun zeigen! „Das ist nicht der richtige Weg!" Rally erschrak!
Er war ja wie Volker!
Er war gerade im Begriff, dem Teufel eine große Freude zu bereiten. Genau das wollte der doch! Sofort öffnete er die Handflächen und gab Volker das Signal: „Schluss jetzt!"
Unterdessen rappelte sich Margot auf, rannte schluchzend, das Ausmaß ihrer Scham verbergend – ohne sich umzusehen – ins Schlafzimmer und sperrte sich ein.
„Komm da raus, sonst trete ich die Tür ein! Du verdammte Hure!" Volker war von Sinnen. Was war eigentlich passiert? Nichts! Aus dem Nichts heraus mutierte Volker zu einem widerwärtigen Tier! Sie hatte lediglich gesagt: „Das hat jetzt keinen Zweck." Mehr war doch nicht! Hure? Wie konnte er seine Frau so nennen? Seine ihn liebende Frau? Schon der Gedanke, dass sie ihn betrügen könnte, war derart absurd. Dies konnte nur einer sadistischen oder von Minderwertigkeitskomplexen gequälten Seele entspringen. Wie konnte die Situation nur binnen Sekunden so eskalieren?
„Hör auf, Volker! Hör um Himmels willen auf!" Richtig oder nicht, er würde nicht zusehen, dass Volker seine Frau weiterhin beleidigte oder gar bedrohte. Wie auch immer: „Jetzt ist Schluss!" An seiner Entschlossenheit, Volker zu stoppen, ließ er keinen Zweifel aufkommen.
„Siehst du nicht, was du hier anrichtest?"
Volker reagierte regelrecht verstört. Er schien sich zu beruhigen, doch dann polterte er weiter: „Ist sie doch selber schuld. Seit Jahren hurt sie in der Gegend herum. Ist ja kein Wunder, wenn man sich dann volllaufen lässt."

Wenn eine Behauptung jeglicher Grundlage entbehrt, dann diese! Eine ekelhafte, an den Haaren herbeigezogene Schuldzuweisung konnte sich Rally kaum vorstellen. Ihm war wirklich schlecht!

„Du weißt ja nicht, was du da sagst. Was hat der Alkohol nur aus dir gemacht?" Rally konnte es wirklich nicht fassen. Doch Volker griff nach der Flasche Cognac und verschwand im Bad, ohne ihn eines Blickes zu würdigen.

„Unfassbar! Was passiert hier eigentlich?" Rally setzte sich auf den Basthocker vor dem großen Spiegel in der Diele. Da saß er nun zwischen zwei zutiefst unglücklichen Menschen, die sich voreinander verbarrikadierten.

War er dafür verantwortlich? Nein, sicher nicht. Aber auf eine unheilvolle Weise hatte ihre okkulte Praktik etwas ausgelöst, das jetzt eine erschreckende Eigendynamik entwickelte. Davon war er überzeugt. Er stand auf und ging zum Schlafzimmer. Vorsichtig klopfte er an die Tür: „Margot? Kann ich was für dich tun?", fragte er leise. Der Schlüssel drehte sich im Schloss. Sie öffnete die Tür und sah ihn unsicher an: „Wo ist er?" – „Im Bad mit 'ner Pulle Fusel." Margot schämte sich so. Sie kämpfte mit den Tränen, als sie zu ihm sagte: „Es tut mir schrecklich leid, dass du das mit ansehen musstest." – „Es gibt nichts, was dir leidtun müsste." – „Ich habe einen liebevollen Mann geheiratet. Was ist aus ihm innerhalb von einer halben Woche geworden? Ich verstehe das nicht! Wie kann er mich so behandeln? Solche Dinge behaupten?" – „Das ist nicht er. Das ist der Alkohol. Er braucht dringend Hilfe!"

Rally führte Margot ins Wohnzimmer. „Setz dich erst mal hin." Auch wenn sie seiner Aufforderung Folge leistete, sie saß nicht wirklich. Sie hockte ein wenig auf dem Rand der Sitzfläche ihres Sessels. Die Beine blieben angewinkelt, die Füße auf den Boden gepresst. Den Oberkörper nach vorn gebeugt horchte sie angespannt in Richtung Badezimmer, stets bereit, sofort aufzuspringen. Sie hatte schreckliche Angst. Und das sah man ihr auch an.

Sie schwiegen eine Zeit lang. Sie warteten, ohne eigentlich zu wissen, worauf. Doch dann wussten sie es. Es klirrte im Bad. Glas

ging zu Bruch. Entsetzt lief Margot zur Tür und hielt beide Hände vor den Mund. Die Badezimmertür wurde aufgerissen. Er kam! Nein, er torkelte über den Flur an ihnen vorbei ins Schlafzimmer, faselte etwas von „Könnt mich alle mal!", fiel auf sein Bett und schlief ein. Was für ein beschämender Anblick. Wie konnte man sich nur so gehen lassen?
„Was machen wir denn jetzt?", fragte Rally. „Gar nichts. Der schläft jetzt erst mal bis morgen früh. Und dann geht es wieder von vorn los." – „Nein! Sobald er wach wird, rede ich mit ihm. Ich bleibe einfach so lange hier." – „Das ist lieb von dir gemeint, Rally. Aber das brauchst du nicht. Vor sechs Uhr morgens wird der jetzt nicht mehr wach. Der ist doch granatenvoll." Sie ging ins Bad und rief: „Guck mal! Die Cognac-Flasche hat er kaputt gemacht, aber erst nachdem sie absolut leer war. Auf dem Boden ist kein einziger Tropfen, hier sind nur Scherben." Sie hatte sich jetzt wieder im Griff und sagte beruhigend: „Geh jetzt nach Hause. Um mich brauchst du dir keine Gedanken zu machen." – „Sicher?" – „Ja. Wenn du möchtest, kannst du ja morgen noch mal vorbeikommen." – „Um sechs?" – „Wann immer du willst!" – „In Ordnung, aber ruf mich sofort an, wenn er früher wach wird. Ich bin den ganzen Abend und die ganze Nacht zu Hause erreichbar." – „Ja, aber der wird so schnell nicht aufwachen!"

Rally ging nach Hause zurück. Seine Eltern deckten gerade den Tisch fürs Abendessen. Aus der Stadt hatten sie Fisch mitgebracht. Jetzt, wo er sie so sah, wurde ihm einmal mehr klar: Sie waren wirklich die Besten. Sollte er mit ihnen sprechen? Wozu? Sie würden sich nur Sorgen machen oder es vielleicht sogar mit der Angst zu tun bekommen. Nein, sie wollte er nicht damit belasten. Auch von Volker würde er nichts erzählen, noch nicht. Er aß mit den Eltern zu Abend und ging anschließend in sein Zimmer. Aber mit wem würde er überhaupt darüber reden? Mit Volker, Pitt und seinen Kumpels aus der Band auf jeden Fall. Die Band? Plötzlich wurde ihm ganz komisch. Dieses fiese Gefühl. War er das? Ja! Da war er wieder. Mittlerweile wurde es ja mit der einsetzenden

Dunkelheit bereits zur Routine. Man konnte nicht sagen, dass Rally sich bereits daran gewöhnt hätte, aber langsam lernte er damit umzugehen. Er wollte sich in seinem Gedankengang nicht stören lassen und überlegte weiter: „Die Band? War das wirklich eine gute Idee? Würden die ihn nicht für bekloppt erklären? Bestimmt sogar. Das müsste er wohl erst noch einmal überdenken." Die Präsenz wurde augenblicklich schwächer. „Seltsam!"

Die Band? Wie hatte Stefan gesagt? „Das Pech klebt an uns wie Kacke am Schuh." Ja, seit einiger Zeit waren sie nun wirklich nicht vom Glück verfolgt. Nacheinander waren zwei Bassisten aus mehr als merkwürdigen Gründen bei ihnen ausgestiegen. Das hatte sie ganz schön zurückgeworfen! Die Sache mit Niko war schon komisch. Er konnte ganz plötzlich nicht mehr Bass spielen. Seine Hände zitterten. Er bekam Angstzustände, wenn er nur an *Agurs Words* dachte, und das, nachdem er über ein Jahr mit vollem Einsatz dabei war. Sie hatten ihn nach seinem Ausstieg aus der Band tief enttäuscht für verrückt erklärt. Niko hatte immer schon etwas mehr Lampenfieber als die anderen, aber es lähmte ihn früher nicht. Das änderte sich allerdings im letzten Juni. Damals sollten sie bei einem Treffen eines befreundeten Motorradclubs spielen. Am Morgen des Auftritts hatte Niko – samstags, kurz nach sechs – panisch bei ihm angerufen und gefleht: „Rally, sag den Gig (Auftritt) ab! Ich kann nicht spielen! Ich habe die ganze Nacht nur gekotzt." – „Was? Niko, hast du eigentlich mal auf die Uhr geguckt?", hatte er ihn gefragt und zur Antwort bekommen: „Ich kann nicht spielen. Ich hab' Angst!"

Angst? Vor diesem Auftritt. Sechs Wochen zuvor hatte er bei einem wirklich wichtigen Konzert in der Lahnsteiner Stadthalle fehlerfrei gespielt. Wieso hatte er jetzt, bei dieser eher unbedeutenden Veranstaltung, Angst? Ein wenig hatte es sich zwar schon einige Zeit vorher angebahnt. Irgendwie schien Niko nicht viel von dieser Veranstaltung zu halten. „Natürlich sage ich nichts ab. Ich war gestern dort. Die haben mitten im Wald eine Superbühne extra für uns gebaut. Mit Licht und PA (Verstärkeranlage) vom

Feinsten." Nun gut, das war ein wenig übertrieben. Die Bühne bestand aus ein paar auf Europaletten genagelten Sperrholzplatten, die auf eine Art Sandhaufen gepresst wurden. Als Überdachung diente dabei eine lieblos über ein wackeliges Zeltgestänge geworfene große Plastikplane, die höchstens Niederschlagsmengen in homöopathischen Dosen bei völliger Windstille standhalten würde. Und Licht und PA – na ja, waren vorhanden. Beides stellte mit Stolz erfüllt die Vorgruppe *Tombstone* für den Abend zur Verfügung. „Was auch passiert, wir werden da spielen. Also hör auf, dich so anzustellen und leg dich wieder hin!" Es war der Beginn eines unglaublich verrückten Tages. Von morgens sechs bis abends um zehn hatten sie Stress, ob Niko wohl spielen könnte. Nach dem Soundcheck am Nachmittag war er ihnen sogar im Wald abgehauen. Sie mussten ihn suchen gehen und regelrecht zurückzerren. Er wollte sie wirklich hängen lassen. Bis Nina kurz vor dem Auftritt einfach mit ihm herumgeblödelt hatte, da war er plötzlich wieder der alte. Er ging hinaus auf die Bühne und zog professionell eine Riesenshow ab. Er verspielte sich kein einziges Mal. Die Stimmung war fantastisch. Definitiv war das ihr bisher bester Auftritt, bis Niko knapp zwei Stunden später die Bühne wieder verließ. Er sprang nach dem letzten regulären Song in Hochstimmung von der Bühne und landete mitten in einer Panikattacke. „Keine Zugabe!", röchelte Niko mit weit aufgerissenen Augen. „Keine Zugabe!" Was für ein unglaublicher Irrsinn! Seine Hände zitterten. Und es hörte nicht mehr auf. Die Rocker interessierte das herzlich wenig. Als improvisierte Zugabe musste dann eben „Marmor, Stein und Eisen bricht" ohne Bassisten herhalten. Der Stimmung tat das keinen Abbruch. Aus unerfindlichen Gründen wurde dieses Stück plötzlich von etlichen schweren Jungs im Publikum lautstark gefordert. Ob da nun ein Bass dabei war oder nicht, war denen vollkommen egal. Aus Dutzenden euphorisch in den Nachthimmel gestreckten Plastikbechern schwappten ihnen unter lautem Gegröle Unmengen von Bier und vereinzelt auch Whisky-Cola entgegen. Nicht nur, dass sich durch das Gedränge die Bühnenkonstruktion langsam in Wohlgefallen aufzulösen schien, Guido und Rally wurden auch noch regelrecht geduscht. Zumindest vom Bauchnabel abwärts waren sie klitschnass. Zum ersten Mal bereute es Stefan nicht, beim Auftritt in der zweiten Reihe hinter seinem Schlagzeug sitzen zu müssen. Um etwas Druck vom Kessel zu nehmen, weiteten sie den Mitsingteil ohne Instrumente zu einer gefühlten Ewigkeit aus und ließen ihr dankbares Publikum immer wieder „Damm, damm – damm, damm!" und den Refrain wiederholen. Mehr brauchte es nicht zum kollektiven Freudentaumel.

Mit Niko gab es allerdings keine weitere Zugabe. Es gab keine weitere Probe. Es gab keinen weiteren Auftritt. Er wollte nicht aussteigen, aber er konnte einfach nicht mehr. Vollkommen irrational! Vollkommen unerklärlich!

Wirklich? Es durchzuckte ihn wie der Stromschlag, den er regelmäßig bekam, wenn er im Proberaum sein Mikrofon mit dem Mund berührte. Anfang Mai hatte er den Traum. Danach schrieb er *Only Death is Free*, einen Song über wesentliche Teile der Offenbarung des Johannes. Eine fast zehnminütige Abrechnung mit Satanismus und dem, der ihn nun Nacht für Nacht besuchte. Mit diesem Song fing es doch an! Anfang Juni hatten sie ihn einstudiert. Ab da begann auch Niko, sich zu verändern. „Du verfluchter Drecksack! Du hast Niko angegriffen und ihn wie einen Idioten aussehen lassen!" Aber konnte das wirklich überhaupt möglich sein? Fest stand nur, Nikos Probleme waren mit dem Ausstieg bei *Agurs Words* definitiv nicht gelöst. Im Gegenteil, seine Angstzustände wurden immer schlimmer. Da halfen auch die vom Psychiater verschriebenen Psychopharmaka nicht weiter. Auch die zahllosen Sitzungen bei seinem Therapeuten brachten keine Besserung. Er bekam sogar noch zusätzlich ein finanzielles Problem, weil seine Krankenkasse die Behandlungskosten nicht übernahm, und er sie selbst bezahlen musste. Denn arbeiten konnte er ja auch nicht mehr. Schon ganz alltägliche Dinge wurden zu unüberwindlichen Herausforderungen. Als er beim Friseur saß, ängstigte ihn die Vorstellung, sein Kopf könnte anfangen zu wackeln, so sehr, dass er fluchtartig den Laden verlassen musste.

Nach Niko kam Kalle. Das genaue Gegenteil von ihm. Niko liebte außer Rock auch Klassik, Jazz und Funk. Kalle nicht! Niko war ein filigraner Techniker, Kalle ein Berserker. Ein Maurer, ausgestattet mit allem, was sie brauchten: Rhythmus, Dynamik, Kraft und wieselflinken Fingern. Darüber hinaus war er auch noch ein tiefreligiöser Christ, der Drogen verabscheute. „Den schickt uns der Himmel!" Und Kalles Begeisterung kannte ebenfalls keine Grenzen. Nach der dritten Probe fuhr Kalle Rally nach Hause und schwärmte: „Mein ganzes Leben lang habe ich davon geträumt, in so einer Band zu spielen! Ihr und eure Songs seid einfach genial!" Drei Stunden lang standen sie im Regen, nass bis auf die Haut, und schmiedeten Zukunftspläne. In diesem Überschwang dachte Kalle sogar laut darüber nach, sein Haus zu verkaufen, um mit dem Geld Aufnahmen für eine ordentliche LP zu finanzieren. Schweren Herzens beendeten sie diesen Trip in die sonnige Zukunft gegen halb zwei. Doch sie trösteten sich damit, dass die nächste Probe ja bereits am folgenden Abend sei.

Kalle holte Rally wieder ab. Er schloss die Wagentür, als Kalle zu ihm sagte: „Rally, es regnet. Ich steige aus!" – „Meint er aus dem Auto, oder aus der Band?" Rally lachte und antwortete: „Ja klar! Ich steige auch aus!" – „Nein, ich steige wirklich aus!" – „Ja, ich auch!" Kalle wurde ärgerlich: „Hast du es immer noch nicht kapiert? Ich höre auf!" Er meinte die Band! Rally reagierte absolut fassungslos. Kalle scherzte offensichtlich nicht. „Sag mal, bist du bescheuert? Heute Nacht erzählst du mir, wie genial wir sind, dass du dein Haus für eine gute Aufnahme mit uns verkaufen willst, und jetzt steigst du aus?" – „Es tut mir leid, Rally. Ihr seid zwar die besten Musiker, mit denen ich je zusammen gespielt habe, aber eure Songs sind einfach scheiße!" Wie konnte das sein? Gerade von den Songs war er doch nicht nur in der Nacht zuvor so begeistert gewesen. „Und was ist mit *Dawn?*", einem Instrumentalstück, das es Kalle besonders angetan hatte. „Ja, *Dawn* ist geil, aber das ist auch das einzige!", meinte Kalle barsch. „Und *Screaming City?*" – „*Screaming City* ist der absolute Hammer!" Kalles

Augen leuchteten jetzt wieder vor Begeisterung, genau wie in der letzten Nacht. Doch sogleich fügte er hinzu: „Aber der Rest ist einfach scheiße!" Nun konnte man über ihre Lieder durchaus geteilter Meinung sein. Sicherlich gab es mehr als genug Leute, die Kalles derzeitige Einschätzung voll und ganz unterschrieben hätten, allein das Ausmaß und die Geschwindigkeit des Gesinnungswandels waren erschreckend.

Rally unterließ es, den einzigen Song, den Kalle außer den beiden genannten noch einstudiert hatte, aufzuzählen. Er wusste, dass Kalle auch diese Nummer liebte. Das Ganze entsprach nicht der Wahrheit! Aber merkwürdigerweise war Kalle von dem sich selbst widersprechenden Gefasel felsenfest überzeugt. Hier musste offensichtlich eine gewisse Persönlichkeitsspaltung vorliegen. Eine andere Erklärung gab es nicht. Jedenfalls nicht bis heute!

Niko war ängstlich, Kalle impulsiv. In beiden Fällen wurden diese Eigenschaften innerhalb kürzester Zeit ganz extrem gesteigert. Bei Pitt war es die Hilfsbereitschaft. Er hatte sich an Weihnachten der Sache in den besten Absichten vollkommen geöffnet. Bei Volker schließlich war es der Alkohol. „Er packt uns da, wo wir am anfälligsten sind!" Er musste nun auch unbedingt mit Kalle und Niko reden. Augenblicklich bekam er Atemnot. „Verflucht! Was ist das?" Er wusste was oder besser gesagt, wer es war. „Er kennt meine Gedanken! Er versucht mich zu manipulieren, genauso wie Niko und Kalle. Er bestraft mich sogar schon für meine Absichten." Nun wurde einiges klarer. Auch die ihm sehr peinliche Geschichte mit der im Raum stehenden Bettdecke. Als er mit Andreas darüber sprach, hätte er diesen Teil gerne unter den Tisch fallen lassen. Sein Gegner tat nichts ohne Grund. Es war eine Demonstration seiner Macht. Er wusste alles über ihn. Er kannte die geheimsten Ängste seiner Kindheit. Mit dieser Episode konnte er ihm sogar die letzten kindlichen Illusionen nehmen: die Decke als Symbol für Sicherheit und Schutz.

„Nein!" Eines war sicher: Er würde sich nicht manipulieren lassen! Koste es, was es wolle.

Und der Preis, den er in der kommenden Nacht zahlen musste, war hoch!


Donnerstag, 31. Dezember 1987
Um sechs Uhr morgens klingelte er bei Margot. „Morgen, Rally. Du kommst zu spät. Er sitzt bereits seit einer halben Stunde im Bad mit zwei oder drei Flaschen Portwein." – „Warum hast du mich denn nicht angerufen?" – „Als ich wach wurde und aufgestanden bin, habe ich ihn gerade noch mit den Flaschen im Bad verschwinden sehen. Da war es sowieso schon zu spät. Ich habe ihn noch gebeten, er möge nichts trinken und das Zeug ins Waschbecken kippen, aber leider umsonst." Margot tat, als würde es ihr nicht viel ausmachen. „Geh besser! Das gibt nur Ärger. Ich rufe dich an, wenn sich eine Gelegenheit ergibt, um mit ihm zu sprechen." Auch wenn sie es zu verbergen versuchte, er spürte ihre Angst. Es war besser, es zu einem späteren Zeitpunkt zu versuchen. „O.K. Aber bitte, ruf mich an!" Er ging nach Hause. Es beschlich ihn der Gedanke, es könnte wohl noch eine ganze Weile dauern, bis er Volker in einem halbwegs ansprechbaren Zustand antreffen würde. Nun standen ja auch noch weitere Gespräche aus. Ohne dass er es bis ins letzte Detail durchdachte, legte er eine Reihenfolge fest, von deren Richtigkeit er felsenfest überzeugt war: „Zuerst Volker und Pitt. Danach die Band und zwar nur, wenn alle dabei sind. Sollte einer fehlen, sage ich nichts. Nach der Band erfährt es Niko und zum Schluss Kalle." Ob er mit Nina darüber sprechen würde, wusste er noch nicht. Das würde sich ergeben oder eben auch nicht. Er kämpfte sich todmüde die vier Stockwerke hinauf zur Wohnungstür und von dort in sein Zimmer. Da er die ganze vorherige Nacht kein Auge zumachen konnte, legte er sich ins Bett und schlief auch sofort ein.

Samstag, 2. Januar 1988
Weil er in den letzten Tagen immer erst gegen sieben Uhr morgens einschlief, entschied er sich, anstatt Sonntagmorgen am Samstagabend in die Kirche zu gehen. Mit der Dämmerung wurde ihm zunehmend unbehaglich. Sollte er jetzt wirklich in die Kirche gehen oder vielleicht doch besser vor dem Fernseher abhängen? Der letzte Gedanke tat ihm körperlich wieder regelrecht gut. „Moment!" Langsam empfand er diese platten Manipulationsversuche als Beleidigung. Natürlich ging er in die Kirche, auch wenn der Weg dorthin, die etwa dreihundert Meter, ihm noch niemals so schwerfielen. Mit jedem Schritt in Richtung Sankt-Josefs-Kirche fühlte er sich schlechter. Er umfasste den gusseisernen Griff, öffnete die beschlagene, massive Holztür und ging hinein. Schlagartig ging es ihm besser. Die Orgel spielte bereits. Er bekreuzigte sich mit Weihwasser, nahm ein Gesangbuch und stellte sich in die letzte Bank des Mittelschiffs. Noch nie hatte er einen Gottesdienst so sehr genossen, so sehr als Freiheit, ja sogar als Befreiung empfunden. „Vielleicht sollte ich mal mit dem alten Pfarrer Schulz sprechen, ob ich mir hier ein Feldbett aufschlagen darf. Dann könnte ich wenigstens nachts wieder schlafen." Er grinste zufrieden.

Doch sein kleines Glück dauerte nicht viel länger als der Weg zurück nach Hause. Schon kurze Zeit später war dieser Druck im schlimmsten Sinne gigantisch. Warum eigentlich? War dies Satans Grußkarte: „Glückwunsch, ich bin hier!"? Auch wenn er sich sicher war, dass es nur seinen Angstlevel oben halten sollte, es war nicht mehr auszuhalten. Er sah sich verzweifelt in seinem Zimmer um: bis zum Anschlag voll mit Bibeln, Kreuzen und anderen christlichen Symbolen. Und trotzdem war er verängstigt wie ein kleines Kindergartenkind beim Gewitter. Das Ganze war doch erbärmlich. „Meine Güte, was ist nur mit mir passiert?" War er das wirklich? Wie konnte sich sein Gemütszustand in gerade einmal fünf Tagen dermaßen verändern?
   Nein, so konnte es nicht weitergehen.

War das Stichwort „paranoid" zutreffend? Verfolgungswahn? Das, was er als platte Manipulationsversuche beim Gang in die Kirche oder bei der geplanten Aussprache mit den Bandkollegen ansah, müsste für einen Psychiater doch untrüglicher Hinweis auf eine gestörte, vielleicht sogar gespaltene Persönlichkeit sein. Paranoid und schizophren? Paranoide Schizophrenie – gab es so was überhaupt? Sofort lief er ins Wohnzimmer, um im Lexikon nachzuschlagen. Er zog im Bücherschrank den Lexikonband mit der Aufschrift *SCH* heraus, schmiss sich auf den entsetzlich grünen, aber durchaus bequemen großen Sessel und begann, hektisch zu blättern: *„Schildblume – Schiller – Schintoismus – Schirokko – Schizogonie – Schizoidie* – da haben wir's: *Schizophrenie!* So, *grch.* blablabla ... *früher Dementia praecox* ... blablabla ... *Geisteskrankheit – endogene Psychose* ... unwichtig ... *Störungen des Denkens, der Wahrnehmung und der Affektivität gekennzeichnet* ... soso ... *Entfremdung des eigenen Ichs, Persönlichkeitsspaltung* ... *Die bes. Form der jugendl. S. (Hebephrenie) beginnt sehr früh* ... langweilig ... *Andere Formen sind verbunden mit Wahnvorstellungen* – jawoll – *und Sinnestäuschungen (Paraphrenie, Paranoia)* – da sind wir daheim – *oder mit kataton. Störungen (Katatonie)* – häh? Nee danke! Zurück zu *Para*was? Ah ja, *Paraphrenie.*"

Also, Schizophrenie plus Wahnvorstellungen. Diese hatte schon mal einen Namen.

„Dann gucken wir doch mal unter *P* nach." Er sprang auf, griff Band P, fiel zurück in den Sessel und suchte: *„Paraphrase – Paraphysen – Paraplasma:* Nichts! Paraphrenie gibt's nicht. Scheißlexikon! Aber vielleicht steht ja etwas unter Paranoia. Weiter zurück ... *Paranussbaum* ... *Paranoia: grch. Verrücktheit* ... *Ausbildung eines in sich geordneten Wahnsystems* ... Hm? In sich geordnetes Wahnsystem?" Ja, sofern es sich bei ihm um Wahnvorstellungen handeln würde, könnte man das gelten lassen. Sie wären dann auf jeden Fall in sich schlüssig. „Weiter: *... als Paraphrenie* – da ist sie ja – *eine besondere Verlaufsform der Schizophrenie.* Mehr nicht?"

Wo könnte er denn noch etwas über Paraphrenie finden? "Natürlich! Im Medizinlexikon!" Nach kurzer intensiver Suche wurde er tatsächlich fündig: "*Paraphrenie: psych. Erkrankung ... endogenen Psychosen ... besondere Ausprägung der Schizophrenie ... mit Wahnbildung ... vorwiegend akust. ... Halluzinationen bei weitgehend erhaltener Gesamtpersönlichkeit. Verlauf meist chron.*"
Er kratzte sich am Kopf und dachte angestrengt nach.

War er wirklich verrückt? Natürlich war er das. Er wurde in den letzten zehn Tagen komplett aus seinem schönen naturwissenschaftlich aufgeklärten Weltbild verrückt. Einfach herausgerissen. In kürzester Zeit. Er hatte zweifellos seine Mitte und auch Teile seiner Orientierung verloren – aber auch seinen Verstand?
Das konnte doch nicht sein, das war einfach nicht möglich. Er war nicht irre. Dies alles war die Wirklichkeit. Halluzinationen? Gemeinsam mit Andreas oder auch mit Pitt? Nein, wie sollte das denn gehen? Andere Dinge waren passiert, ohne dass er Einfluss darauf nehmen konnte. In Göttingen gab es doch laut Andreas auch Zeugen. *Agurs* Worte im Fernsehen hatten bestimmt auch ein paar Millionen gehört. Seine Würgemale! Volkers Rückfall! Das war doch alles real! Erschreckend real!

Aber funktionierten so nicht Verschwörungstheorien: die Verknüpfung von unterschiedlichen realen Ereignissen, die nur scheinbar etwas miteinander zu tun haben, mit Halbwahrheiten, Mutmaßungen und Behauptungen? Bastelte er sich hier nicht gerade seine eigene kleine Satansverschwörung?
"Zurück auf Anfang!", dachte er. "Die Nullhypothese lautet folglich:
$H_o$: *Das Erlebte ist nicht naturwissenschaftlich erklärbar!*

Nun wollen wir doch mal sehen, wie wir das widerlegen können." Auch wenn es wehtat, die notwendige Bedingung zur Verwerfung der Nullhypothese war leider das Vorhandensein einer eigenen schweren Bewusstseinsstörung – Marke Paraphrenie oder Ähnliches. Und das wollte er jetzt einmal als gegeben annehmen.

Angefangen hatte es mit seinem Traum. „Nein, gehen wir mal noch weiter zurück. Psychiater gehen immer weiter zurück. Zurück bis in die ..."

*Kindheit*
Er war vier und bildete sich einen nächtlichen übernatürlichen Beobachter ein. In der Grundschule wird dann diese Urangst, das Trauma – oder wie auch immer man das nennen mochte – mit zunehmender Intelligenz ins Unterbewusstsein verdrängt. „Ist das nicht bei allen Kindern so? Haben nicht nahezu alle kleinen Kinder Angst vor der Dunkelheit? Warum eigentlich? Weil sie vielleicht noch etwas fühlen, das unsere aufgeklärte Welt für nicht existent ansieht? Etwas, das ihnen der Verstand später verbietet, wahrzunehmen?" – „Halt, halt, halt! Falsche Richtung! Wissenschaftliche Erklärungen sind jetzt gesucht. Also, meine Angst in der Kindheit war natürlich genauso unbegründet und irrational wie die aller anderen Kinder."

*Traum*
Der Traum im letzten Mai bringt zumindest die Möglichkeit der Existenz eines übersinnlichen Wesens jenseits von Gott wieder ins Bewusstsein. „Und der Schlag ins Gesicht, genau im wichtigsten Augenblick?"
„Zufall!
Nina schläft häufiger unruhig. Kann schon mal passieren."

*Göttingen*
Nichts weiter als ein Studentenstreich, um Andreas Angst zu machen. „Aber es waren doch nur völlig Fremde dabei?" – „Die wurden von Bernhard instruiert." – „Warum?" – „Studentenstreich!"

So viel Aufwand, um einen für fast alle Unbekannten zu erschrecken? Und gehörte zu einer solchen Aktion nicht am Schluss die triumphale Aufklärung: „Haha, reingefallen. Wir haben dich verarscht."? Warum fehlte die?

„Keine Ahnung – Studenten! Die sind zum Teil halt auch ganz schön bekloppt."

*Gläserrücken*
Die Bewegungen des Glases waren von Anfang an klar, eindeutig, zielgerichtet und teilweise perfekt, wie die Kreise. Wie waren die blitzartigen Bewegungsänderungen zum Beispiel bei *KMVW* oder bei *Gs* Überfall auf den Christophorus möglich? Keinesfalls konnte man das durch unterbewusste und mit Andreas synchronisierte Muskelzuckungen erklären.

„Mann, ich bin verrückt. Ich bin Mr. ParaSchizo! Da können natürlich auch meine Fingermuskeln unglaublich verrückt zucken. Oder aber mein anderes Ich ist halt verdammt gut im Zeichnen."

*Agurs Worte*
Im Fernsehen? An Weihnachten? Direkt nach der Vertreibung Ludwigs im Namen Christi?

„Zufall!"

*Angriff*
„Der Angriff letzten Montag hat real nie stattgefunden. Es war eine Halluzination oder wahrscheinlich auch einfach nur ein Traum."

Aber er war wach und sah, dass es genau 18:00 Uhr war, als es begann. Und um 18:03 Uhr war doch auch tatsächlich alles vorbei. Bewies das nicht, dass er wach gewesen war?

„Nein, alles wurde nur vom Unterbewusstsein oder vom anderen Ich gesteuert!" –

„Hat mein anderes Ich dann größere Hände als meine?" Dass seine Hand kleiner als der Abdruck an seinem Hals war, könnte man sicher mit einer psychosomatischen Reaktion, ausgelöst durch Phänomene wie Autosuggestion oder Hysterie, erklären. Aber das im Lexikon nachzuschlagen hatte er jetzt keine Lust.

*Volker*
Volker war Alkoholiker. Und bei trockenen Alkoholikern ist die Gefahr eines Rückfalls im Allgemeinen immer gegeben.

Aber ausgerechnet am ersten Weihnachtstag, nachdem in einem spiritistischen Ritual seine Initialen mehrfach geschrieben werden?

„Zufall!"

An Weihnachten geht ja auch die Selbstmordrate hoch, warum dann nicht die Rückfallquote von Alkoholabhängigen?

„Gilt das nicht eher für einsame Menschen? Volker ist nicht allein." – „Gut, dann hatte er halt tatsächliche oder vielleicht auch nur vermeintliche Eheprobleme. Er unterstellte Margot ja auch, ihn betrogen zu haben." –

„O.K., warum hat dann mein Unterbewusstsein immer seine Initialen geschrieben? Ich habe doch nichts davon gewusst." – „Du vielleicht nicht, möglicherweise aber dein Unterbewusstsein." –

„Aber ich hatte ihn doch etliche Wochen nicht gesehen."

„Du vielleicht nicht, möglicherweise aber dein anderes Ich."

„Meine Güte", musste er gestört sein! Aber sein anderes Ich hatte es wirklich drauf!

*Manipulation*
Zugegebenermaßen subjektiv, aber dennoch mehr als eindrucksvoll war die Erhöhung des Drucks bis hin zum Erzeugen von Atembeschwerden, wenn er in die Kirche gehen oder mit der Band über das Erlebte reden wollte.

Einbildung, Wahnvorstellung und Persönlichkeitsspaltung – oder kurz: Paraphrenie – lautete hier die naheliegende Diagnose.

„Grundgütiger, nichts als ein Haufen Zufälle, gepaart mit einer ganz ordentlichen Portion Geisteskrankheit." Das war also die Erklärung.

Die Nullhypothese war verworfen. Alles konnte ganz einfach ohne übernatürliche Komponenten erklärt werden. Und das Beste hatte er bisher noch gar nicht bemerkt. Es ging ihm besser. Jetzt! Mitten in der Nacht!

„Unfassbar: kein Druck mehr spürbar und kaum noch Angst." Wovor auch? Es fühlte sich so unbeschreiblich gut an, verrückt zu sein. „Ja wirklich: Verrücktsein ist cool!"
Sein Unterbewusstsein und sein anderes Ich hätte er zu gerne mal kennengelernt. Die waren offensichtlich ganz schön pfiffig unterwegs.

„Jetzt schnell hinhauen und mal so richtig auspennen", sagte er laut vor sich hin. Es war herrlich. Ruckzuck machte er sich bettfertig. „Fenster auf! Licht aus! Und jetzt Ruhe, Jungs! Ich will von keinem Mehrfach-Ich mehr was hören, der Vati braucht seinen Schönheitsschlaf!" Es war stockdunkel und er war allein. Nahezu angstfrei allein! „Wie im Frieden." Die kalte Luft, die ihm vom aufgeklappten Fenster aus ums Gesicht wehte und sein angenehm warmes Federplumeau ließen den Wohlfühleffekt auf „maximal" ansteigen.

Nur schlafen konnte er nicht. Sosehr er die momentane Leichtigkeit des Seins auch genoss, da gab es zwei nicht auflösbare Widersprüche. „Wenn meine Geisteskrankheit für die Manipulationsversuche bzw. die subjektiv empfundene Bestrafung verantwortlich ist, wie erklärt sich denn dann folgender Sachverhalt?

Mein Unterbewusstsein oder mein anderes Ich suggeriert mir, es gibt das personifizierte Böse. Es spielt mir Kommunikationen mit Geistern oder Dämonen und körperliche Angriffe des Leibhaftigen vor. Es bestraft mich, wenn ich in irgendeiner Weise beschließe, gegen den Willen Satans zu handeln, zum Beispiel wenn ich in die Kirche gehen möchte. In der Kirche geht es mir dann aber gut, was darauf hinweisen soll, dass Gott stärker ist als der Teufel. Genauso, wie es mir durch den vermeintlichen Dämon G übermittelt wurde. Ich soll also unbedingt von der Existenz eines Gott unterlegenen Satans überzeugt werden." Dies führte ihn zu zwei ungelösten Fragen.

„Erstens: Warum reduziert mein Alter Ego dann nicht den Druck, wenn ich hier in meinem Zimmer intensiv zu Gott bete? Ich soll doch glauben, dass Gott stärker ist als das Böse. Wenn der

Druck in der Kirche komplett verschwindet, dann müsste er beim Gebet zu Hause wenigstens ein bisschen nachlassen. Tut er aber nicht! Und zweitens: Warum ist jetzt gerade der Druck nahezu bei null, nachdem ich mich selbst davon überzeugt habe, dass Satan nicht existiert und alles nur ein Produkt meiner Gestörtheit ist? Dies steht doch offensichtlich dem Willen meines anderen Ichs entgegen, das mich sonst bei jeder Kleinigkeit bestraft."

Er setzte sich im Bett auf und kam nach anstrengender Überlegung zu dem Ergebnis: „Kaum vorstellbar, dass sich dieses ach so mächtige, alles kontrollierende Über-Ich durch ein einfaches Gedankenexperiment ausschalten lässt.

Nein, das ist alles nicht stimmig! Zu viel Zufall, zu wenig Logik. Nicht *in sich geordnet*."

Die Nullhypothese war zwar abgelehnt, es gab sehr wohl eine wissenschaftlich haltbare Erklärungsmöglichkeit, aber war letztere auch zutreffend?

„Nehmen wir doch noch einmal für einen Moment an, ich sei nicht verrückt und das Böse existiert tatsächlich nicht nur als Handlungsmöglichkeit, sondern auch personifiziert. Nehmen wir weiter an, dass ich mich durch die Teilnahme beim Gläserrücken diesem Bösen in besonderer Weise geöffnet habe. Schließlich hätte ich ja dann bewusst mit dem Auflegen meines Fingers auf das Glas eine Art Energiekreislauf geschlossen, der ausreichend stark war, um gedankliche Äußerungen des Bösen in Schriftform zu manifestieren und ihm somit über das *natürliche Maß* hinaus Zugang zu mir und der *realen Welt* verschafft hat. Ich habe mich ja wortwörtlich führen lassen, indem ich den Bewegungen des Glases mit meinem ganzen Arm sowie meiner hundertprozentigen Aufmerksamkeit folgte."

Er hielt einen Moment inne und fragte sich besorgt, ob das nicht auch schon eine Form der *Besessenheit* sei? Da war er sich nicht sicher. Ganz genau wusste er aber: „Dieses personifizierte Böse hätte nun in einem gewissen Rahmen die Möglichkeit, Druck auf mich auszuüben und würde versuchen, mich gezielt zu

beeinflussen. Die Ziele wären dann selbstverständlich offensiv: die Verbreitung seiner eigenen Machtbasis, und
defensiv: das Unterbinden jeglicher seinen Einfluss reduzierenden Gegenmaßnahmen.

Da er in der Kirche seine Macht auf mich offensichtlich nicht ausüben kann, will er natürlich auch nicht, dass ich da hingehe. Da er nicht will, dass ich über *Agurs Words* andere vor ihm warne, will er auch nicht, dass ich mit meinen Jungs rede. Dagegen spielt es ihm sehr in die Hände, wenn ich glaube, dass ich verrückt bin und ihn deshalb nicht attackiere."

Stammte nicht von diesem kaputten Schriftsteller Baudelaire die Aussage: *Die größte List des Teufels ist es, uns zu überzeugen, dass es ihn nicht gibt?*

„Wie wahr. Ich kann nichts bekämpfen, von dem ich glaube, dass es nicht existiert. Deshalb belohnt er mich und lässt mich augenblicklich in Ruhe."

Also, wenn schon *Ausbildung eines Wahnsystems,* dann aber bitte *in sich geordnet.* Das war er sich selbst schuldig. Und ja, dies war im Gegensatz zu der eben hergeleiteten, wissenschaftlich haltbaren Erklärung ein in sich geordnetes logisches System, dem er fortan bezüglich Erklärungsrelevanz den Vorzug gab.

„Netter Versuch, mein schattiger Compadre. Aber da musst du schon früher aufstehen! Dir geht es nur darum, zu verhindern, dass ich das Richtige tue. Das wirst du nicht schaffen!"

Der Druck war zwar wieder da, aber auch seine Selbstachtung.

Er machte das Licht an, las im Neuen Testament und sah, dass er mit seiner Satansverschwörungstheorie nicht allein dastand. Er befand sich in bester Gesellschaft mit vier Burschen, die man Evangelisten nannte.

Absolut erstaunlich, wie oft im Neuen Testament von Dämonen und vom Teufel die Rede war. Er hatte zwar schon früher

regelmäßig in der Bibel gelesen, aber damals war ihm das so nicht aufgefallen. Er beschloss, einmal alle entsprechenden Stellen im Matthäusevangelium herauszusuchen:
Das waren sage und schreibe 13 Bibelverse, die sich auf Dämonen bezogen – allein bei Matthäus 13! Erstaunlich! Zugegebenermaßen war in einigen dieser Fälle das Wort *Dämon* wohl eher eine Metapher für verschiedene, damals noch nicht medizinisch erklärbare Krankheiten. Das galt aber definitiv nicht für alle. Wie stand es hier bei Mt 8,31? *Da baten ihn die Dämonen: Wenn du uns austreibst, dann schick uns in die Schweineherde!* „Welche Krankheit kann schon reden?"

Zusätzlich fand er 6 Verse mit Teufel und weitere 3 mit Satan. „6 und 3 – interessant!" Hatten diese Zahlen vielleicht eine beabsichtigte Bedeutung? „6 mal 3 ergibt 18." Aber Multiplikation war hier ja willkürlich gewählt. Addition lag da schon näher: „Das macht dann 9. Als 3 × 3 steht 9 für das vollkommen Himmlische und Heilige. Das passt schon mal gar nicht! Zusätzlich ist die neunte Stunde die Todesstunde Christi. Keine Ahnung. Hier gibt es einfach zu viele Deutungsmöglichkeiten. Aber die absolute Häufigkeit der Nennung von Teufel und Dämonen ist schon bemerkenswert."

Hinzu kam, dass Jesus sich auch mit dem Leibhaftigen unterhielt. Wenngleich man diese Unterredungen und Auseinandersetzungen mit dem Teufel nicht unbedingt wortwörtlich nehmen musste, so war doch die Botschaft eindeutig. Aufklärung hin oder Metaphern her. „Sofern einem das Neue Testament als Frohe Botschaft und Wort Gottes wichtig ist, kann man als Christ die Existenz des personifizierten Bösen nicht leugnen. Punktum!"

Sonntag, 3. Januar 1988
Auch wenn er seit letzter Nacht mit sich und seinem Geisteszustand weitestgehend im Reinen war, auf sein Weltbild traf das noch nicht zu. Den heutigen Tag hatte er buchstäblich

vergammelt – den Vormittag als übernächtigter Fernsehzombie und den Nachmittag im Tiefschlaf verbracht. Mit einsetzender Dunkelheit ging es ihm dann auch wieder so richtig schön dreckig. Dass dies für immer so weitergehen sollte, war einfach nicht akzeptabel. So saß er an seinem Schreibtisch und starrte gedankenverloren durch das Fenster in die dunkle Nacht.

Nun, nach allem, was er erlebt hatte, musste er sich das Vorhandensein übernatürlicher Phänomene eingestehen. Auch wenn es ihm immer noch sehr schwerfiel. Aber wenn es sie im Negativen gab, warum dann nicht auch im Positiven. Seine kritische Haltung zu den Wundertaten Jesu wollte er zumindest noch einmal überdenken. An die Heilungen glaubte er ohnehin. Jetzt schienen ihm noch ganz andere Dinge möglich zu sein.

„Aber halt, halt, halt, halt! Übernatürliche Phänomene? Vielleicht beim Sohn Gottes. Aber ansonsten …? Ich darf mich hier nicht verrennen!" Glaubte er jetzt wirklich allen Ernstes an Poltergeister, Telekinese, Wahrsagerei, Magie oder gar Astrologie? „Nö! Aber auf gar keinen Fall! Niemals! Das Zeitalter der Aufklärung kann nicht umsonst gewesen sein. Die Naturgesetze sind mir nach wie vor heilig!"

Ja, er glaubte an einen Schöpfer.
Ja, er glaubte an seinen Mensch gewordenen Sohn.
Ja, er glaubte an die heilende Kraft des Glaubens.
„Aber ich bin auch davon überzeugt, dass kein Geschöpf die Naturgesetze außer Kraft setzen kann."

Die Vereinbarkeit von christlichem Glauben und Naturwissenschaft war für ihn noch nie ein Problem gewesen. Selbstverständlich war er zum Beispiel von der Theorie des Urknalls und vom Prinzip der Evolution im Sinne einer allmählichen Höherentwicklung des Lebens überzeugt. Nur dass die Welt in ihrer heutigen Form vollkommen sinnentleert und rein zufällig entstanden sein sollte, war für ihn ein absurder Gedanke. Wobei ihm ein derartiges atheistisches Weltbild angesichts gegebener wissenschaftlicher Fakten noch deutlich einleuchtender erschien als der beispielsweise in den USA weitverbreitete Kreationismus, der die biblische Schöpfungsgeschichte mehr oder weniger wortwörtlich auslegt.

„Gibt es nicht vielleicht doch einen dritten Weg? Ich bin nicht verrückt, der ständige Kontakt mit dem Bösen ist real und die Naturgesetze gelten trotzdem." War das irgendwie möglich?

„Jetzt noch mal genau sortieren!" Was hatte er denn überhaupt an Übernatürlichem erlebt? Kreisende Gläser? Die sich nur dann bewegten, wenn mindestens zwei Personen diese mit jeweils mindestens einem Finger berührten. „Für Außenstehende nicht unbedingt ein schlagendes Argument für das Übersinnliche." Seine mit dieser Versuchsanordnung erzielten Ergebnisse ließen sich wohl kaum in Fachpublikationen wie *Science* oder *Nature* veröffentlichen. „Schon klar. Auch wenn ich Andreas anfangs überprüft habe, theoretisch kann jeder von uns beiden, einzeln oder im Verbund, später unbewusst Einfluss auf die schriftlichen Äußerungen genommen haben."

Ganz sachlich musste er zugeben: „Wenn zwei Hansel es berühren, dann ist ein sich bewegendes Glas nicht weiter erstaunlich."

Wie es sich aber bewegte: zielgerichtet, dynamisch, energiegeladen, formvollendet! Obwohl sie es doch nur minimal mit den Fingerspitzen berührten. Das war der entscheidende Punkt. Wie war das physikalisch möglich? Die offensichtliche kinetische Energie des Glases bedurfte eines deutlichen stärkeren Antriebs als den zweier, nur lose aufgelegter Finger.

„Selbstversuch!" Er sprang vom Schreibtisch auf, lief in die Küche, schnappte sich das Frühstückstablett, öffnete den Hängeschrank und suchte nach dem einen Glas. „Mist! Welches war das jetzt?" Sie hatten vier von der Sorte. Und alle standen nun fein säuberlich gespült vor ihm. „Na toll, eins wie das andere." Angestrengt dachte er nach. „Moment! Wir haben eins dieser Gläser von 17:30 Uhr bis 4:00 Uhr über das Tablett geschoben. Das sind eins, zwei, drei …", zählte er mit den Fingern ab und kam auf zehneinhalb Stunden. „Boah, so lange? Ziehen wir noch zwei Stunden für die Pausen ab, bleiben achteinhalb Stunden!" Aber auch das erschien ihm noch deutlich zu viel. Daher bemühte er sich, die Pausenzeiten so präzise wie möglich abzuschätzen und ging den Ablauf der Nacht noch einmal gedanklich durch. „Drei längere Pausen mit Essen, Diskutieren und Fernsehen. Ein paar kürzere für Wiederauf- und Umbauten. Das waren zusammen etwa drei Stunden. Gut, sagen wir dreieinhalb!" Aber dann blieben netto ja immer noch sieben Stunden. „Unfassbar!" Insbesondere die Diskussionen mit G hatten schon viel Zeit in Anspruch genommen. „Aber so lang kam mir das gar nicht vor." Da ihm das Geschehen in allen Einzelheiten noch vollkommen präsent war, wunderte er sich, dass sein subjektives Zeitempfinden mit der tatsächlich gemessenen Zeitspanne nicht ganz in Einklang zu bringen war. „Also doch, Zeitverlust durch Auftreten einer multiplen Persönlichkeit? Ach, Blödsinn! Ich habe keine Erinnerungslücken, komme nicht an Orten zu mir, von denen ich nicht weiß, wie ich da hingekommen bin, werde nicht von Fremden mit falschem Namen angesprochen. Außerdem hätte Andreas bemerkt, wenn ich mein Verhalten geändert hätte. Meine Murmel ist noch voll intakt. Definitiv ist festzuhalten, die Zeit verging wie im Flug! Für den Fall, dass ich mich bei den Pausenzeiten irre, geben wir noch eine Stunde dazu." Folglich wurde das Glas dann mindestens sechs Stunden lang mit dem Rand nach unten über das Holztablett geschoben. Dabei musste ein Großteil der Kraftübertragung der Finger auf den dann obenliegenden Boden des Glases senkrecht zur Bewegungsrichtung erfolgt sein. „Natürlich bin ich kein Materialexperte, aber sollte das nicht zu einem Abrieb des Glasrandes geführt haben? Insbesondere, da bei diesen Gläsern hier der Rand abgerundet ist. Auf der anderen Seite ist Glas natürlich auch sehr hart."

Er fuhr mit der Kuppe des rechten Zeigefingers so vorsichtig, als wolle er eine Glasorgel zum Klingen bringen, über deren Ränder. „Kein Unterschied feststellbar! Nichts! Aber auch gar nichts."

Die Vermessung mittels Zollstock war ebenfalls in allen Fällen identisch. Höhe: 13,1 cm. Wobei 1,2 cm allein für den massiven Boden zu veranschlagen waren. Breite bzw. Durchmesser: 6,1 cm. Gewicht? „Keine Ahnung! Wo hat die Mutter denn die Küchenwaage?"

Er fand sie nicht. Daher nahm er zum Vergleich einen 150 g-Joghurt aus dem Kühlschrank. „Leichter." Sogleich griff er sich den guten Bauer-Joghurt mit 250 g. „Schwerer." Näherungsweise taxierte er das Gewicht des Glases auf etwa 200 bis 220 g.

Er stellte das Tablett auf den Küchenboden und eines der vier Gläser kopfüber in dessen Mitte. Dann hockte er sich wie an Weihnachten im Schneidersitz davor. Durch den dicken Boden lag der Schwerpunkt des Glases nun oben, wodurch es bei ruckartigen Bewegungen, die Rally aus Testgründen vollführte, instabil wurde und der Rand an einer Seite immer den Kontakt zum Tablett verlor. Definitiv würde ein weiterer Finger bei gewissen Bewegungsrichtungen – wenn auch nicht bei allen – die Stabilität erhöhen. Trotzdem, an Weihnachten gab es selbst bei den *KMVW*-Exzessen oder *Gs* vergeblichem Versuch, den Christophorus aus der Anordnung zu katapultieren, keinen einzigen Moment, in dem das Glas die Bodenhaftung verlor.

Auch erschien ihm das Geräusch des über das Tablett geschobenen Glases nun deutlich lauter als vor acht Tagen. Außerdem waren die Bewegungen jetzt eher ruckelnd als geschmeidig, selbst wenn er zusätzlich noch den linken Zeigefinger auflegte, um den Part von Andreas mit zu simulieren.

Irgendetwas musste an Weihnachten die Reibung zum Tablett deutlich reduziert haben. „Da war es ja fast wie beim Air-Hockey."

Nach kurzer Überlegung nahm er sich einen Eiswürfel aus dem Gefrierschrank und legte diesen auf das Tablett. Mit aller Kraft presste er seinen Zeigefinger darauf und drehte ein paar Runden. „So wird ein Schuh draus!" Nach wenigen Augenblicken war er hochzufrieden. Der nun angetaute Eiswürfel flutschte schon beim kleinsten Antrieb derart über das lackierte Holz, dass es eine wahre Freude war. Da der Zeigefinger sich mittlerweile an der

Auflagestelle eine Kuhle ins Eis geschmolzen hatte, musste nun vertikal gar keine Kraft mehr aufgewandt werden, um sich horizontal zu bewegen.

Hektisch nahm er sich noch mal alle vier Trinkgefäße vor, um deren Boden auf Kuhlenbildung hin zu untersuchen, was abermals in einer Enttäuschung mündete.

„Um die Bewegungsabläufe, die Andreas und ich gesehen haben, nachzuvollziehen, bedarf es einer Reduzierung der Reibung an der Auflagefläche zum Tablett, bei gleichzeitiger Erhöhung der Haftfähigkeit an der Kontaktfläche der Finger. Sprich: unten schön schmierig und oben schön klebrig." Der erneute Einsatz des Glases auf dem nun angefeuchteten Tablett brachte allerdings überhaupt keine Verbesserung. Im Gegenteil, die Steuerung wurde sogar noch erschwert und erzeugte einen höheren Geräuschpegel.

„Hmm?! Materialwechsel!" Leicht gehärteter Langnese-Honig auf den Finger und ordentlich Livio-Öl auf den Lack. „Ja, meine Damen und Herren. Bitte einsteigen. Die nächste Fahrt geht rückwärts!" Und ab ging es in die Kurve. „Nun kommen wir der Sache schon näher! Bleibt also nur noch eine winzige Kleinigkeit zu klären: Wie haben es die zwei menschlichen Energiequellen, die als einzige einen mechanischen Einfluss auf das Glas ausgeübt haben, geschafft, dieses temporär unten glitschig und oben haftend zu machen?" Gesucht wurde also ein Verfahren oder ein wirklich mysteriöser Energiefluss der Marke: „Supraleitend und supergleitend!"

Spontan kam ihm die Idee, nun noch das bei Ludwig aufgetretene Vibrieren zu simulieren. „Erbärmlich!" Das klappte mit dem Schmiermittel nun erst recht nicht.

„Also, keine Denkverbote. Fang einfach mal an zu spinnen. Das sollte dir doch nicht schwerfallen." Er stand auf und setzte sich auf einen der gepolsterten Küchenstühle. „Wärme!", postulierte er wild drauf los. „Im Vergleich zum Eiswürfel hat Glas einen deutlich höheren Schmelzpunkt und müsste dann auch zähflüssig werden. Ganz abgesehen davon, dass unseren Fingern der

Kontakt zu schmelzendem Glas nicht gut bekommen wäre. Wärme scheidet aus. Kälte? Kälte! Leichte Vereisung auf der geringen Oberfläche des Randes könnte bei ständiger Bewegung die Reibung reduzieren. Und oben? Da die Finger ja in der Regel an einer Stelle blieben, könnte hier eine leichte Vereisung die Haftung deutlich erhöhen. Kälte ist nicht schlecht!" Aber wie war das bei Ludwigs Vibration? Nach seinen semitischen Sentenzen verfiel er ja nach der Frage „Ist Christus dein Herr?" zunächst in Schockstarre und das Glas hatte sich dann länger nicht vom Fleck bewegt. Nun hätte es festfrieren und somit eine Kraftübertragung auf das Tablett ermöglichen können. „Kälte ist nicht schlecht! Außerdem sagte ja auch G, dass es an seinem Aufenthaltsort kalt sei. Und auch der Würger hatte zwei eiskalte Händchen mit verdammt frostigen Armen dran."

Zufrieden lehnte er sich zurück. „Kälte ist gut! In sich geordnetes Wahnsystem – ich bin dein Mann!"

Blieb als kleiner Schönheitsfehler noch die ungeklärte Frage nach der Vereisungsursache. Wie hätten Andreas und er dies physikalisch bewerkstelligen können? „Durch Verdunstungskälte natürlich!"

Aber wie genau das funktioniert haben sollte, wusste er nicht. Auch hätte es zur Kondensation von Luftfeuchtigkeit an den Seiten des kalten Glases kommen müssen, was nicht der Fall war. Aber mit Detailfragen wollte er sich jetzt nicht weiter beschäftigen. Für ihn stand nun fest: Die Bewegungen des Glases waren mit den Naturgesetzen im Allgemeinen und mit den Hauptsätzen der Thermodynamik im Besonderen in Einklang zu bringen.

„Nächster Punkt! Was habe ich noch scheinbar Übernatürliches erlebt?" Da musste er nicht lange nachdenken. „Väterchen Frost!" Wie konnte man dessen Auftritt erklären?

„Also, sagen wir mal, etwa 1,50 m hatte allein der massive Oberkörper. Dazu Arme wie ein Gibbon, nur deutlich dicker. Eine hohe Dichte oder zumindest ein Höchstmaß an Steifigkeit. Geschätzt – ohne Beine etwa 100 kg.

$E = m \times c^2$. Energie ist gleich Masse mal Lichtgeschwindigkeit zum Quadrat. Dann hätten wir hier – Moment ... $c$ ist gleich 300 000 km/s. Muss man umrechnen in Meter pro Sekunde. Macht dreihundert Millionen. Also ganz einfach: $E = 100 \times 300\,000\,000^2$ kg m² s⁻².

Hundert Millionen haben drei, sechs, acht Nullen ... zum Quadrat gibt sechzehn Nullen ... mal hundert sind achtzehn ... dreimal drei gibt neun.

Also $E = 9 \times 10^{18}$ Joule. Zehn hoch achtzehn nennt man auch ...? Moment, hab's gleich. Millionen sechs ... Milliarden neun ... Billionen zwölf ... Billarden fünfzehn ... Trillionen achtzehn. Zehn hoch achtzehn nennt man Trillionen. Also brauchen wir zur Erzeugung von hundert Kilo *Iceman* neun Trillionen Joule Energie. Das sind in Kalorien ... äh ... eins, zwei, drei ... ganz viele! Nämlich, neun kurz durch vier Komma zwei teilen. Macht über zwei Trillionen Kalorien. Das sind 'ne Menge bunter Smarties. Ergo: Ich scheide als Stromquelle schon mal aus!"

Sich eine Vereisung von wenigen Quadratmillimetern durch thermodynamische Prozesse vorzustellen, war das eine – neun Trillionen Joule aber sprengten jeden Rahmen.

„Aber er war da! Wie ist das wissenschaftlich zu erklären?" Eine plötzliche Materialisierung durch Umwandlung von Energie in Masse schied definitiv aus. Allerdings kam der Bursche nicht einfach durch die Tür, sondern durch den Boden, der zu allem Überfluss danach auch noch vollkommen intakt war. All dies war einer profunden, naturwissenschaftlich haltbaren Erklärung nicht unbedingt zuträglich. Einigermaßen ratlos starrte er in die Gegend herum. Dabei fiel sein Blick auf den Beistelltisch mit dem Radio und dem Bild seiner Oma mütterlicherseits. Sie starb kurz nach seiner Geburt – schon mit Ende fünfzig. Seit er sich erinnern konnte, wurde sie in allen Erzählungen von allen Verwandten immer mit dem Attribut *herzensgut* versehen. Als ihre Hausärztin sie kurz vor ihrem Tod noch am Sterbebett besuchte, soll sie gesagt haben: „Frau Doktor, schauen Sie nicht nach mir, sondern schauen Sie lieber mal nach dem komischen Kind, das meine Tochter da mit heimgebracht hat." Sie meinte ihn und spielte unverhohlen auf seine bei der Geburt etwas in Mitleidenschaft gezogene Kopfform an. Bei Familienfesten wurde diese Anekdote immer wieder gerne von verschiedenen Akteuren zum Besten gegeben. Und nach wie vor sorgte dieser Klassiker der Familienunterhaltung immer noch für leichtherzige Lacher auf seine Kosten.

Anders als sein Opa war die Oma nicht sonderlich gläubig und ging auch nicht in die Kirche. Dennoch berichteten ihm die Tanten, dass sie sich im Sterben – nachdem sie schon etliche Stunden nicht mehr ansprechbar gewesen war – noch einmal mit buchstäblich letzter Kraft im Bett aufgerichtet und mit weit aufgerissenen Augen von der Stirn bis zum Bauch, von der linken zur rechten Schulter, bekreuzigt habe, um danach tot zusammenzusacken. „Irgendwie gruselig."

Er nahm das Bild in die Hand und sah sich seine Oma genau an. Von ihrer Krankheit bereits gezeichnet, wirkte sie unendlich traurig. Von beiden Mundwinkeln gruben sich tiefe Furchen bis zur Kinnspitze, was von der Schwarz-Weiß-Fotografie besonders plastisch eingefangen wurde. Als er das Bild drehte und die Rückseite des Rahmens betrachtete, kam ihm die Idee: „Zweidimensionales Abbild einer dreidimensionalen Person? Dreidimensionale Abbilder? Stringtheorien!"

In einem populärwissenschaftlichen Magazin hatte er vor Kurzem über neueste Versuche der Vereinheitlichung aller physikalischen Grundkräfte – elektromagnetische Wechselwirkung, schwache Wechselwirkung, starke Wechselwirkung sowie Gravitation – zur sogenannten Weltformel gelesen. Schon im Physik-Leistungskurs hatte er gehört, dass Koryphäen wie Werner Heisenberg oder auch Albert Einstein zeitlebens daran gescheitert waren.

Nun gab es verschiedene Theorien, die davon ausgingen, dass neben den vier in der Kosmologie üblichen Raum-Zeit-Dimensionen noch eine oder mehrere zusätzliche Dimensionen existierten. Eine bestimmte Stringtheorie ging sogar von elf Dimensionen aus. Mathematisch war das kein Problem. Nach dem Ansatz des Wissenschaftlichen Realismus existierte die Mathematik, unabhängig vom menschlichen Denken. Folglich wurde sie nicht erfunden, sondern nur entdeckt. Zahlreiche historische Beispiele mathematischer Verfahren, die bereits bekannt waren, bevor ihr praktischer, auf die Natur zutreffender Bezug bemerkt wurde, stützten diese Theorie. Falls sie also stimmte, konnte man vom Vorhandensein dieser Extradimensionen ausgehen.

„Nehmen wir mal an, mitten durch diese Küche verliefe vertikal eine Ebene, eine zweidimensionale Welt. Und in dieser Welt lebten zweidimensionale Strichmännchen. Alles, was diese Kerle sehen, fühlen, erfahren könnten, wäre ausschließlich das, was sich in ihrer Ebene befände. Und ich als der 3D-Rally könnte mich nach Belieben außerhalb dieser Ebene aufhalten. Dabei wäre ich für diese Männchen selbst dann nicht zu bemerken, wenn ich in der dritten Dimension unmittelbar vor ihnen stünde. Nur wenn ich zum Beispiel von einem Teil der Küche in den anderen wollte und die Ebene durchqueren würde, wäre für diesen Zeitraum ein zweidimensionales Abbild von mir sichtbar." Dass sich dieser in der Ebene sichtbare Teil bei Bewegung ständig verändern würde, war ihm zwar bewusst, aber in diesem Moment nicht wichtig. So führte er seinen Gedankengang unbeirrt fort: „Nehmen wir jetzt mal an, ich wäre das Männchen in einer 3D-Welt, welche nichts weiter als eine Hyperebene in einem höherdimensionierten Universum wäre. Dann könnte ein höherdimensioniertes Wesen in der vierten Dimension unmittelbar vor mir stehen, ohne dass ich es sehen könnte. Zusätzlich könnte es aber auch nach Belieben meine Welt durchqueren und wäre dann als dreidimensionales Abbild für meinesgleichen sichtbar. Für sein Erscheinen wären dann auch keine neun Trillionen Joule nötig. Und selbst wenn es sich für uns scheinbar in Luft auflösen würde, wären die Naturgesetze der höherdimensionierten Welt nicht verletzt." Dieses Gedankenspiel gefiel ihm. „Und wieder fein in sich geordnet!"

Ließe sich so nicht auch die Existenz der sogenannten „Dunklen Materie" erklären, diese in der Astronomie nur aufgrund ihrer Gravitationswirkung festgestellten Massen, die sich aber bisher jeglicher Beobachtung entzogen? „Mensch Rally, du Fuchs! Jetzt drehst du hier aber ein ganz schön großes Rad. Geht's vielleicht auch eine Nummer kleiner?"

Ohne lange darüber nachzudenken, fiel ihm direkt eine Alternative ein, nachdem er sich eine schmerzhafte Frage gestellt hatte. „Hand aufs Herz. Nehmen wir mal an, bei dem Würgeangriff wären Kameras aufgestellt gewesen. Das Problem der Dunkelheit mal außen vor gelassen – glaubst du, sie hätten etwas aufgezeichnet?" Ließe sich der Leibhaftige wirklich auf Zelluloid bannen? Ein ehrliches Nein war seine Antwort.

Außerdem, wenn Satan ein solch höherdimensioniertes Wesen wäre, dann hätten Rallys Hände dessen Arme beim Kreuzzeichen nicht durchdringen können. Satan war kein körperliches Wesen. Das machte ihn aber nicht minder gefährlich, ganz im Gegenteil. Gemäß der christlichen Überlieferungen war er als gefallener Engel ein rein geistiges Geschöpf. Also musste sich der Angriff auch auf rein geistiger Ebene abgespielt haben. Was nicht bedeutete, dass er eine Einbildung war. „Der Angriff war real – nur auf einer anderen, einer erweiterten Ebene der Realität. Einer spirituellen Ebene. Die Lebensgefahr war real – ich konnte tatsächlich nicht mehr atmen. Meine physischen Reaktionen wie die temporär sichtbaren Würgemale waren real – die körperliche Erscheinung selbst war es in einem physikalisch messbaren Sinne nicht."

Natürlich war ihm klar, dass man bezüglich dieser Grenzerfahrung nicht unbedingt Psychologe oder Materialist sein musste, um zu einer anderen Einschätzung zu gelangen. Das, was jene als Einbildung oder Wahnvorstellung bezeichnen würden, war für ihn die Existenz des Bösen und dessen Möglichkeit, mit uns in Kontakt zu treten. Seine Erfahrung war nicht interpersonell nachvollziehbar. Machte sie das somit gleich zu einer krankhaften psychischen Störung mit weitgehendem Verlust des Realitätsbezugs? Nein! Hier war man nun in einem Bereich des Glaubens angelangt. Milliarden Juden, Christen und Moslems waren wie er davon überzeugt, durch das Gebet mit Gott in Kontakt treten zu können. Andere glaubten das nicht. Beweisen konnte es niemand. Albert Einstein hatte mal wieder recht: „Wissenschaft ohne Religion ist lahm, Religion ohne Wissenschaft ist blind."

Genauso wie bei der Evolution die Komponente Zufall durch Gott ersetzt werden konnte, ließe sich in seinem Fall Psychose durch erweiterte Wahrnehmung oder spirituelle Erfahrung ersetzen. Letztendlich war es für ihn aber auch absolut zweitrangig, wie andere seinen Fall bewerten würden. Dass er zu einer für ihn selbst akzeptablen Einordnung des Geschehens käme, war entscheidend. Und diese Ordnung nahm nun zunehmend wieder Konturen an, die er mit folgenden Eckpunkten festlegte:

Religion und Wissenschaft sind miteinander vereinbar.
Es gibt einen Gott und Jesus ist sein Sohn.
Durch das Gebet kann man mit Gott in Kontakt treten, durch okkulte Praktiken mit der Gegenseite. Ersterer kann helfen, Letzterer schaden.
Die Naturgesetze sind absolut und können von niemandem außer Kraft gesetzt werden.


Dienstag, 5. Januar 1988
Das Telefon klingelte. „Wo bin ich?" Der Radiowecker gab ihm die Antwort: „08:14 Uhr? Im Bett. Keine zwei Stunden geschlafen. Zu wenig!" Es klingelte wieder. „Die Eltern sind beim Arbeiten. Vielleicht ist es ja wichtig." Er quälte sich zum Telefon im Flur. „Ja?" – „Margot hier. Rally, er geht gerade aus dem Haus. Er hat noch nichts getrunken." – „Wo geht er hin?" – „Die Kneipen und Geschäfte haben noch zu. Bestimmt zum Bahnhof!" – „Bin unterwegs, danke." Er war hellwach und sprang sofort in die Klamotten. Jetzt war es so weit. So schnell er konnte, lief er zum

Bahnhof. „Bing, bing, bing – Jackpot!" Auf dem Bahnhofsvorplatz kam Volker gerade aus der Unterführung die Treppe herauf. „Volker!" Der verzog nur genervt das Gesicht. „Hast du eigentlich nichts Besseres zu tun, als mir auf die Nerven zu gehen?" – „Hast du eigentlich nichts Besseres zu tun, als dir und deiner Frau das Leben zur Hölle zu machen?" – „Ach, komm, hau ab!" Kein guter Einstand! „Ich weiß, warum du am Abend des ersten Weihnachtsfeiertages wieder angefangen hast zu saufen", versuchte Rally Volkers Aufmerksamkeit zu gewinnen. Volker sah ihn einigermaßen überrascht an. „Dir wurde schlecht, du konntest nicht richtig atmen. Und wenn du nur daran dachtest, Alkohol zu trinken, ging es dir bereits besser. Aber wehe, du sagtest dir: ‚Nein, ich werde nichts trinken!', dann wurde es von Minute zu Minute unerträglicher. Stimmt's?" Volker starrte ihn an. „Woher weißt du das?" – „Weil ich Nacht für Nacht dasselbe durchmache!" – „Was? Du willst Alkohol trinken?" Volker war vollkommen verblüfft. „Von Wollen kann keine Rede sein. Bei mir geht es auch nicht um Alkohol, aber das Prinzip ist dasselbe. Und dieses Prinzip habe ich dir auf den Hals gehetzt!" Rally war sich nun Volkers ungeteilter Aufmerksamkeit gewiss. „Komm Volker, lass uns einen Spaziergang in die Rheinanlagen machen. Dabei erzähl ich dir alles." Volker folgte widerstandslos. Und Rally begann zu reden.

„Du hast was? Geisterbeschwörung? Ich sollte dir vor die Backen hauen!", ließ Volker den Onkel heraushängen. „So wie bei Margot?" Das tat weh. Zerknirscht stammelte er: „Ich weiß ja auch nicht ... was ... was ich da eigentlich ... was mit mir los ist. Ich hasse mich dafür." Doch dies war die letzte Einsicht, zu der Volker fähig war. Sosehr sich Rally auch bemühte, er erreichte ihn nicht mehr. „Blödsinn! Ich bin nicht *VW!* Aber du solltest dich schämen, so einen Mist zu machen!" – „Ja. Da hast du vollkommen recht. Ich schäme mich auch dafür. Und ich möchte mich aufrichtig bei dir für meinen Fehler entschuldigen. Es wird nie mehr vorkommen. Versprochen!" – „Ist ja schon gut. Lass uns jetzt zurückgehen." Volker wurde ungeduldig, seine Hände zitterten bereits. Er brauchte etwas zu trinken. „Nein", sagte Rally, der dies bemerkte. „So einfach kannst du dir das auch nicht machen. Ich habe zwar das Böse eingeladen, aber du hast ihm nachgegeben. Dafür, dass du jetzt wieder trinkst, deinen Job, deine Existenz und deine Ehe riskierst, trägst du die Verantwortung, nicht ich! Du hast Margot geschlagen, nicht ich! Du zerstörst euer Leben, nicht ich!"

Doch diese Worte blieben ohne jede Wirkung. Es gab nur noch eines, für das sich Volker jetzt interessierte: Alkohol! Und zwar so schnell und so viel wie möglich.

Montag, 11. Januar 1988
„Hallo Pitt, für den Fall, dass wir heute wieder Nachlauf spielen, habe ich extra meine schnellen Schuhe angezogen!" Rally deutete lächelnd auf seine nagelneue Fußbekleidung. Seit mehr als zwei Wochen hatte er vergeblich versucht, mit Pitt zu sprechen. Pitt war ihm immer entwischt. Doch an diesem späten Nachmittag stand er schon seit geraumer Zeit an Pitts Wagen und wartete vor dem Baustoffhändler im Industriegebiet, bei dem Pitt arbeitete. Pitts Antwort war ebenso direkt wie unerwartet: „Meinst du, er ist in mir drin?" Das aggressive Auftreten der letzten Tage war einer nachdenklichen Verunsicherung gewichen. „Ich glaube, er ist in jedem. In uns aber ganz besonders, weil wir ihn regelrecht eingeladen haben." Pitt sah ihn völlig entgeistert an. „Zwingt er uns, Dinge zu tun, die wir eigentlich gar nicht wollen?" – „Nein! Er kann uns nicht zwingen! Er versucht, uns zu beeinflussen. Er setzt uns unter Druck. Inwieweit wir diesem Druck nachgeben, liegt an uns. Aber zwingen kann er uns zu gar nichts! Wir haben zu jedem Zeitpunkt die Freiheit, uns gegen ihn zu entscheiden."

Pitt machte in diesem Moment einen extrem geistesabwesenden Eindruck. Er starrte eine Weile auf den Asphalt, um dann plötzlich, wie aus einem Tagtraum herausgerissen, zu sagen: „O.K., lass uns zu mir fahren und reden."

Pitt setzte sich auf sein Bett. „Ich war so enttäuscht und so wütend auf euch, weil ihr den Kreis nicht mehr herstellen wolltet." – „Warum hast du es denn nicht selbst gemacht?" – „Ich konnte das doch nicht!", sagte Pitt vorwurfsvoll. „Was? Papierschnipsel in einem Kreis anordnen?" Pitt wurde nachdenklich. „Ich konnte es in diesem Moment nicht. Komisch. Überhaupt, die ganze Zeit seitdem ... Ich verstehe es nicht. Das Kreuz und die Kirche ... wenn ich daran dachte, habe ich mich irgendwie mies gefühlt. Genauso ging es mir mit dir und Andreas. Ich wollte einfach nur meine Ruhe haben. Dann war dieses seltsame Gefühl auch wieder weg."

„Und jetzt? Wie ist es jetzt?", wollte Rally wissen. „Gestern hat mein Vater mich mit in die Kirche geschleppt. Ich hatte überhaupt keine Lust, und mir ging es auch wirklich nicht besonders. Aber als ich dann dort war, fühlte ich mich wieder richtig gut." Er griff sich in den Halsausschnitt seines dunkelblauen Strickpullovers mit Zopfmuster und zog das goldene Kreuz hervor. „Die Kette habe ich gleich nach der Messe wieder angezogen. Seitdem sind meine seltsamen Stimmungsschwankungen verschwunden." Er sah Rally nachdenklich an: „Ich war in letzter Zeit so fies zu manchen Leuten, dass ich mich selbst nicht leiden konnte. Ja, ich hab' mich selbst nicht wiedererkannt. Aber nur dann ... Ich weiß nicht, wie ich es beschreiben soll. Nur dann, wenn ich mich so verhalten habe, war ich diesen unangenehmen Druck los. Es tut mir leid."

Rally war über diese Entwicklung mit Pitt überglücklich. Auch wenn Volker ein „Sorgenkind" bleiben würde, Pitt hatte es geschafft. Das war eine wunderbare Sache. Doch diese Freude wurde mit Einbruch der Dunkelheit jäh getrübt. Fast schien es, als ob er nun die ungeteilte Aufmerksamkeit Satans auf sich gezogen hätte und Pitts Portion noch zusätzlich abbekam. Er konnte wieder nicht schlafen, die fünfzehnte Nacht in Folge. Wieso reichte es bei Pitt, dass er in die Kirche ging und das Kreuz an der Halskette trug, und bei ihm nicht? Er betete doch. Er glaubte doch.

Doch Nacht für Nacht wurde er diesem unmenschlichen, übermächtigen Druck ausgesetzt. Zum ersten Mal haderte er mit seinem Schicksal.

„Wieso lässt Gott das zu?" Im selben Moment schämte er sich für diesen dummen Spruch, den er doch so sehr hasste. Immer wenn irgendwo auf der Welt ein Unglück oder ein Verbrechen passierte, musste er sich diesen verbalen Müll anhören: „Wenn es einen Gott gibt, wie kann er das zulassen?" Er fand diese Frage einfach jämmerlich und konnte sie nur jenen nachsehen, die persönlich betroffen waren und deren Leid klare Gedankengänge verhinderte. „Weil das hier noch nicht das Paradies ist. Katastrophen passieren nun mal. Sie haben die Menschheit aber auch in ihrer Entwicklung vorangebracht. Innovationen brauchen Krisen. Ohne Krisen und Katastrophen hätten wir keine Kultur, würden wir wahrscheinlich noch grunzend auf Bäumen leben und Insekten fressen.

Das Leben ist immer lebensgefährlich. Und Verbrechen? Die sind eben auch der Preis der Freiheit! Gott hat uns einen freien Willen gegeben. Wir haben die Freiheit, uns für oder gegen ihn zu entscheiden. Was für eine Freiheit wäre es, wenn er jeden daran hindern würde, das Falsche zu tun. Gar keine! Das wäre die Diktatur Gottes! Dann wären wir nichts weiter als seine Sklaven." Freiheit war für Rally ein extrem wichtiges Gut. Dafür war er auch bereit, in Kauf zu nehmen, dass jeder diese Freiheit für Widerwärtigkeiten wie Vergewaltigung, Raub oder Mord missbrauchen konnte. Letztendlich würde uns allen aber Gerechtigkeit widerfahren. „Unser Leben hier ist nichts weiter als ein Test, der darüber entscheidet, was mit unserer unsterblichen Seele passieren wird. Ein Test, den man – mit Gottes Hilfe – bestehen kann oder auch nicht. Wir werden alle für unsere Taten geradestehen müssen und mit Sicherheit fair und gerecht behandelt werden." Absolut akzeptable Bedingungen!

„Wieso lässt Gott zu, dass Margot unter Volker zu leiden hat? Weil ich Trottel meine Freiheit zur Beschwörung von Geistern missbraucht habe! Weil Volker dem Druck nicht standhält."

Es war ihm vor Gott und sich selbst peinlich, dass er nun in den Wie-kann-Gott-das-zulassen-Jammerlappen-Chor mit einstimmte. Tatsache war, Gott hatte ihn nicht zu diesem pervers-okkulten Dreck gezwungen. Wieso lässt Gott zu, dass Satan mich Nacht für Nacht derart unter Druck setzen kann? Das lässt nicht Gott zu, sondern ich. Jetzt kann ich doch Gott nicht dafür verantwortlich machen. „Bitte, verzeih mir, Herr." Er war gerade dabei, eine weitere Stufe zu nehmen.

Sonntag, 24. Januar 1988
Im Fernsehen gab es nur Mist, also legte er sich gegen Abend *Warning*, die vorletzte LP von *Queensrÿche* auf und beschloss, dabei ein paar Matheaufgaben zu machen. „Morgen früh fahre ich nur fürs Tutorium in die Uni, danach geht's direkt wieder heim. Auf die Statistik-Vorlesung mittags hab' ich mal definitiv keinen Bock", dachte er sich und kämpfte kopfwippend im Takt mit der Integralrechnung. Geoff Tate war schon ein geiler Sänger. Die Melodiesprünge, der Tonumfang über drei Oktaven, die kraftvolle Kopfstimme – im Moment hatte er sogar Ronnie James Dio von Platz eins der ewigen Bestenliste seiner Lieblingssänger verdrängt. Trotz aller Begeisterung schaffte er es dennoch, sich auf die Bildung von Stammfunktionen zu konzentrieren. Doch bei *Roads to Madness*, dem letzten Song, wurde er auf einmal hellhörig:

*The blood-words promised, I've spoken*
*Releasing the names from the circle.*
*Maybe I can leave here now and, o*
*Transcend the boundaries.*

„Was sind denn Blutworte? Namen aus dem Kreis befreien? Meint der vielleicht …?" Er sprang auf, griff sich das Textblatt der LP und las aufgeregt mit:
*Black, the door was locked I opened …*

Schwarz, die Tür war verschlossen, die ich öffnete ...
Er versuchte, den Text so gut es ging zu übersetzen und dabei mit dem Gesang Schritt zu halten.
*And now I've paid that price ten-fold over ...*
und jetzt muss ich den zehnfachen Preis bezahlen ...
*Knowledge – was it worth such torment, oh*
*To see the far side of shadow ...*
Wissen – war es solche Qualen wert,
um die abgewandte Seite des Schattens zu sehen ...
*And still I'm standing here*
*I'm awaiting this grand transition*
*I'm a fool in search of wisdom*
*And I'm on the road to madness ...*
Ich bin ein Narr, auf der Suche nach Weisheit
und bin auf dem Weg zum Wahnsinn ...
„Leck mich am Strumpfband! Ich verstehe zwar nur die Hälfte, aber ich weiß genau, was du meinst, Geoff."
*Oh, I think they've come to take me*
Ich denke, sie sind gekommen, um mich zu holen.
*I hear the voice, but there's no-one to see ...*
Ich höre die Stimme, aber da ist niemand zu sehen.
*I can't scream, too late it's time ...*
Ich kann nicht schreien, zu spät, es ist Zeit.
„Verdammt noch eins", das klang ja nach einem extrem schweren Fall von Paraphrenie! „Und der arme Kerl hört sogar noch Stimmen. Da kann ich nicht mithalten."
War das nur ein Songtext oder wurden hier tatsächlich reale Erlebnisse verarbeitet? Akribisch ging er alle Lieder der *Warning* durch und fand noch die ein oder andere Anspielung auf das Böse. Der Hammer war allerdings die darauffolgende LP *Rage for Order*, auf deren Cover zwei christliche Kreuze auffielen.
Das, was er bisher für die textliche Bewältigung einer gescheiterten Liebesbeziehung gehalten hatte, meinte Rally, nun mit dem Vorwissen aus *Roads to Madness* durchaus als ein Tête-à-Tête mit dem Leibhaftigen interpretieren zu können. Die Lieder

handelten tatsächlich von Beziehungskrisen. Das Besondere dieser Beziehung wurde allerdings mit keinem Wort erwähnt: Es war keine Beziehung zwischen zwei Menschen. So hieß es im ersten Song *Walk in the Shadows*:

*Was? Du sagst, du bist fertig mit mir?*
*Ich bin aber nicht fertig mit dir! ...*
*Du sagst, du fühlst dich heute Nacht allein nicht sicher*
*Weil du den Druck fühlst,*
*Der sich in deinem Kopf bildet.*
*Unser Geheimnis ist noch für eine weitere Nacht sicher.*
*Aber wenn der Morgen kommt, denk daran,*
*Ich werde bei dir sein.*
*Wir gehen innerhalb der Schatten.*
*Bei Tag leben wir wie in einem Traum.*

Was für eine gruselige Beziehung! „Kommt mir sehr bekannt vor!" Und weiter ging es im nächsten Titel – *I Dream in Infrared*:

*Du kennst alle meine Geheimnisse.*
*Und ich weiß nicht einmal, wer ich bin.*
*Ich fühle mich sogar allein, wenn du in der Nähe bist ...*
*Ich sehe nur noch in Infrarot.*
*Ich kann nicht mehr träumen.*

Warum das so war, erklärte Lied Nr. 3 – *The Whisper*. Dort sang Geoff Tate im Refrain im Wechsel mit dem Chor stimmgewaltig gegen ein eindringlich bedrohliches Flüstern an:

*Bitte nimm meine Hand.*
*Hab keine Angst.*
*Ich bin dein Herr.*
*Du bist mein Sklave.*

Jetzt verstand er auch, warum *Queensrÿche* diese lahme Dalbello-Coverversion von *Gonna get Close to You* als Lied Nr. 4 aufgenommen hatten – wegen des Texts. Der passte haargenau:

*Ich habe ein Zimmer mit Aussicht*
*und ich beobachte dich ...*
*Ich werde dir nahe sein,*
*so nahe sein.*
*Ich bin wie ein hungriger Verbrecher*
*und dein Schutz ist minimal.*
*So minimal.*

Mann, das tat gut! Ganz egal, ob er das unter Umständen überinterpretierte, aber da gab es anscheinend jemanden mit ganz ähnlichen Erfahrungen. „Vielleicht sollten wir mal zusammen eine Selbsthilfegruppe aufmachen."

*Ich bin dein Herr. Du bist mein Sklave,* ging es ihm durch den Kopf. Dies galt für die verstorbenen Doris und Ludwig genauso wie für G. Ebenso galt es aber auch für einige ganz reale Menschen, Menschen, die an die Existenz Satans glaubten und ihm aus Überzeugung dienen wollten. Zumindest einen von ihnen kannte er persönlich: Krid! So nannte der sich selbst, während in seinem Pass allerdings *Dirk* stand. Nun neigten Satanisten zur Verneinung und Umkehrung, eine Angewohnheit, die bei Krid sogar vor seinem eigenen Namen nicht haltmachte. Krid hörte Black Metal und stand ständig unter Drogen, was seine Aussagen ganz allgemein nicht sonderlich glaubhaft machte. So erzählte er immer wieder, dass er Teil eines geheimen Satanszirkels sei, dem angeblich auch Lehrer, Richter und Ärzte angehörten.

Das war nun wirklich eine so albtraumhafte Vorstellung, dass Rally beschloss, dem keinen Glauben zu schenken.

Dennoch stellte sich die Frage, was Menschen motivierte, dem absolut Bösen dienen zu wollen. Bei Krid stand dahinter die feste Zuversicht, dass letztendlich Satan im Kampf gegen das Gute siegen würde und dann alle Satanisten vom Herrn der Finsternis reichlich belohnt würden. Vom absolut Bösen etwas Gutes erwarten? „Hm? Dieser Optimismus ist schon bemerkenswert."

**Montag, 25. Januar 1988**
Auf dem Rückweg von der Uni traf er Uwe am Gleis 2 des Bonner Hauptbahnhofs. Uwe kam genau wie Rally aus der Vorstadt und studierte in Bonn Jura. „Bist du etwa schon fertig, du fauler Sack?", empfing er Rally oben an der Treppe mit breitem Grinsen und spielte auf die recht frühe Rückfahrzeit an; es war gerade einmal kurz nach elf am Morgen. „Wenn's am schönsten ist, soll man aufhören", meinte Rally. Sie unterhielten sich auf dem Bahnsteig über allerlei Bangloses, um dann kräftig über einige der versnobten Studenten im *Juridicum* zu lästern. Zwischen Juristen und VWL'lern, die beide im *Juridicum* untergebracht waren, herrschte traditionsgemäß eine gewisse gegenseitige Abneigung. Nicht aber zwischen ihnen beiden. Ganz in Gegenteil. Sie verstanden sich gut und waren selbstkritisch genug, um unangenehm großspurige Kommilitonen nicht nur im anderen Studiengang zu erkennen.

Der Zug lief ein und sie setzten sich nebeneinander in den Nichtraucherteil des Intercity-Großraumwagens. Nachdem sie sich thematisch von den lächerlichen Lodenmantelträgern über die Qualität der Mensa zu hörenswerten Neuerscheinungen im Hardrock-Bereich durchgearbeitet hatten, brachte Uwe unvermittelt das Gespräch auf Okkultismus. „Ich weiß ja, dass ihr von *Agurs Words* das kritisch seht, aber um mich herum sind alle total begeistert davon: Pendeln, Tarot, Séancen, meine Freundin macht fast schon nichts anderes mehr." „Nichts anderes mehr? Das klingt ja schon nach Suchtverhalten", warf Rally zunächst einmal vorsichtig ein Gegenargument ein. Mit schwereren Geschützen hielt er sich noch zurück, da er nicht wusste, ob er Uwe etwas von seinen Erlebnissen erzählen sollte.

„Tja ... eine Sucht ...? Bisschen was in der Richtung ist schon dran", musste Uwe nachdenklich zugeben. „Jede Entscheidung wird bei ihr esoterisch abgesichert. Karten, Pendel, Gläser, bei uns ist alles ständig im Einsatz." – „Und du? Machst du da mit?", wollte Rally wissen. „Quatsch! Ich glaub' doch nicht an so einen Mumpitz." Uwes kategorische Ablehnung relativierte sich aber zugleich, indem er ein sichtlich mitgenommenes Buch aus seiner noch heruntergekommeneren grünlich grauen Lederumhängetasche herauszog. Auf dem romantisch kitschigen Cover stand irgendetwas mit *Weißer Magie*. Uwe drückte es Rally mit der Empfehlung in die Hand: „Musst du unbedingt mal lesen, wenn ich fertig bin. Ist nicht uninteressant." Schon das Inhaltsverzeichnis empfand Rally als Blick in den Abgrund: *Astrologie, Magische Werkzeuge, Rituale, Zauber* und, und, und. „Was für ein Dreck!" Er blätterte angewidert ein bisschen weiter und tatsächlich gab es ein Unterkapitel *Gläserrücken*.

Sofort begann er zu lesen: *Benutzt wird ein Tisch mit glatter Oberfläche. Darauf werden kreisförmig die Zahlen 0 bis 9, das Alphabet von A bis Z und die Worte Ja und Nein, jeweils auf einem Blatt Papier geschrieben, ausgelegt.*

„Komisch! *Ja* und *Nein* als eigenständige Felder. Das habe ich ja gar nicht gewusst und Andreas anscheinend auch nicht." Denn diese Felder hatten ja in ihrer Anordnung gefehlt.

*Schutz gegen böse Geister … Wahlweise können die Seiten des Tisches außerhalb des Kreises noch um die Namen der vier Erzengel ergänzt werden: Michael, Gabriel, Uriel und Raphael … Schlüsselwort für die weitere Sitzung ist das Wort „GUT". Ein böser Geist kann niemals das Wort GUT schreiben …*

„Rally! Hallo? Jemand zu Hause?", versuchte Uwe auf sich aufmerksam zu machen. „Hm?" – „Ich leihe dir das Buch ja gern mal aus. Und dann kannst du es auch in aller Ruhe lesen, aber doch bitte nicht jetzt", grinste Uwe. „Nee, danke. Ich hab' schon jetzt genug von dem Schwachsinn." Kopfschüttelnd murmelte Rally wütend vor sich hin: „Ein böser Geist kann niemals das Wort ‚GUT' schreiben. So was Dämliches! Na, hier kennt sich ja einer ganz genau aus." – „Was ist?", fragte Uwe verstört. „Uwe, vergiss dieses Buch. Vergiss den ganzen okkulten, esoterischen oder magischen Mist. Und sorge unbedingt dafür, dass deine Freundin damit aufhört. Ihr habt ja keine Ahnung, worauf ihr euch da einlasst." Die eindringliche Art Rallys machte Uwe nun schon ein wenig Angst. „Wieso? Was regst du dich denn jetzt plötzlich so auf?" Rally beschloss, sich kurz zu fassen. „Du, deine Freundin, deine Freunde – ihr alle könnt nur verlieren. Wenn ihr Glück habt, steckt nichts dahinter, dann werdet ihr nur süchtig nach dem eigenen Selbstbetrug und dann therapiereif. Wenn aber etwas dahintersteckt, dann ist es definitiv nichts Gutes. Dann ist es etwas, das dich vollkommen besitzen will. Etwas, dem du dich mit jedem Kontakt – egal ob mit Karten, Pendeln oder Gläsern – weiter öffnest und somit wirst du immer tiefer in seinen Einflussbereich hineingezogen. Pass auf deine Freundin auf!"

Das Gespräch war beendet. Bis zum Eintreffen in Koblenz sprachen sie kein einziges Wort mehr miteinander. Uwe wirkte nicht böse. Er war eher in Gedanken versunken. Genauso wie Rally.

Doris und G schrieben beide *ICH BIN GUT*. So als wäre dies der unumstößliche Beweis dafür, dass sie es auch tatsächlich seien. Denn *ein böser Geist kann niemals das Wort GUT schreiben*. Und für alle, die diesem im Buch beschriebenen erschreckend einfältigen Irrglauben anhingen, wäre es ja auch zur Täuschung ausreichend gewesen. Gestandene „Beschwörungsexperten" wären doch wohl darauf hereingefallen.

Zusätzlich noch die Sache mit den extra Ja-Nein-Feldern. Die fehlten ja bei ihnen, weil Andreas und er das nicht wussten. Aber G wusste es. Er benutzte für „Ja" und „Nein" jeweils nur ein Feld. Das war doch ein ziemlich starkes Indiz: G hatte Routine. Im Gegensatz zu ihnen kannte er die Spielregeln. Er war trainiert. Vielleicht war das auch ein weiterer Grund für die viel stärkeren Empfindungen als bei Ludwig. Dieses Ritual gab ihm die Möglichkeit, Menschen „Schmerz zuzufügen", wie er sagte.

Diese neue Erkenntnis führte bei Rally noch ganz nebenbei zu einer enormen Erleichterung. Von all diesen rituellen Regeln und

Vorgaben hatten weder er noch sein Unterbewusstsein und sicher auch keine irgendwie abgespaltene Facette seiner Persönlichkeit vorher jemals etwas gehört. Er hatte davon zum Zeitpunkt des Gläserrückens schlicht und ergreifend nichts gewusst und konnte somit auch nichts in diese Richtung un- oder unterbewusst beeinflusst haben. Das beseitigte vielleicht doch noch vorhandene restliche Zweifel: Er war nicht verrückt und die damals geschriebenen Botschaften stammten nicht von ihm!

Freitag, 29. Januar 1988
Natürlich, jetzt, nach über einem Monat, hatte er sich mit den nächtlichen Besuchen arrangiert, wenngleich sich das Phänomen keineswegs abgeschwächt hatte. Auch seine Angst war nicht gerade geringer geworden. Er akzeptierte lediglich, dass es so war und konnte auch nachts durchaus schon wieder ein paar Stunden schlafen.

Sein Leben war wieder geregelt. Mit Nina war Schluss. Mal wieder. Das hatte sich direkt nach ihrem Skiurlaub so ergeben.

Er ging regelmäßig zur Uni, spielte jeden Tag ordentlich Gitarre, hatte wieder begonnen zu trainieren – alles verlief in geregelten Bahnen. Und dazu gehörte nun einmal auch der Druck, der sich jeden Abend nach Einbruch der Dunkelheit bei ihm einstellte.

An diesem Abend war er im *Florinsmarkt*, seiner Lieblingskneipe, mit ein paar ehemaligen Schulkameraden zum Skatspielen verabredet.

Auf dem Weg dahin hatte er mal wieder ein unheimliches Erlebnis der dritten Art mit den Koblenzer Skins, oder wie er sie nannte: der Schmutz-Korona. Es war kurz vor acht. Er ging zu Fuß Richtung Altstadt. Und an dem kleinen Parkplatz Ecke Löhrstraße/Rizzastraße gegenüber dem Waschsalon hingen sie ab. Wie immer der hünenhafte, stark beleibte Oberskin namens Schmutz in der Mitte, umringt von seinen Vasallen, von denen vielleicht noch zwei bis drei dicke Arme hatten, natürlich mit allerlei verfassungsfeindlichen Symbolen tätowiert. Der Rest bestand einfach nur aus mitleiderregenden Einzelschicksalen, die ihre Unzulänglichkeit mit schwarmhaftem Auftreten in der Masse zu kompensieren suchten. Auch diesmal – er zählte kurz durch: „Zwei, vier, sechs, acht grüne Bomberjacken in 16 Springerstiefeln!" – traten sie wieder im Rudel auf. „Ist mir eigentlich jemals nur einer von denen allein begegnet? Nö! Die gehen wohl immer nur mit Begleitschutz vor's Loch. Mist, jetzt haben sie mich gesehen. Bloß keinen Blickkontakt, denn das fördert ihren Aggressionstrieb."

Mit seinen langen Haaren war er für die Skins natürlich ein rotes Tuch. Noch trennte sie lediglich eine einzige Straßenkreuzung. Er erreichte die Ampel und die wurde soeben zu allem Überfluss auch noch grün. Sollte er schnell in die fast menschenleere Rizzastraße einbiegen oder einfach geradewegs auf sie zugehen? Hier in der Löhrstráße waren zum Glück viele Passanten und vor den Kinos standen auch eine Menge Leute. „Komm – einfach weitergehen!", dachte er sich. „Nur keinen abrupten Richtungswechsel, denn das fördert nur ihren Jagdtrieb."

Supergauleiter Schmutz erhob sich provozierend mit verschränkten Armen von der Kühlerhaube, auf der er gesessen hatte, und baute sich ebenso majestätisch wie breitbeinig auf. Sogleich folgten seine Getreuen dem Beispiel, um mittels bedrohlicher Körperhaltungen und Gesichtsausdrücke einen Großteil des Gehwegs zu blockieren. Die Schmutz-Korona schickte sich nunmehr an, die totale Herrschaft über den Bürgersteig zu erringen.

„Jetzt nur nicht die Nerven verlieren. Die sind alle polizeilich bekannt. Vor so vielen Zeugen werden die mir nichts machen", war Rally überzeugt. Allerdings waren diese Herren nicht gerade für logisches und rationales Verhalten verschrien. Ein Restrisiko blieb, was die Situation ein klein wenig unangenehm machte. Angst hatte er deshalb jedoch nicht. Aber höchstwahrscheinlich

hatten diese Jungs Angst. Natürlich nicht vor ihm. Unter Umständen aber war ihnen die Angst aller Nazis zu eigen:
Angst, dass Ausländer ihnen ihren Job wegnehmen.
Angst, dass Ausländer ihnen ihre Wohnung wegnehmen.
Angst, dass Ausländer ihnen ihre Freundin wegnehmen.
Angst vor der jüdischen Weltherrschaft.
All diese Ängste, obwohl man aufgrund der eigenen Herkunft überlegen sein sollte? Wie konnte das zusammenpassen? „Gütiger Himmel: Eine hasenfüßige Herrenrasse? Verängstigte Übermenschen mit dem Hang zur feigen Gewalt gegen Minderheiten, gegen zahlenmäßig Unterlegene, gegen Wehrlose?"
Was für eine menschenverachtende, inkonsequente wie ehrlose Ideologie, deren logische Defizite doch selbst einfache Gemüter erkennen mussten.
Stellte nicht jede ihrer Gewaltanwendungen die eigene intellektuelle wie charakterliche Minderwertigkeit eindeutig unter Beweis?
Stolz darauf, ein Deutscher zu sein, und dennoch eine Schande für Deutschland!
Angst war eben schon von jeher ein schlechter Ratgeber.

Je näher er der Jungvolkschar kam, desto weniger riesig erschien ihm Schmutz. Sicher, der war ein ganz schöner Brocken, aber seine Anhänger waren teilweise schlichtweg winzig, was aus der Ferne betrachtet zu einer deutlichen Überschätzung seiner tatsächlichen Größe führte. Spontan musste er an den Scheinriesen Herrn Turtur aus der Augsburger Puppenkiste denken. Dieser war nur scheinbar riesig. Er wirkte von Weitem sehr bedrohlich, wurde jedoch immer kleiner, je mehr man sich ihm näherte.

Mittlerweile hatten seine völkischen Beobachter die Reihen fest geschlossen und musterten ihn stumm mit teils abfälligen, teils angewiderten Mienen.
Rally beschloss, diese Mauer des Schweigens direkt am Straßenrand – genau zwischen zwei kleinen grünen Männchen – zu

durchbrechen. Er schob die Schulter voran, machte sich so schmal es nur ging und sagte laut, während er mit zügigen Schritten weiterging: „Entschuldigung, darf ich mal kurz durch? Danke." Gesagt, getan. „Das war ja einfach!", dachte er sich. Doch dann hörte er von hinten eine gekünstelt hohe, flötende Stimme: „Aber natürlich, meine Süße. Wie wär's denn mit uns beiden?" Auch das noch, ein echter Witzbold, der meinte, auf dem Stereotyp „lange Haare gleich weiblich" rumreiten zu müssen. Mann, war das originell!

Bei den anderen grünen Jungs kam dieser Wahnsinnsspruch dagegen höllisch gut an, wie sie mit höhnischem Gelächter kundtaten. „Jetzt bloß nicht provozieren lassen. Am besten gar nicht reagieren." – „Tut mir leid, ich stehe nur auf Frauen", platzte es dennoch im Weitergehen aus ihm heraus. Was ihm den mit deutlich gesteigertem Aggressionspotenzial vorgetragenen Nachruf „Und warum siehst du dann selber aus wie 'ne Frau, du schwuler Drecksjudd?" einbrachte. Da die Heiterkeitsausbrüche der kleingeistigen homophoben Antisemiten nun keine Grenzen mehr kannten, ließ Rally sich noch zu einer weiteren vollkommen überflüssigen Antwort hinreißen: „Da muss eine Verwechslung vorliegen. Ich bin katholisch!" Wenngleich sie ihn auch nicht verfolgten, so brach nun doch ein Volkssturm der Entrüstung los. Anscheinend schrien ihm nun alle acht wild durcheinander rassistische Beleidigungen, Verwünschungen und Drohungen hinterher. Diese machten weder vor seiner Mutter noch vor dem Papst halt und gipfelten in der Aussage: „Irgendwann kriegen wir euch alle!"

Sie hatten ihn zwar nicht verdroschen, aber er kam sich trotzdem vor wie ein getretener Hund. Nicht die Beleidigungen nagten an ihm. Nein, *schwuler Drecksjudd* konnte ihn nicht treffen. Im Gegenteil, aus deren Mund empfand er dies eher als persönliche Ehrung. Gegen solche Leute solidarisierte er sich gerne mit allen möglichen Minderheiten, auch wenn er diesen nicht angehörte. Was ihn wurmte, war seine eigene Reaktion. Er hatte sich nicht getraut, gegen das, was sie sagten, was sie verkörperten und was er zutiefst verachtete, anzugehen. Er hatte mal wieder einfach nur das Weite gesucht, um seine Haut zu retten. Wäre es nicht besser – oder besser gesagt ehrenvoller – gewesen, für seine Überzeugungen einzutreten, selbst wenn er dafür eine Tracht Prügel bezogen hätte? Doch dazu fehlte ihm leider der Mut. Ein Eingeständnis, das wehtat. Denn nach seiner festen Überzeugung hatte er, der zwanzig Jahre nach Kriegsende geboren wurde, natürlich keine Schuld an den Naziverbrechen, als Deutscher jedoch die besondere Verantwortung, sich solchem Gedankengut zu widersetzen. Nein, in diesem Zusammenhang durfte man nicht einmal den Begriff „Gedankengut" verwenden. Das war ein Gedankenungut – ein gedankenloser Müll und niemals gut oder gar ein Gut.

Eine persönliche Verpflichtung hatte er insbesondere, wenn er an seinen Opa dachte. Denn der war in dieser Beziehung vorbildlich. Obwohl er als Schuhmachermeister mit eigenem Laden von den Nazis dafür boykottiert wurde, trat er nicht in die Partei ein. Obwohl er dafür als Feigling und Vaterlandsverräter beschimpft wurde, schob er ein Ohrenleiden vor, um nicht in die Wehrmacht einberufen zu werden. Obwohl er damit sein Leben riskierte, versteckte er ein Mitglied seiner Kirchengemeinde St. Kastor, den damals siebzehnjährigen, von den Nazis als „jüdischer Mischling" gesuchten Günter Sternheim in seinem Keller in der Eltzerhofstraße 10. Zu seinem Glück bekam er noch rechtzeitig einen Tipp und konnte den Jungen in der Nacht, bevor die Gestapo sein Haus durchsuchte, zu Freunden in den Hunsrück bringen, wo er den Rest des Krieges unerkannt überlebte.

Mindestens ein halbes Dutzend Mal hatte Herr Sternheim Rally bereits gesagt: „Deinem Opa verdanke ich mein Leben!"

Das fühlte sich immer gut an. Doch nun war er nicht mal in der Lage, gegen eine Handvoll Skins seine Meinung zu vertreten. Wievielmal mehr Mut brauchte es, sich damals gegen die Nazidiktatur des Dritten Reichs aufzulehnen?

Sein Opa sprach mit ihm so gut wie nie über diese Zeit, schon gar nicht über sein eigenes Verhalten. Auch nicht über den 6. November 1944, als ein Kampfverband der *Royal Air Force* das Zentrum von Koblenz in Schutt und Asche legte; nicht über den Feuersturm, der nicht zu löschen war, nicht über das Riesenglück, dass sein Haus als einziges in der Eltzerhofstraße alle Luftangriffe völlig unbeschadet überstand. Nur ein einziges Mal hörte er seinen Opa etwas zu diesem Thema sagen. Es war an einem Sonntag, nachdem Vater und Opa mit dem Kirchenchor St. Kastor gesungen hatten und danach in großer Runde zu einem anschließenden Frühschoppen eingekehrt waren. Damals echauffierte man sich über die zunehmende Gewalt und Kriminalität in der Altstadt. Und dann fiel sie, eine dieser immer wiederkehrenden Stammtischparolen: „Man kann ja über die Nazis sagen, was man will, aber damals konnte man nachts noch unbehelligt durch die Altstadt gehen." Darauf entgegnete sein Opa nur einen einzigen Satz: „Ja, aber nicht als jüdisches Mädchen!" Thema erledigt.

Das Skatspielen war wie immer lustig, zumal er sich auch auf gar keinen Fall von irgendwelchen Glatzen die Laune vermiesen lassen wollte. Es war schließlich Freitagabend. „Und wer weiß? Vielleicht geht ja auch heute noch was, frauentechnisch!" Aber nein, es ging gar nichts. Der Laden war voll mit hässlichen Typen und einigen Frauen, die mit hässlichen Typen zusammen waren. Umso mehr erfreute er sich gerade an einer perfekten Null-Ouvert-Hand. Und das war nicht sein erstes „Omablatt" an diesem Abend. Gerade als er sich abermals von seinen Mitspielern den Satz „Oma, komm runter, wir spielen Skat" anhören musste, fiel sein Blick zufällig auf die Tür und er konnte nur noch stammeln: „Heißa – Kath-reinerle! ... Ich-glaub'-ich-bin-ver-liebt!" Denn herein trat eine solche Schönheit, dass es ihm glatt den Atem verschlug. Anfang zwanzig, ein sympathisches Lächeln auf den Lippen und in jeder Hinsicht perfekt. Auf den ersten Blick war ersichtlich, sie war nicht nur attraktiv, sie hatte auch Charme und

Ausstrahlung. Halt! Einen Schönheitsfehler hatte sie doch: zwei hässliche Typen im Schlepptau! Diese betraten hinter ihr die Kneipe, sichtlich bemüht, alle potenziellen Konkurrenten von Anfang an mit grimmigen Blicken niederzustarren.

Was ihnen bei Rally nicht gelingen konnte, weil dessen Augen sich bereits wieder in höchster Verzückung akribisch hocharbeiteten: von den Cowboystiefeln über die schwarz bestrumpften, fantastischen Beine, den türkisfarbenen Minirock, das unter der geöffneten Motorradlederjacke gut sichtbare, gleichfarbige, optimal gefüllte Top, bis zu diesem bildhübschen Gesicht, das von leicht gewellten, langen, dunkelblonden Haaren umrandet wurde.

„Schipiiieh, lass uns in den Sonnenuntergang reiten, Bäibiiieh", dachte er sich. Doch das glückliche Hochgefühl verabschiedete sich in den nächsten beiden Stunden Stück für Stück, ebenso quälend wie frustrierend. Dieses Mädchen war zu jedem freundlich. Ihn aber würdigte sie nicht eines Blickes, sosehr er sich auch bemühte. Sooft er auch an der Theke, wo sie auf einem Hocker Platz genommen hatte, Cola und Bier holen ging, so auffällig er auch seinen Gang zum Klo gestaltete, wie laut er auch die Heavies am Nebentisch begrüßte – sie bemerkte ihn nicht! Ganz anders dagegen ihre beiden hässlichen Begleitpersonen. Demonstrativ riegelten sie strategisch gut, rechts und links von ihr positioniert, jede direkte Zugangsmöglichkeit zu ihr ab. Wenig später verließ die Schönheit gut gelaunt samt Entourage den Laden. Das waren mal wieder zwei Lehrstunden über Rallys absolutes Unvermögen, ihm unbekannte Frauen anzusprechen.

Da seine Mitspieler allesamt am Samstag früh aufstehen mussten, beschloss er, gemeinsam mit ihnen aufzubrechen und ebenfalls nach Hause zu gehen. „Aber bloß nicht wieder den polierten Hohlbirnen über den Weg laufen!"

So lag er nun bereits vor zwölf im Bett und las im Neuen Testament. Seit Tagen oder besser gesagt seit Nächten suchte er in den Evangelien nach Hinweisen auf die Zahl 18. Bei Matthäus und

Markus hatte er nichts gefunden. Mal sehen, wie es bei Lukas so aussehen würde. Und endlich, in Kapitel 13 wurde er fündig:
Bei Lk 13,4 war die Rede von achtzehn Menschen, die beim Einsturz des Turms von Schiloach erschlagen wurden und die nicht als einzige Schuld auf sich geladen hatten.

Weiter ging's mit Vers 11: *Dort saß eine Frau, die seit achtzehn Jahren krank war, weil sie von einem Dämon geplagt wurde; ihr Rücken war verkrümmt und sie konnte nicht mehr aufrecht gehen.*

Als Jesus sie sieht, ruft er sie zu sich und sagt ihr, dass sie von ihren Leiden erlöst sei. Er legt ihr die Hände auf und im gleichen Augenblick kann sie sich wieder aufrichten. Daraufhin regt sich der Synagogenvorsteher fürchterlich auf, weil Jesus am Sabbat heilte. Sofort darauf sagt Jesus ihm mal dezent die Meinung und argumentiert, dass jeder von ihnen am Sabbat seine Ochsen oder Esel von der Krippe losbindet und zur Tränke führt.

Und schließlich fügt er in Vers 16 noch hinzu: *Diese Tochter Abrahams aber, die der Satan schon seit achtzehn Jahren gefesselt hielt, sollte am Sabbat nicht davon befreit werden dürfen?*

Also, das war ja interessant. Nirgendwo hatte er bisher in den Evangelien die Zahl 18 gefunden und jetzt tauchte sie bei Lukas ausgerechnet in Kapitel 13 gleich dreimal auf:
beim ersten Mal im Zusammenhang mit *Tod*,
beim zweiten Mal im Zusammenhang mit *Dämon* und
beim dritten Mal im Zusammenhang mit *Satan*.
*Tod, Dämon, Satan!*

„Na, wenn das kein Hinweis darauf ist, dass die Zahl 18 für das Böse steht, was denn dann?"

Er las Kapitel 13 ein weiteres Mal durch. Dabei fiel ihm auf, dass es in jedem Vers mit der Nennung von 18 jeweils zwei Aspekte gab. Zunächst *Tod* und *Schuld*, dann *Krankheit* und *Dämon* und schließlich *Satan* und *Befreiung*. Neben der offensichtlichen Frohen Botschaft fand sich hier auf engstem Raum in wenigen Sätzen ein unglaublicher Reichtum an Symbolik und unterschwelligen Hinweisen. War die Bibel nicht etwas ganz und gar Wunderbares?

Allerdings war er sich jetzt vollkommen sicher; beim Aufschreiben oder beim Übersetzen der Offenbarung des Johannes hatte sich in Kapitel 13, Vers 18, bei manchen Bibelfassungen ein Interpretationsfehler eingeschlichen:

Die Zahl des Tieres war nicht sechshundertsechsundsechzig.

Sie war sechs, sechs, sechs – gleich dreimal die Sechs.

## DIE ANKUNFT

Dienstag, 9. Februar 1988
Endlich! Es war die zwölfte Probe in Folge, seitdem er sich vorgenommen hatte, mit seinen Jungs zu sprechen. Jedes Mal war es daran gescheitert, dass einer von ihnen fehlte. Er wollte aber unbedingt alle dabeihaben. Nun endlich waren sie zum ersten Mal komplett, wenn man von dem Auftritt im Haus Metternich am vergangenen Samstag einmal absah. Aber dort waren sie natürlich nie allein, weshalb dieser Tag keinen geeigneten Rahmen für das nun anstehende Thema bot.
Stefan war mit seinen zwanzig Jahren der Jüngste unter ihnen. Guido, der Sänger, war einundzwanzig und hatte sich, obwohl er bereits einiges im Leben durchgemacht hatte, ein liebenswertes kindliches Gemüt bewahrt. Guido war der Träumer. Ganz im Gegensatz zu Hobbel. Der stand mit beiden Beinen genauso fest auf dem Boden wie die bleischwere Hammondorgel, die er in der Band spielte. Ohne Zweifel war Hobbel mit seinen vierundzwanzig Jahren der Vernünftigste der Truppe. Chuck, der Bassist, war der Kleinste, der Stillste und der Älteste. Als er vor knapp einem halben Jahr bei ihnen einstieg, hatte er sie über sein wahres Alter noch ein wenig getäuscht, um sie kurze Zeit später mit seinem dreißigsten Geburtstag zu überraschen.

„Freunde, ich habe einen entsetzlichen Fehler gemacht." Sofort verstummte das übliche Gewirr von zu stimmenden Instrumenten, Warmspielen, Warmsingen und Geschwätz. Stefan, Guido, Chuck und Hobbel sahen ihn verwundert an. *Ich habe einen entsetzlichen Fehler gemacht.* War der Satz aus seinem Munde wirklich so etwas Besonderes? Ein Grund mehr, um mit den eigenen Unzulänglichkeiten nicht länger hinter dem Berg zu halten. Jetzt würde er ihnen alles erzählen. Von dem Traum, den Erlebnissen an Weihnachten, der Vertreibung Ludwigs, der Verkündigung der *Worte Agurs* im Fernsehen, der versuchten Bekehrung eines Dämons, seiner eigenen Dummheit und Überheblichkeit, den Auswirkungen auf Pitt und Volker, deren Namen er natürlich nicht nennen würde, der Begegnung mit dem Leibhaftigen um 18 Uhr, seiner Rettung durch Gott drei Minuten später, den nächtlichen Besuchen und den damit verbundenen Ängsten. Er mutete ihnen einiges zu. Doch sie folgten seinen Worten gespannt und waren hoch konzentriert. Von wenigen Zwischenfragen abgesehen, wollten sie ihn nicht unterbrechen. Zu wichtig war ihnen diese Sache, zu sehr waren sie auf das Ende fixiert. Das Ende? Was war das Ende? Rallys Ende war eigentlich ein Neubeginn. „Ich will keinen von euch gefährden. Ich möchte euch eigentlich nur um eines bitten. Macht es nicht! *Gläserrücken, spiritistische Sitzungen, Geisterbeschwörung,* wie auch immer man es nennen mag. Es gibt nur zwei Möglichkeiten: Entweder es ist nichts dahinter, dann braucht man es auch nicht zu versuchen. Denn dann macht man sich nur lächerlich und gefährdet den eigenen Geisteszustand! Oder aber es steckt etwas dahinter, etwas Besitzergreifendes, etwas Gefährliches, etwas Böses, das man nicht kontrollieren kann und das man aus eigener Kraft nicht wieder los wird. So oder so: Man kann nur verlieren!"

Nach einer kurzen Pause fügte Rally hinzu: „Ich bin euch nicht böse, wenn ihr mir kein Wort glaubt, aber bitte, lasst die Finger von diesem Dreck!"

Guido stand auf. Er ging auf Rally zu und umarmte ihn. „Ich glaube dir jedes Wort! Es ist bei mir schon ein paar Jahre her, da habe ich ähnlichen Mist gebaut. Mit ein paar Kumpels aus dem Heim. Nach ein paar Bierchen und ein bisschen was zu rauchen wollten wir Tischerücken spielen. Natürlich war ich nicht bescheuert genug, um den Teufel persönlich herauszufordern." Er sah Rally kopfschüttelnd mit einem leicht schelmischen Grinsen an. Doch dann fügte er an die anderen gewandt sehr ernst hinzu:

„Aber ich kann euch sagen, da sind ganz üble Filme abgelaufen. Wir haben uns damals geschworen, nicht darüber zu reden, da uns sonst alle für bekloppt halten würden. Und dieses Gefühl, beobachtet zu werden, hatte ich noch monatelang danach."

„Auch wenn du mit keinem darüber geredet hast, Guido, es soll trotzdem den ein oder anderen geben, der dich für bekloppt hält", zog Stefan ihn amüsiert auf. Das war gut. Ja, sogar befreiend, denn die gedrückte allgemeine Stimmung besserte sich dadurch erheblich. Guido selbst hatte an dieser Bemerkung den größten Spaß. Er war halt auch ein schräger Vogel. „Keine Frage, Rally, ich glaube dir auch, dass du alles so erlebt hast", fuhr Stefan fort. „Du würdest uns nicht anlügen. Aber ehrlich gesagt, habe ich mächtige Schwierigkeiten, mir das alles vorzustellen. Und überhaupt – eigentlich will ich mir das auch gar nicht vorstellen." Rally verstand das nur zu gut. „Mich hast du auf jeden Fall überzeugt, um solche Dinge einen riesengroßen Bogen zu machen. Aber ich kenne dich auch gut genug, um zu wissen, dass du uns noch nicht alles gesagt hast."

„Ja! Das stimmt", gab Rally zu. „Erinnert ihr euch, wann Nikos Probleme auftraten?" „Klar, vor dem Biker-Gig (Auftritt auf einem Motorrad-Treffen)", meinte Guido. „Ja, und davor haben wir *Only Death is Free* einstudiert. Unser erster Song, der sich ganz klar gegen Satanismus richtet. Damit ging es los. Niko bekam Angst. Angst vor Auftritten. Angst vor *Agurs Words*. Angst vorm Bass-Spielen. Angst vor seinem Friseur. Angst vor allem. Und wir hielten ihn für bescheuert! Das ist er nicht, er wurde nur als Erster von uns angegriffen." Jetzt wussten sie, worauf Rally hinauswollte. „Für genauso bescheuert hielten wir Kalle! Der bei uns einstieg, weil unsere Songs die besten sind, und der bei uns ausstieg, weil unsere Songs so mies sind. Der heute sagt, den größten Fehler seines Lebens begangen zu haben und der bei unserem letzten Auftritt vor Begeisterung lautstark jedem, egal ob man es wissen wollte oder nicht, versicherte, wie geil der nächste Song doch sein wird." Sie lachten. Kalle war bei ihrem letzten Auftritt im Publikum in der Tat eine Riesenunterstützung gewesen. Und wirklich, wann immer der Name des nächsten Liedes angesagt wurde, schrie der Kerl: „Boah, das halt' ich nicht aus! Der Song ist ja so geil!" Nach dem Auftritt wurden sie sogar gefragt, ob sie Kalle dafür bezahlt hätten.

„Auch wenn es total verrückt klingt: Ich bin mir seit einigen Tagen sicher, dass Satan uns stoppen will. Sollte das stimmen, könnte jeder von uns in sein Fadenkreuz geraten. Und dann würde er uns wahrscheinlich da angreifen, wo wir am anfälligsten sind. Denn, trifft er einen, trifft er uns alle. Stoppt er einen, stoppt er *Agurs Words*." Betretenes Schweigen.

„Er ist sicher stärker als jeder Einzelne von uns, aber nicht stärker als Gott."

Mann, das klang nun wirklich zu salbungsvoll. Hätte er diesen zentralen Punkt seiner Überzeugung nicht ein bisschen cooler formulieren sollen? Rally konnte es ihnen ansehen, wie unwohl sie sich jetzt fühlten. Sie scheuten den Blickkontakt – untereinander wie auch mit ihm. Mit jedem Satz stieg nun die Gefahr, sie endgültig zu überfordern, doch eines wollte er ihnen unbedingt noch sagen. Er versuchte es scherzhaft: „Und gerade deshalb: Kauft euch alle schon mal ein paar vernünftige Badehosen. Jetzt geht es bald nach L.A." Los Angeles – das Mekka aller anständigen Hard-Rocker – war natürlich auch ihr großes Ziel. Und der Kauf von Badehosen war ihr ureigenes Ritual zum Zeichen des „unmittelbar bevorstehenden" großen Durchbruchs. Wenngleich sie diesem Ereignis nie wirklich nahekamen, so verfügte doch jeder von ihnen bereits über eine stattliche Bademodenkollektion. „Wenn wir zusammenhalten, werden wir da mithilfe von oben auch hinkommen. Das Schlimmste, was uns dann noch passieren kann, ist ein schwerer Sonnenbrand." Sie lächelten – wenn auch teilweise reichlich gequält – und er fügte beschwörend hinzu: „Aber wir müssen unbedingt auf uns aufpassen. Noch mal: Auf gar keinen Fall will ich einen von euch gefährden. Bitte überlegt es euch gut, ob ihr weiterhin dabei seid oder nicht."

Nach einer Weile absoluter Stille sagte Hobbel, dessen Wort in der Band etwas zählte: „Mich wird keiner stoppen. Auf mich kannst du dich verlassen. Ich bin und bleibe dabei!" Guido und Chuck quittierten das jeweils mit einem simplen „Ich auch!". Stefan fügte hinzu: „Klarer Fall, Männer: Wir sind eine Band! Wir halten zusammen und dann kann uns auch nichts aufhalten. Und verdammt noch mal – ich habe überhaupt noch nichts Passendes anzuziehen für Venice Beach."

Noch nie waren sie so sehr eine Band wie in diesem Augenblick. Das Ganze schweißte sie zusammen. Alles ergab nun einen Sinn. Sie waren davon überzeugt, es zu schaffen. Felsenfest! Jeder Einzelne von ihnen!

Und jedem war klar: Es war an der Zeit für eine neue Badehose. Gleich morgen!

Die Band sollte zwar noch weitere zwölf Jahre existieren. Aber schon in diesem Jahr würden Guido und Chuck aussteigen, Hobbel zwei und Stefan vier Jahre später folgen. Doch in diesem Moment wussten sie das nicht und wollten es auch nicht wissen. Jetzt waren sie eine Band! Für immer und ewig!

Hobbel und Rally fuhren zusammen nach Hause. Sie wohnten im selben Häuserblock. Sie kannten sich zwar erst seit sieben Monaten, aber sie verstanden sich gut. „Mensch Rally, die ganze Geschichte haut mich wirklich um." Hobbel schüttelte nicht nur den Kopf. Vielmehr war es so, dass sein ganzer Körper einmal vom Haaransatz bis in die Beine komplett durchzuckte. „Aber es war richtig, mit uns darüber zu reden, Mann." Er stockte, um nach einer ganzen Weile hinzuzufügen: „Keine Ahnung, wie ich das alles verarbeiten soll, aber eines weiß ich genau: Das Ganze wird uns weiterbringen. Ganz sicher." Sie redeten noch etwa eine halbe Stunde auf der Straße und vereinbarten dann, morgen wieder gemeinsam zur Probe zu fahren. Rally hätte die Beendigung des Gesprächs gerne noch etwas hinausgezögert, denn er hatte Angst. Bereits im Proberaum war es ihm aufgefallen, genauso im Auto, wie auch eben mit Hobbel auf der Straße: Das Böse. Der Deiwel. Er war weg! Der alte Quälgeist. Nicht das Geringste von ihm zu spüren. Aber Angst hatte er nun wirklich mehr als genug. In den letzten Wochen wurde er ja bereits massiv bestraft, wenn er nur daran dachte, mit der Band zu sprechen. Um wievielmal stärker würde jetzt Satans Reaktion ausfallen, da er tatsächlich mit den Jungs gesprochen hatte. Er war auf das Schlimmste gefasst, aber er bereute nichts. Er hatte die Wahrheit gesagt. Und nichts anderes. Es tat ihm unendlich gut, dass seine vier Kollegen ihm vertrauten, dass sie sich nicht über ihn lustig gemacht hatten, dass sie mehr denn je mit ihm gemeinsam für eine gute und richtige Sache einstanden. „Er wartet, bis ich allein bin, dann wird er mit aller Macht zuschlagen!"

Hobbel war weg. Er war nun allein. Er betrat den Hausgang. Nichts! Noch.

„Er wird mich in der Wohnung begrüßen." 64 Stufen bis zum Kontakt. Die ersten Treppen nahm er noch sehr zögerlich. Doch dann schämte er sich für sein Verhalten. „Keine Feigheit vor dem Feind. Los!" Die ganzen unerträglichen Empfindungen und Erlebnisse der letzten Wochen drängten sich ihm auf seinem Weg nach oben noch einmal auf. Die sichtbaren wie die unsichtbaren Kontakte. Weiß Gott, davon hatte er in letzter Zeit mehr als genug.

Leise und vorsichtig drehte er den Schlüssel im Schloss. Langsam betrat er die Wohnung. Das Herz schlug ihm bis zum Hals. „Wo ist er?" Doch da war nichts. Nichts außer seiner Angst. „Okay, in meinem Zimmer." In seinem Zimmer, wo sich alles abgespielt hatte, dort würde er ihm in wenigen Sekunden gegenüberstehen. „Scheiß drauf!" Er öffnete entschlossen die Zimmertür und stürmte hinein.

Er konnte es nicht fassen! Nach sieben Wochen. Wie war das nur möglich?

„Satan, du schauriger Störenfried!" Er war weg! Endlich! Es gab keinen Angriff. Warum?

Weil er sich offen zu seinen Fehlern bekannt hatte? Weil er seine Fehler aufrichtig bereute? Weil er sich trotz aller Manipulationsversuche Satan widersetzt hatte? Oder weil er vielleicht doch einfach nur verrückt war und alles ohnehin keinen Sinn ergab? Fest stand, es ging ihm gut. Er war nun sicher. Es schien, als ob jetzt eine mächtige schützende Hand über ihm lag.

Er fiel auf die Knie.
Er dankte Gott überglücklich für diese Befreiung.
Er dankte Gott für die Lektion in einer Disziplin, die er vorher nicht kannte: Demut.

War der Teufel besiegt? Wenn ja, wer hatte ihn besiegt? Was hatte ihn besiegt? Gott? Warum jetzt?
Und die Antwort erfolgte unmittelbar! In Form einer simplen Frage:
„In welche Richtung bist du gelaufen?"

Er stand verwundert wieder auf. „In welche Richtung bin ich gelaufen?"
Was bedeutete das? Was bedeutete dieser Satz, der jetzt in seinem Kopf wie ein endloses Echo widerhallte: *In welche Richtung bist du gelaufen? In welche Richtung bist du gelaufen? In welche Richtung? Gelaufen!*
Der Traum? Damals vor genau neun Monaten? Bezog sich die Frage darauf? In diesem Traum hatte Gott ihm doch den richtigen Weg gezeigt. Damals war er gelaufen. Doch leider wurde er aus diesem Traum ja recht unsanft herausgerissen.
*In welche Richtung bist du gelaufen?*
„Ich lief auf der Löhrstraße."
*In welche Richtung bist du gelaufen?*
„Als ich geschlagen wurde, lief ich an der Buchhandlung vorbei."
*In welche Richtung?*
„Stadteinwärts!"

Tief in Gedanken rannte er jetzt so schnell er nur konnte die Löhrstraße entlang - jedes Detail vor Augen.
*In welche Richtung?*
„Kinos."
*In welche Richtung?*
„Friedrich-Ebert-Ring."
*In welche Richtung?*
Und dann stand er vor ihr:
Herz-Jesu-Kirche!

Seine Beine knickten ihm weg. Er fiel wie ein Stein auf sein Bett. Das Zittern am ganzen Körper ließ sich nicht mehr kontrollieren.
„Herz-Jesu-Kirche! Der richtige Weg!"
Es war diese Kirche, zu der er hinlief. Aber es war nicht nur diese Kirche. Es war der Name und dessen Bedeutung, die er nun laut vor sich hin sagte:
„*Herz:* die Liebe!
*Jesus:* der Glaube an den auferstandenen Sohn Gottes!
*Kirche:* die Gemeinschaft der Gläubigen!"
„Alle guten Dinge sind drei: Herz, Jesu, Kirche!
Das ist es."
Er weinte.
„Das ist der richtige Weg!
So und nur so kann man Satan besiegen!"

Und da war sie wieder: die Kraft! Die unbeschreibliche Kraft, die ihn im Traum erfüllte, als Gott ihm den Weg zeigte. Die er damals nur für wenige Sekunden spüren durfte. Jetzt war sie in ihm!
Nun konnte er zwischen Glauben und Aberglauben unterscheiden: Um 18:03 Uhr war es nicht das Kreuz an seinem Hals, das ihm das Leben rettete. Das Kreuz hatte er ja schon die ganze Zeit vorher getragen, und es konnte nicht verhindern, dass ihm die Luft abgedrückt wurde. Es war auch nicht das Gebet allein, das die Sache beendete. Es war sein Glaube! Der Glaube an den einen Gott und seinen Sohn Jesus Christus, der Tod und Teufel besiegt hat.

Auf einem Vortrag über Okkultismus würde er in wenigen Wochen den Dozenten sagen hören:
„Unglaube macht hoffnungslos,
Aberglaube macht Angst,
Glaube macht frei."
Angst! Die Kindheitsängste! Die senkrecht im Raum stehende Bettdecke. Wie hatte Andreas es ausgedrückt?
„Erst durch die Angst machen wir ihn stark. Unsere Angst gibt ihm Macht! Macht über uns!"

Erst als um 18:00 Uhr die Angst zu ihm zurückkehrte, erst als er in Panik geriet, erst als die Rationalität seinen Kopf verließ und er unter der Decke Schutz suchen wollte, erst in diesem Moment kroch das Böse aus seinem Loch. Erst dann hatte es dazu die Macht.
Die Angst hatte ihm den Weg bereitet. Die Angst war die notwendige Bedingung für sein quasi körperliches Erscheinen. Die Angst war seine Macht!
Das war auch der Grund, warum der, der sich für *G* ausgab, ihn am zweiten Weihnachtstag nicht angreifen konnte. Damals hatte er noch keine Angst! Damals bot er noch keine Angriffsfläche. *NOCH NICHT*, lautete damals die prophezeiende Antwort. Allerdings, im Augenblick der Rückkehr erfolgte der Angriff.
Doch nun kannte er den richtigen Weg!

Die Lösung lag die ganze Zeit überdeutlich vor ihm. Es war so einfach. Doch er war blind gewesen, geblendet von mystischen Vorstellungen. Der Vorstellung, der richtige Weg hätte irgendetwas mit ihm zu tun. Der Vorstellung, der richtige Weg wäre ein martialischer. Gesucht hatte er nach Waffen, gefunden hatte er nun Liebe, Glaube und Gemeinschaft.

Er nahm all die Bibeln, Kreuze und Rosenkränze, die ihm in den letzten Wochen als Verteidigungswall dienten, und brachte sie ehrfürchtig an ihre angestammten Plätze in Regalen, Schränken und Schubladen zurück. Zum rituellen Schutz würde er sie nie wieder missbrauchen.

Aberglaube macht Angst!
Der Glaube macht frei!
Herz-Jesu-Kirche!

Nun war er frei und jenseits der Angst.

# DER ABSTURZ

Mittwoch, 10. Februar 1988
„Sich wie neugeboren fühlen." Dieser abgedroschene Ausspruch traf es so dermaßen auf den Punkt. Von der unsäglichen Last befreit, befand sich Rally seit gestern Nacht in einem permanenten Glücksrausch. Einem Zustand, getragen von unbeschreiblicher Erleichterung, tiefer Dankbarkeit und grenzenloser Zuversicht. Daran konnte auch die ungeklärte Frage, welch glücklichem Umstand er diese Entwicklung schlussendlich verdankte, nichts ändern.

„Herz, Jesu, Kirche! Der richtige Weg!" Den ganzen Tag über ging ihm diese Erfolgsformel immer wieder durch den Kopf. „*Herz:* die Liebe! *Jesus:* der Glaube! *Kirche:* die Gemeinschaft!"

Aber was genau davon hatte die Vertreibung seiner unerträglichen, über viele Wochen andauernden Heimsuchung bewirkt? Die Liebe? Was seine Jungs aus der Band betraf, war Liebe schon ein sehr starkes Wort. Sicher, er hatte sie alle, wie sie da waren, in sein Herz geschlossen. Sie waren wirklich gute Kumpels. Vielleicht sogar auch Freunde. Aber Liebe? Und ob sich auf diesem Gebiet am letzten Abend wirklich etwas so Fundamentales verändert haben konnte, dass es den Spuk beendete, schien ihm doch mehr als fraglich.

Der Glaube? Hatte sich da vor seiner Befreiung etwas getan? Bei ihm sicher weniger, vielleicht aber bei dem ein oder anderen seiner Band. Auf jeden Fall hatten sie ihm geglaubt. War das schon ausreichend? Vielleicht war es aber auch der Aspekt Kirche, die Gemeinschaft der Gläubigen?

Nun würde er *Agurs Words* nicht unbedingt als Glaubensgemeinschaft bezeichnen wollen, aber seit gestern Abend war da eine wesentlich engere Bindung zwischen ihnen. Eine Gemeinsamkeit, ein Wir-Gefühl, das nun stärker war als jemals zuvor.

„Andreas ist Doris losgeworden, nachdem er sich mir anvertraut hatte." Rally empfand das als sehr merkwürdig. Beschämenderweise hatte er ihm zunächst ja gar nicht geglaubt. War es vielleicht trotzdem der Gemeinschaftsaspekt? Denn immerhin wollten sie ja der Sache gemeinsam auf den Grund gehen, was sie schließlich auch sehr konsequent durchgezogen hatten.

„Pitt ging mit seinem Vater in die Kirche und alles war vorbei. In der Kirche war ich auch. Hat mir aber nur, solange ich dort war, geholfen. Allerdings bin ich auch nicht mit meinem Vater, sondern allein dahin gegangen." Auch bei Pitt gab es somit wieder die Komponente Gemeinschaft.

Auch G wurde erst im zweiten Versuch gerettet, nachdem sie ihm versichert hatten, bei ihm zu bleiben. Allein konnte er sich nicht von 6 6 6 lossagen. Auch hier war Gemeinschaft erforderlich.

„Gut möglich, dass mir gestern letztendlich die *Agurs Words*-Sippschaft den Hintern gerettet hat", grübelte Rally vor sich hin. „Wie auch immer. Herrlich ist es!" Ja, alles war nun einfach nur schön! Und die perfekte Abrundung für diesen großartigen Tag würde gleich die Bandprobe sein. „Triumphales Lautenspiel, ich komme!"

Chuck fuhr mit seinem kleinen Opel kurz vor halb sieben – pünktlich und wie telefonisch am Nachmittag vereinbart – direkt vor Rallys Haustür vor, um ihn zur Probe abzuholen. Auf dem Rücksitz saßen bereits Guido und Hobbel, die er in der Stadt aufgesammelt hatte. Alle drei grinsten Rally übers ganze Gesicht an, als er zu ihnen in die Zockelkiste einstieg. Während sich jeder von ihnen extrem bemühte, möglichst gelassen zu erscheinen, verschlug es Rally den Atem, als er sich in den niedrigen Beifahrersitz fallen ließ. Das konnte doch jetzt nicht wahr sein! Rally war völlig fassungslos und verzweifelt. Da war es wieder. Das Böse.

Jetzt, in diesem Moment. In diesem Auto. Mitten unter ihnen. Nach gerade einmal zwanzig Stunden war es wieder zurück. So massiv hatte er es bis jetzt noch nie in Gegenwart anderer gespürt. In der Form kannte er das nur, wenn er nachts allein in seinem Zimmer war.
Und noch etwas war diesmal neu, diesmal vollkommen anders. Obwohl es sich Rally übermächtig offenbarte, hatte er keinerlei Angst mehr davor. Diese Entwicklung der vergangenen Nacht hatte Gott sei Dank Bestand. Die Überwindung des Aberglaubens mit all seinen Ängsten mithilfe eines gefestigten Glaubens war offensichtlich unumkehrbar. Vor Überreaktionen und temporärem Abweichen vom richtigen Weg war Rally indes leider nicht gefeit. „Du verfluchter, dreckiger Mistsack. Was hast du hier verloren?" Rally war außer sich, versuchte aber krampfhaft, die anderen das nicht spüren zu lassen. Dasselbe schreckliche Gefühl, das sich damals bei Pitts plötzlicher Veränderung bei ihm einstellte, war jetzt auch wieder da. Das elende, sich langsam um den Hals schnürende Schuldgefühl. Immer dann auftauchend, wenn aus der Befürchtung, einen schlimmen Fehler begangen zu haben, Gewissheit wurde. Ihm war klar, in mindestens einem von ihnen steckte nun diese bösartige Plage. Aber in wem? Und natürlich trug er dafür die Verantwortung. Hätte er ihnen besser nichts von alldem sagen sollen?

Alle brabbelten vermeintlich gut gelaunt etwas von McDonald's und Wiener Wald wild durcheinander. Irgendwas scheinbar Lustiges hatten sie wohl eben erlebt. Er hörte ihnen aber nicht zu. Er konnte ihnen gar nicht zuhören! Wie ein Hund kurz vor Aufnahme der Witterung sah er sich hektisch in alle Richtungen um. „Wo steckst du? Wo bist du? Wer bist du? In wem bist du?" Aber sosehr er sich auch bemühte, es war ihm einfach nicht möglich, seine Empfindung zu lokalisieren.
   Das änderte sich auch nicht, als sie gemeinsam die Treppen zu den Stahltüren des Bunkers hinuntergingen. Erst als sie ihren Proberaum betraten, fiel die Maske.

Stefan hatte bereits auf sie gewartet und vergeudete keine Zeit mit höflichem Begrüßungszeremoniell. „Also, Rally! Ich hab' die ganze Nacht nicht geschlafen. Ich muss jetzt unbedingt noch mal von dir wissen, wie war das genau mit dem ..." Weiter kam er nicht, denn Guido unterbrach ihn mit einem extrem lauten, langgezogenen, kehligen Schrei. Dabei hielt er sich mit beiden Händen die Ohren zu und lief mit abgespreizten Ellenbogen wie ein kleines Kind im Kreis herum. Fassungslos gab ihm Stefan einen Schubs und schrie zurück: „Ey, bist du bescheuert? Mach mal den Kopf zu!" Darauf stürzte Guido an den gerade erst im Proberaum angekommenen, völlig verdatterten Hobbel und Chuck vorbei, jaulte mehrfach „Ich will davon nichts hören! Ich will davon nichts hören!" und knallte die Tür hinter sich zu. Schlagartig konnte Rally das Böse auch nicht mehr spüren. Dieses bahnte sich jetzt in den langen Bunkergängen seinen Weg. Guido brüllte, tobte, lief auf und ab, trat gegen verschiedene Türen, Wände und den schweren Luftentfeuchter.

Chuck war kein großer Redner, aber er fand als Erster die Sprache wieder: „Also, meine Nacht war auch richtig schlimm, aber was macht der Guido da?"

Rally stand wie versteinert in der Mitte des Proberaums. Unfähig sich zu bewegen. Lediglich horchend und darum bemüht, das Gehörte visuell umzusetzen und zu interpretieren, was sich hinter der Tür gerade abspielen mochte. Stefan weckte ihn aus diesem Wachkoma: „Rally! Du solltest mit ihm reden! ... Jetzt, Rally! ... Jetzt!"

Auf dem Gang wollte Guido gerade dem elektrischen Luftentfeuchter mittels weiterem weit ausgeholtem Tritt den Garaus machen. Als er Rally sah, drehte er sich auf dem Absatz um, rannte zur gegenüberliegenden Wand und knallte in voller Absicht und bester Headbanger-Manier mit der Stirn gegen den Stahlbeton. Das musste fürchterlich wehgetan haben. Abermals lehnte er sich mit herunterhängenden Armen weit mit dem Oberkörper nach hinten, um erneut die Wand mit dem Kopf anzusteuern. Gerade noch bremste Rallys ausgestreckte rechte Hand den Aufprall. Vorsichtig nahm er Guido in den Arm und klopfte ihm sanft auf den Rücken. „Alles ist gut, Guido!"

Guido krampfte. Seine Hände krallten sich in Rallys Schultern. „Alles ist gut!", wiederholte Rally flüsternd.

Allmählich lockerte sich der Griff. Guido sackte in sich zusammen und rutschte mit seiner glatten Motorradlederjacke durch Rallys Arme zu Boden. Von der Präsenz des Bösen war nichts mehr zu spüren.

Verzweifelt und mit feuchten Augen sah er nun Rally an. „Ich muss dir was zeigen." Hastig öffnete er den Reißverschluss seiner Jacke, legte sich flach auf den Boden und zog mit einem Griff sein T-Shirt und seinen Pullover hoch bis zum Kinn.

Auf seiner nackten Haut prangte ein dickes, fettes, über Brust und Bauch mit Edding gemaltes, schwarzes satanisches Kreuz, dessen Balken etwa zehn Zentimeter breit waren. Rally konnte angesichts dieser Abscheulichkeit nur noch entsetzt stammeln: „Guido ... warum?" – „Ich musste es tun, Rally. Ich musste es tun. Er war bei mir, die ganze Nacht. Ich musste es tun. Sonst hätte er mich nie mehr in Ruhe gelassen!"

Rally reichte ihm die Hand, um ihm aufzuhelfen. Danach zog er Guido an sich und drückte ihn fest. „Falls du glaubst, er lässt dich in Ruhe, wenn du sein Zeichen trägst, dann frag morgen mal deine Stirn!"

Guido fasste sich sogleich an selbige mit der flachen rechten Hand, zuckte zusammen und jammerte: „Aua."

Unvermittelt mussten sie beide lachen. Sie lagen sich in den Armen und kicherten leise vor sich hin, bis die Tränen kamen. Nachdem er abermals seine Stirn abgetastet und Rally danach losgelassen hatte, konstatierte Guido: „Das gibt ein ganz schönes Horn!" – „Das war auch ganz schön blöd!", meinte Rally.

Nach kurzem Lächeln sagte Guido sehr ernst zu ihm: „Ich liebe dich, du ahler Siggela (Koblenzer Schimpfwort: inkontinenter alter Mann)." Also doch! Liebe! „Was soll's?", dachte sich Rally und antwortete aus tiefstem Herzen aufrichtig: „Ich dich auch, Bubsche (kleiner Junge). Und deshalb scheuern wir dir jetzt den Dreck da weg. Auf'm Klo gibt's 'nen wohlriechenden Putzlumpen und hautverträgliche Reinigungsmittel auf Salzsäurebasis. Das hast du dann davon."

Im Vorbeigehen an ihrem Raum rief Guido den anderen durch die geschlossene Tür zu: „Wieso höre ich nix, Männer. Übt mal schön fleißig, damit ich gleich nicht wieder mit euch schimpfen muss. Wir kommen direkt." Diese forsche Aufforderung entsprach nicht ganz seiner Autoritätsstellung und dem Leistungsgefüge innerhalb der Band. Gerade deshalb entbehrte sie nicht einer gewissen Komik, die auf der anderen Seite der Tür allerdings nicht entsprechend gewürdigt wurde.

Die Säuberungsaktion geriet tatsächlich zur Tortur, der bis zur vollständigen Entfernung auch mehrere Hautschichten zum Opfer fielen. Von massiven großflächigen Rötungen und einer Beule abgesehen, trug Guido keine sichtbaren Schäden davon.

„Du solltest heute Nacht nicht allein sein. Du kannst bei mir pennen, wenn du willst." – „Danke, aber ich treffe mich heute Abend mit Anja in der Stadt. Sie hat gesagt, ich kann ein paar Tage bei ihr bleiben. Das musst du verstehen. Sie sieht einfach viel besser aus als du", grinste Guido.

Ein Großteil von Guidos sogenannten Freunden waren „Dauerbekiffte" und zum täglichen Leben ungeeignet. Einige von ihnen verfügten zusätzlich noch über ein hohes Maß an Gewaltbereitschaft. Aber Guido hatte auch immer Menschen um sich, die es gut mit ihm meinten. Die ihm halfen, wieder aufzustehen und auf die Füße zu kommen. Anja war eine davon. Sie wohnte noch bei ihren Eltern in einem Einfamilienhaus im nördlichen Koblenz. Rally fand es gut, dass Guido eine Zeit lang bei ihr bleiben würde. Noch lieber wäre er allerdings so schnell wie möglich mit ihm in die Kirche gegangen. Doch das hatte Guido zunächst einmal verschoben. Auch wollte er keinesfalls kommenden Sonntag um 11:00 Uhr ins Hochamt, da diese Zeit seinem Empfinden nach als zutiefst unchristlich anzusehen war. Frühes Aufstehen war halt nicht sein Ding. Deshalb hatte er auch einen Job bei McDonald's in der Küche angenommen, wo seine Schichten frühestens am späten Vormittag begannen. Natürlich war absehbar, dass dieses Beschäftigungsverhältnis nur ein vorübergehendes sein würde.

Guido blieb auch nie lange an einem Ort wohnen. Meistens lebte er in Wohngemeinschaften in Ecken von Koblenz, die nicht unbedingt der Kategorie *Piekfein* zuzuordnen waren. Alle diese WGs waren in sich zweigeteilt: ekelhaft verkommener Messi-Saustall auf der einen und Guidos Zimmer auf der anderen Seite. Guido hatte Raumausstatter und Dekorateur gelernt. Daher waren seine Buden immer blitzsauber und mit einfachen Mitteln sehr kreativ eingerichtet.

Überhaupt war er hell im Kopf, begeisterungsfähig und in gewissen Dingen durchaus einfallsreich und produktiv. Allerdings blieb er aufgrund seines gesteigerten Alkohol- und Drogenkonsums permanent unter seinen Möglichkeiten. Natürlich konnte er auch eine Zecke sein, die einem bei gereichtem kleinen Finger den ganzen Arm blutleer saugte. Sicherlich war dies seinem Überlebenstrieb geschuldet, doch für Beteiligte wurde es mitunter schon recht anstrengend. Durch seine schelmische Art gelang es ihm allerdings immer wieder, dass man irgendwie darüber hinwegsah.

Donnerstag, 11. Februar 1988
Rallys Gedanken kreisten permanent darum, ob das personifizierte Böse sich wie eine ansteckende Krankheit verhielt. Konnte es von Mensch zu Mensch springen? In dem Moment, in dem es bei ihm verschwand, tauchte es bei Guido wieder auf. Eventuell sogar auch bei Chuck. Dessen Nacht war ja nach eigener Einschätzung ebenfalls schlimm. Bei Volker war das Problem ja auch noch nicht gelöst. Breitete sich das Ganze nun aus? Inwieweit trug er dafür die Verantwortung?

In der Band wurde am Vorabend sein eigener Bericht, dass die Heimsuchung direkt nach dem Gespräch mit ihnen vorbei war und damit die Stärke der *Agurs-Words-* Gemeinschaft unter Beweis gestellt sei, zwar sehr positiv aufgenommen, durch das Erlebnis mit Guido allerdings leider wieder deutlich relativiert. Dennoch, die Aufbruchstimmung war ungebrochen.

„Im Auto hatte ich genau dasselbe Gefühl wie all die Wochen zuvor nachts in meinem Zimmer. Und Guido hatte sich bis dahin weder durch Äußerungen noch durch Verhalten verraten. Außerdem habe ich ja keinen Röntgenblick, mit dem ich durch dreilagige Winterkleidung umgedrehte Kreuze sehen kann. Auch wenn ich die Wirkungszusammenhänge nach wie vor nicht kenne – aber ich konnte das Böse spüren." Eine Fähigkeit, die sich als vergänglich herausstellen sollte. Lediglich bei zwei vollkommen unterschiedlichen Gelegenheiten würde er in den kommenden sechs Monaten nochmals diese Empfindungen haben. Keine davon betraf Guido. Danach ereignete es sich nie wieder.

Das Erlebte war ihm jedoch in diesem Moment als Beweis ausreichend, um sich endgültig von allen Zufalls- und Einbildungstheorien zu verabschieden. Die von ihm schon vor Wochen postulierte erweiterte Realität in Bezug auf Wahrnehmung des personifizierten Bösen, die sich physikalischen Messverfahren entzog, existierte.

„Wieso verschwindet es aber bei mir und zeigt sich dann zeitgleich bei Guido?" Natürlich lag es nahe, Guido eine durch Alkohol und Drogen beeinträchtigte Einbildung zu unterstellen. „Aber dann hätte ich es nicht spüren können. Guido hat sich leider nichts eingebildet." Warum traf es ihn aber so viel stärker als die anderen? „Es ist wie befürchtet. Es greift uns da an, wo wir am anfälligsten sind. Und unter Alkohol- und Drogeneinfluss bietet man offensichtlich eine hervorragende Angriffsfläche." Zusätzlich dachte sich Rally, dass Guido schon allein deshalb besonders gefährdet war, weil er in der Vergangenheit bereits Gläserrücken praktiziert hatte. „Wahrscheinlich war es schon die ganze Zeit in ihm. Vorgestern ist es dann nach meiner Beichte erst zum Vorschein gekommen." In diesem Punkt wurde er sich, je mehr er darüber nachdachte, zunehmend sicherer.

Sich dem Bösen in dieser Form auszusetzen, durch welche okkult-esoterischen Praktiken auch immer, erhöhte die Wahrscheinlichkeit, in dessen Einflussbereich gezogen zu werden, beträchtlich. Das Zusammenspiel aller drei Herz-Jesu-Kirche-Komponenten konnte einen davon wieder befreien. Trotzdem war er davon überzeugt, dass in seinem Fall ein weiterer Einflussfaktor eine Rolle spielte. Sein Gottvertrauen war unterdessen groß genug, um sich in dieser Hinsicht nicht verrückt zu machen. Letztendlich würde sich alles zum Guten wenden. Davon war er überzeugt.

Mittwoch, 17. Februar 1988
Als Guido am vergangenen Samstag gemeinsam mit Rally in der Abendmesse der Sankt-Josefs-Kirche war, sah alles noch ganz gut aus. Nach eigenem Bekunden hatte er auch nachts keine Probleme, sofern er diese nicht allein verbringen musste. Er schien gut drauf zu sein und machte einen recht ausgeglichenen Eindruck.

In den folgenden Wochen stürzte Guido allerdings komplett ab. Den Job schmiss er hin. Er erschien nicht mehr zur Probe. In der Stadt sahen sie ihn auch nicht mehr. „Der Guido! Wo steckt der Hejel (Koblenzer Schimpfwort: Armleuchter) denn nur?" Hobbel war sichtlich angefressen. Wieder mal eine Bandprobe ohne Sänger. Das nervte. „Mir hat er gesagt, er bleibt ein paar Tage bei Anja. Hat einer von euch ihre Telefonnummer?", wollte Rally wissen. Einhelliges Achselzucken war die Antwort. An Anjas Nachnamen konnte sich auch keiner mehr erinnern. „Weiß denn keiner, wo die wohnt?", raunzte Stefan stinksauer hinter seinem Schlagzeug verschanzt in die Runde. Guido hatte es ihm zwar einmal gesagt, aber Rally war sich nicht mehr sicher, wo genau. „In Bassenheim! ... Oder Kesselheim! ... Oder war es Wallersheim?"

Nun gut, da seine geografische Unkenntnis nicht mehr länger zu kaschieren war und ihm ausnahmslos alle Bandkollegen unmissverständlich mit ärgerlichen Blicken ihre Unzufriedenheit angesichts dieser vagen Ortsangaben zum Ausdruck brachten, fügte er leiser werdend und deutlich verunsichert hinzu: „Auf jeden Fall war es in irgendeinem Koblenzer-‚heim'!"

„Na, das hilft!" Stefan nahm nun mit verschränkten Armen eine Art frei schwebende Liegeposition auf seinem Drum-Hocker ein, indem er sich mit dem Kopf an die Bunkerwand lehnte und zur Decke starrte.

„So geht es nicht weiter! Wir brauchen, was den Gesang angeht, schnellstmöglich eine Lösung!"

Die Gesangsposition der Band war die eine Komponente, die Person Guido die andere. Allen war klar, dass man sich hier wahrscheinlich an einem Scheideweg mit unschönen, vielleicht sogar unheilvollen Entwicklungstendenzen befand.

Samstag, 12. März 1988
Für den Abend stand ein Auftritt mit Vorgruppe im Kurt-Esser-Haus an. Einige von Rallys Kommilitonen aus Bonn hatten ebenso wie Guido ihr Erscheinen angekündigt. Letzteren hatten sie zwar schon länger nicht mehr gesehen, er ließ ihnen aber generös über einen Kumpel ausrichten, dass er sich zurzeit in Amsterdam befinde, aber gedenke, zum Soundcheck vor dem Auftritt zurück zu sein. Konnte man sich darauf verlassen? Auf jeden Fall war es typisch Guido: Vom davorliegenden Knochenjob, dem Aufbau, war keine Rede.

Nachdem sie im letzten Monat den Besucherrekord im Haus Metternich deutlich geknackt und sowohl die *Rhein-Zeitung* als auch der *Schängel* darüber berichtet und auf den heutigen Gig verwiesen hatten, unterlagen sie einem gewissen Erwartungsdruck. „Ein Auftritt mit Sänger wäre jetzt also nicht verkehrt", brachte Hobbel es auf den Punkt. Für alle Fälle hatten sie ein Notfallprogramm zusammengestellt, bei dem Rally die Gesangsparts übernahm. Da es ihm aber nicht bei allen Stücken möglich war, gleichzeitig zu singen und zu spielen, hatten sie noch einige aus der Anfangszeit der Band stammende Instrumentalstücke einstudiert. Das Ganze geriet zur nervlichen Zerreißprobe. Die Ungewissheit, ob er sie hängen lassen würde, war unerträglich und für alle purer Stress. Nicht nur den kompletten Aufbau, sondern auch den Soundcheck bestritten sie ohne Sänger, da Guido verschwunden blieb. Kurz bevor die Vorgruppe auf die Bühne gehen sollte, tauchte er endlich auf. Mit neuer modischer Kurzhaarfrisur, die kein bisschen zu ihrer Musik passte, kam er nahezu nüchtern, ohne jegliches Schuldbewusstsein, zur Tür herein. „Was regt ihr euch denn so auf? Ich bin doch da. Ich hab' doch gesagt, dass ich komme!" Sein eingebauter Lotuseffekt ließ alle kritischen Äußerungen schadlos an ihm abperlen.

Den Ärger und die Verunsicherung nahmen sie mit auf die Bühne. An diesem Abend waren sie einfach nicht gut, was sich auch auf die Stimmung im Publikum übertrug. Auch wenn sie noch zweimal zur Zugabe herausgerufen wurden, dieser Auftritt reichte bei Weitem nicht an den im Haus Metternich heran. Es war ein Rückschritt.

Am nächsten Tag berichtete ihnen Guido, dass er mittlerweile so ziemlich überall Schulden hätte. Teilweise auch bei Leuten, die dabei keinen Spaß verstanden. Deshalb musste er auch in der vergangenen Woche aus purer Verzweiflung seinen Vater um Hilfe bitten. Zu ihm hatte er bisher praktisch überhaupt keinen Bezug, da die Eltern sich schon vor seiner Geburt trennten. Seine Mutter war schwere Alkoholikerin. Auch sie konnte sich nie um Guido kümmern. „Ich muss einfach weg aus Koblenz. Tut mir leid, aber ich werde eine ganze Weile nicht bei *Agurs Words* singen können. Ihr müsst euch einen anderen Sänger suchen." Es war ihm anzusehen, dass es ihm das Herz brach. Keiner in der Band konnte ihm jetzt noch böse sein.

Guidos Vater, der als Vorbedingung für seine Hilfe schon mal den Haarschnitt verlangt hatte, verschaffte ihm dann in der Folge auch recht schnell einen Job. Allerdings nicht in einem seiner Friseurläden in Lüdenscheid, wie Guido sich erhofft hatte, sondern bei einer Drückerkolonne. Dort setzte es Schläge, wenn man die Abschlussquote von Zeitschriften-Abos nicht erreichte. Es war nicht ganz leicht, dort abzuhauen, aber im Verschwinden und Untertauchen war Guido sehr erfahren.

Die nächsten Jahre ging es mit Guido immer nur bergab. Mehrfach hatte er sich bereits Heroin gespritzt, doch dann starb einer seiner Kumpels an einer Überdosis. Nach diesem Schock ließ er zwar die Finger von dem Teufelszeug, kompensierte es aber durch unkontrollierte Einnahme diverser anderer Substanzen.

Anfang der 90er-Jahre versuchte er dann, seine Abhängigkeiten mehrfach erfolglos ambulant zu bekämpfen.

Der Kontakt zu *Agurs Words* riss nie ab. „Das ist immer noch meine Band", war er sich sicher und auch für die neuen Bandmitglieder gehörte Guido irgendwie dazu. Er genoss es und blühte immer wieder sichtlich auf, wenn er bei Auftritten in der Nähe für ein bis zwei Nummern auf die Bühne und singen durfte.

1994 kam er schließlich stationär nach Kirchheimbolanden in die *Fachklinik für suchtkranke junge Männer*. Als Rally ihn dort besuchte, hatte Guido sich verändert. Seine Freundin – wer konnte es ihr verdenken – hatte vor Kurzem mit ihm Schluss gemacht. Das Unbeschwerte, Träumerische und Schelmische war nun dem Ernst, aber trotzdem und vor allem auch der Zuversicht gewichen. Er hatte jetzt Ziele, realistische Ziele, was seine Zukunft – auch beruflich – betraf.

Weil seine Entwicklung durchweg positiv war, durfte Guido dann zum ersten Mal für ein Wochenende nach Hause. Dort teilten ihm seine guten Freunde vom Zentralplatz genüsslich mit, dass seine Ex nun mit einem seiner Saufkumpels zusammen war. „Und weißt du was? Sie wohnt sogar schon bei ihm!"

Die Trennung war erst wenige Wochen her. Er hatte sie bis dahin mit der Begründung akzeptiert: „Sie hat etwas Besseres verdient als mich!" Doch nun realisierte er, dass sie sich nicht verbessert hatte. Daraufhin nahm er die mit süffisantem Lächeln gereichte Schnapsflasche ohne zu zögern an und ließ sich volllaufen, aber so richtig. Danach hatte er nur ein Ziel: die beiden zur Rede zu stellen! Das gelang ihm auch in der Wohnung des Kumpels in der Vorstadt. Dort traf er sie beide! Zusammen!

Was dann genau passierte, wurde nie so ganz geklärt. Sicher war nur: Guido landete nach einem Sturz aus dem vierten Stock auf den Betonplatten des Bürgersteigs.

Dass er dies überlebte, war ein Wunder. Aufgrund der irreparablen Trümmerbrüche von den Füßen bis zur Hüfte war allerdings klar, dass er niemals wieder würde gehen können. Das Schicksal, zeitlebens auf den Rollstuhl angewiesen zu sein, nahm er ohne zur Schau gestelltes Selbstmitleid an. Ebenso einige zusätzliche gesundheitliche Einschränkungen. So litt er zum Beispiel nach dem Sturz an einer chronischen Blasenentleerungsstörung aufgrund der Schädigung etlicher Nerven in diesem Bereich. Daher musste er sich regelmäßig einen Katheter setzen. „Nervig, aber machbar!", lautete seine Einschätzung.

Obwohl er sich nach seinem Besäufnis auf dem Zentralplatz an nichts mehr erinnern konnte, was an besagtem Abend vorgefallen war, obwohl er es sich nicht vorstellen konnte, damals wirklich Selbstmordabsichten gehabt zu haben, gab er niemandem die Schuld.

Angesichts seines Gesundheitszustands und seiner Schmerzen sah er für sich fortan allerdings auch keinen Grund mehr, seinen Drogenkonsum einzuschränken. Ab einem bestimmten Dröhnungslevel war die Sache mit dem Katheter dann allerdings doch nicht mehr machbar.

Guido starb am 9. Oktober 1995 an einer Harnvergiftung.

## DIE DROHUNG

Sonntag, 9. Mai 2010
Während Peter gerade, soweit er nur konnte, einen Tennisball für Hansi über das Feld geworfen hatte, fasste Paul seinen Vater bei der Hand. „Papa? Weißt du, dass der Peter jede Nacht in mein Zimmer kommt?! Dann legt der sich vor mein Bett und schläft da auf dem Boden." – „Was? Warum das denn?", fragte Rally erstaunt. Hansi kam mit lautem Getrampel hechelnd zurückgerast und ließ den von Hundesabber ordentlich durchfeuchteten und nunmehr bleischweren Ball vor Rallys Füße fallen. Ohne nochmals aufzuspringen, platschte das schleimige Subjekt aufs Gras. Der dreizehn Monate alte Rottweiler-Rüde brachte Bälle prinzipiell immer dem besten Werfer. Offensichtlich standen Jagdvergnügen und Wurfdistanz für ihn in einem positiven funktionalen Zusammenhang. Beherzt griff Peter wieder hinein in das feuchte Vergnügen, um das Ding erneut wegzuschleudern. Dabei tat er so, als hätte er den beiden überhaupt nicht zugehört. „Weil er Schiss hat", grinste der neunjährige Paul frech. Er war eine Minute jünger als sein Bruder, nahm aber nicht ohne Stolz für sich in Anspruch, etwas größer und schwerer zu sein. Und natürlich auch stärker! Letzteres wurde regelmäßig vom Bruder in Abrede gestellt, was generell in ein lautstarkes Handgemenge mündete.

Da von Peter kein an dieser Stelle sonst übliches Dementi folgte, schien das Ganze der Wahrheit zu entsprechen. „Was ist denn passiert, Peter?", wollte Rally – nun neugierig geworden – wissen.

Doch Peter antwortete nicht, sondern stellte sich mutig dem heraneilenden 42 Kilo-Geschoss in den Weg. Wenigstens einmal sollte Hansi ihm direkt den Ball geben. Und tatsächlich, mit der letzten erzielten Weite offensichtlich zufrieden, gruben sich

Hansis Krallen in den feuchten Untergrund und brachten ihn unmittelbar vor Peter zum Stehen. „Aus! Hansi, aus!" Mit einem schmatzenden Geräusch landete daraufhin der ballgewordene Auswurf in Peters ausgestreckten Händen. „Hast du gesehen, Papa? Hast du gesehen?" In freudiger Ekstase und absoluter Glückseligkeit rief er immer wieder: „Der Hansi hat mir den Ball gebracht. Habt ihr gesehen?" Ja, das hatten sie. „Weil ich nämlich so weit werfen kann, hat er ihn mir gebracht. Und nicht dir, Papa. Dem Paul bringt er ihn nie! Ich werfe nämlich weiter als der Paul!" – „Na und? Dafür bin ich stärker!", meinte der Bruder – offensichtlich gekränkt, da Hansi ihm tatsächlich immer nur dann den Ball gab, wenn niemand anderes in der Nähe war. „Ich zeig dir gleich, wer stärker ist", brüllte Peter zurück. Und schon waren sie bei diesem bisher friedlichen Hundespaziergang wieder auf dem besten Weg zu einem lautstarken Handgemenge.

Jetzt bedurfte es subtiler Mediatorenfähigkeiten oder dessen, was Rally dafür hielt. „So, Ruhe jetzt! Sonst Fernsehverbot!" – „Heute schläfst du nicht in meinem Zimmer, Peter!" – „Und Computerverbot!" Das klappte fast immer.

Erneut versuchte Rally die Feuerpause zu nutzen, um der Sache auf den Grund zu gehen. Wieder antwortete ihm nur der nicht angesprochene Sohn: „Er hat einen Albtraum gehabt. Einen ganz langweiligen!" – „Der war gar nicht langweilig!", stieg Peter wieder ein. „Der war ganz schlimm! Wenn du so einen schlimmen Albtraum hast, kannst du gar nicht mehr schlafen!" – „Meine Albträume sind viel schlimmer als deine!" – „Sind sie gar nicht!" – „Wohle!"

Ebenso einfühlsam wie salomonisch beschwichtigte Rally die Rabauken mit der Ankündigung: „Und DS-Verbot (Entzug der tragbaren Videospielkonsole)!"

Als die beiden drei Jahre alt waren, bekam Paul regelmäßig nachts Angst. Jede Nacht lief er dann aus dem gemeinsamen Kinderzimmer zu seinen Eltern direkt nebenan. Da er bei der Überwindung dieses kurzen Weges offensichtlich unter großem Zeitdruck stand, riss er die Tür zum Elternschlafzimmer immer mit Karacho und einhergehender gnadenloser Lautstärke auf. Das sparte nicht nur Zeit, sondern hatte auch den angenehmen Nebeneffekt, dass die Eltern hellwach und kerzengerade im Bett sitzend seine Ankunft mit uneingeschränkter Aufmerksamkeit begleiteten. Im Gegensatz zu diesen half ihm das auch beim anschließenden blitzschnellen und seelenruhigen Wiedereinschlafen.

Peter kümmerte das nächtliche Treiben seines Bruders nicht im Geringsten. Ob er nachts allein im Zimmer war oder nicht, war ihm egal. Peter hatte keine Angst. Sollte sich das jetzt Jahre später geändert haben?

Mit sieben bekamen Peter und Paul jeder ein eigenes Zimmer – in einem eigenen Stockwerk für sie allein, unter dem Dach. Als eine ebenso erstaunliche wie erfreuliche Begleiterscheinung stellte sich dabei heraus, dass Pauls Ängste danach Geschichte waren.

„Komm, Peter. Erzähl mir mal von deinem Traum!" – „Keine Lust", meinte dieser und schickte Hansi erneut mittels einem beachtlich strammen Wurf auf die Reise. „Ich würde es aber wirklich gerne wissen", versuchte es Rally noch mal. „Na gut. Also, ich war in meinem Zimmer", sprudelte Peter dann doch aufgeregt drauflos. „Alles war ganz echt, gar nicht wie ein Traum. Dann hab' ich was aus Pauls Zimmer gehört. Ich wusste aber, dass der Paul nicht da war. Dann bin ich gucken gegangen. Da kam aus seinem Zimmer plötzlich ein Mann auf mich zu. Der hatte so eine schwarze Kapuze wie ein Mönch. Ich hab' so eine Angst bekommen, das glaubst du nicht, Papa! Ich bin ganz schnell zurück in mein Zimmer und wollte die Tür abschließen, aber der Mann war so stark und hat sie einfach aufgestoßen. Der sah eigentlich ganz jung aus, aber dann hat er die Kapuze weggemacht und da war sein Gesicht ganz alt. Mit so Adern. Und der hat ganz schreckliche Augen gehabt, Papa. Die waren ganz schwarz und sahen so aus wie Löcher." Rally erschrak. „Dann hat er plötzlich einen Pfeil gehabt. Aber der war ganz lang und dick und aus Holz und ganz spitz", führte Peter die für seinen Vater zunehmend unerträglicher werdenden Parallelen weiter aus. „Seine Arme waren ganz dünn. Dann hab' ich mit dem gekämpft und der ist ausgerutscht und hingefallen." Dies war angesichts des mit Spielsachen übersäten Fußbodens in Peters Zimmer absolut nachvollziehbar. „Ich hab' dann auf einmal den großen Pfeil in der Hand gehabt und mich auf den Mann draufgestellt. Dann hab' ich nicht gewusst, ob ich den damit umbringen soll."

Das beklemmende Gefühl kroch langsam, aber stetig zu Rallys Hals empor und begann, diesen erbarmungslos zuzuschnüren. Peters kleine Hände zitterten, während er den imaginären Holzpfeil hielt. „Und dann ganz schnell lag ich auf dem Boden und der Mann stand auf mir und das hat richtig schlimm wehgetan. Und dann hat der Mann den Pfeil mir hier an den Hals gedrückt." Aufgeregt zeigte er immer wieder mit ausgestrecktem Zeigefinger auf die Stelle unterhalb seines Kehlkopfs. „Und dann hat der Mann was zu mir gesagt." Peter versagte die Stimme, sodass er die letzten Worte nur noch flüstern konnte. Rally brach es das Herz zu sehen, was sein Sohn da durchmachte. Trotzdem, er musste es unbedingt wissen. „Was hat er gesagt, Peter? Was denn?" Peter kämpfte mit den Tränen und presste angestrengt hervor: „Er hat gesagt: *Das mache ich nur, damit du denkst, es sei ein Traum. Aber es ist kein Traum!* Und dann hat er mir in den Hals gestochen!"

Es war brutal! Das eigene hilflose Kind einer solchen Situation ausgesetzt zu wissen, war die Hölle.

„Vor 23 Jahren stand ich genau in dieser Position über ihm. Und nun zeigt er, dass er über meinem Sohn steht." Nach all den Jahren der Ruhe – Andreas ging es gut, Pitt ging es gut, den *Agurs-Words*-Jungs ging es gut, Volker war schon seit Jahren trocken – es war noch nicht vorbei. Würde es jemals vorbei sein? „Nicht bei diesem Gegner!", war sich Rally nun sicher.

Er nahm das verängstigte Häufchen Elend in den Arm und sagte hilflos: „Das war wirklich ein fieser Traum." – „Nein, Papa!" Peter war fest davon überzeugt: „Das war kein richtiger Traum.

Das war alles ganz echt. Ich hab' schon ganz oft Albträume geträumt, aber die waren anders."

Als die beiden im Oktober 2000 auf die Welt kamen, wurde der Gedanke für ihn unerträglich, dass er ihnen vielleicht nie von seinem für ihn alles verändernden Erlebnis würde erzählen können. „Was ist, wenn ich gegen einen Baum fahre? Oder sonst irgendwie abtrete, bevor ich mit ihnen darüber reden kann?" Die nächsten fünfzehn, sechzehn oder vielleicht sogar auch siebzehn Jahre wären sie für dieses Gespräch bestimmt noch nicht reif genug. In so einer langen Zeit könnte viel passieren. Also gab es nur eine Lösung. „Ich muss es für sie aufschreiben." Das tat er dann auch. Zunächst war das Resultat zwar nur ein stichwortartiges Protokoll, aber immerhin waren die Ereignisse nun für die Nachwelt festgehalten. Über die Jahre formulierte er diesen ersten Entwurf nach und nach zu einer zusammenhängenden Geschichte aus. Anfang 2005 war die Aktion aus seiner Sicht abgeschlossen. In voraussichtlich elf Jahren würde er den Söhnen das Manuskript zum Lesen geben. Bis dahin: „Haken dran!"

Doch im selben Jahr kamen ihm durch verschiedene voneinander unabhängige Erlebnisse Zweifel, ob diese Verwendungsstrategie die einzig richtige sei. Da gab es die Geburtstagsfeier in der Nachbarschaft, bei der erwachsene Menschen sich ohne jede Scheu ganz öffentlich zu einem Gläserrücken-Treffen am kommenden Wochenende verabredeten, den Bericht über Okkultismus als alternative Religion in der Zeitung, das lustige Geisterbeschwörungsspiel in einer Fernsehsendung oder auch die schwarzmagischen Schritt-für-Schritt-Anleitungen in Büchern und Internetforen. Die allgemeine Verharmlosung und zunehmende Gesellschaftsfähigkeit dieses Themas war erschreckend. Aber was könnte man dagegen tun? Sollte er seine Geschichte vielleicht veröffentlichen? „Nö, nö! Dann würden etliche Idioten das nur nachmachen und müssten anschließend die Zeche zahlen! Und andere, die mich nicht für verrückt erklären und mir glauben, bekommen es womöglich mit der Angst zu tun." Augenblicklich fielen ihm seine Mutter und seine Schwester ein. Seiner Familie hatte er nie von den Geschehnissen erzählt, denn das war nicht nötig, weil sie diese Geschichte nicht brauchten.

Auch wollte er unter gar keinen Umständen religiösen Fanatikern Vorschub leisten. Denn als tolerantem, liberalem und lebensbejahendem Rheinländer waren ihm alle Arten von Fundamentalismus – auch und gerade christlicher – extrem zuwider. Gemessen an dem Herz-Jesu-Kirchen-Weg fehlte es christlichen Eiferern generell an Herz, an Liebe. Das galt im Übrigen für alle religiösen Extremisten. Fromm mochten sie ja durchaus sein, doch was nützt Frömmigkeit ohne Nächstenliebe? Oder wenn die Nächstenliebe sich ausschließlich auf einige wenige Gleichgesinnte bezieht und alle anderen verachtet werden. Menschen mit religiösem Sendungsbewusstsein, die all ihre Schandtaten immerzu durch Gott legitimiert sahen und anderen ihre archaischen Moralvorstellungen aufzwingen wollten, konnte er nicht ausstehen. In seinem Leben hatte er so viele tolle, liebenswerte Menschen kennengelernt, die keine Christen, sondern Juden, Moslems, Buddhisten, Hinduisten, Atheisten, Nudisten oder was auch immer waren. Daher hasste er es wie die Pest, wenn Andersdenkende oder Andersgläubige verteufelt wurden. Dieses Verteufeln war ohnehin nur ein Ventil für eigene Angst und fehlendes Selbst- wie Gottvertrauen. Wahrer Glaube und damit einhergehend Vertrauen in Gott zu haben, führte zwangsläufig zu mehr Gelassenheit. Zu mehr Toleranz. Zu mehr Nächstenliebe. Und niemals zum Gegenteil.

Das war auch der Grund, warum Hautfarbe, Religion und sexuelle Orientierung aus seiner Sicht nicht dazu taugten, einen Menschen zu beurteilen.

Der Gedanke, dass seine Erlebnisse vielleicht von den Falschen missbraucht werden könnten, gefiel ihm daher ganz und gar nicht.

„Aber für etliche Betroffene und Gefährdete wäre meine Erfahrung doch absolut hilfreich!" Hier befand er sich nun in einem echten Gewissenskonflikt. Helfen ohne zu schaden – war das möglich? Bei einer unkontrollierten Verbreitung im Falle einer

Veröffentlichung war das natürlich nicht immer zu garantieren. „Aber wie wäre es in der Summe betrachtet? Würde es mehr helfen als schaden?" Davon war er zwar überzeugt, aber wäre das auch zur Rechtfertigung der Veröffentlichung ausreichend? Denn das Gegeneinander-Aufrechnen von Einzelschicksalen empfand er als menschenverachtend und zynisch. Auf der anderen Seite, wenn man sich die Mühe machen und sich ganz auf die Geschichte einlassen würde, konnte man nur zu dem Ergebnis kommen, dass sie den Weg aus der Angst heraus zeigt und nicht in die andere Richtung.

In den nächsten Monaten weitete sich diese Fragestellung bei ihm zu einer regelrechten inneren Zerrissenheit aus.

Weil er selbst zu einer Entscheidung nicht fähig war, bat er Gott auf Knien, er möge ihm in diesem Fall weiterhelfen. Nach diesem Gebet hatte er das Bedürfnis, seine blaue Bibel in die Hand zu nehmen und darin zu lesen. Ohne seinen Blick vom Kreuz an der Wand zu nehmen, schlug er die Bibel mit der linken Hand auf und tippte mit dem rechten Zeigefinger auf eine beliebige Stelle. Erst danach sah er hin und begann zu lesen: *Und sie riefen sie herein und verboten ihnen, jemals wieder im Namen Jesu zu predigen und zu lehren. Doch Petrus und Johannes antworteten ihnen: Ob es vor Gott recht ist, mehr auf euch zu hören als auf Gott, das entscheidet selbst. Wir können unmöglich schweigen über das, was wir gesehen und gehört haben* (Apg 4,18–20).

Da zermarterte er sich monatelang das Hirn, wälzte sich durch etliche schlaflose Nächte und nach einem Blick in die Bibel war die Sache innerhalb von zwanzig Sekunden entschieden. *Wir können unmöglich schweigen über das, was wir gesehen und gehört haben.* „Danke, Herr! Danke!"

In den nächsten Tagen schickte er Andreas und Pitt das Manuskript, um deren Zustimmung und Anregungen einzuholen. Als beide es abgenickt und für gut befunden hatten, suchte er zwei

Verlage aus – einen christlichen und einen weltlichen, denen er jeweils eine Leseprobe zuschickte. In beiden Fällen traf er auf interessierte Lektoren, die sich des Themas näher annahmen und weitere Kapitel anforderten. Beide waren nach ihrem Prüfungsprozess voll des Lobes, aber beide lehnten eine Veröffentlichung dankend ab. Der christliche Verlag hatte ein Problem mit dem Teufel. „Der passt einfach nicht mehr in die heutige Zeit!" Der weltliche Verlag sah das anders. Das war überhaupt kein Problem. Ganz im Gegenteil, die Teufelsthematik fand man sehr interessant und spannend. Hier lag das Problem in der Herz-Jesu-Kirche. „Herz-Jesu-Kirche ist nicht sexy!"

Natürlich war bei Rally die Enttäuschung groß. So blieb die Geschichte für einige Jahre unberührt, auf CD gebrannt und passwortgeschützt – und somit nur von ihm und seiner Frau zu öffnen – im Schreibtisch liegen.

Das änderte sich erst, als er im Frühjahr 2009 mal wieder in der Bibel blätterte, bei den Worten Agurs hängen blieb und er zutiefst beschämt lesen musste: *Jede Rede Gottes ist im Feuer geläutert; ein Schild ist er für alle, die bei ihm sich bergen. Füg seinen Worten nichts hinzu, sonst überführt er dich und du stehst als Lügner da* (Spr 30,5–6).

Im Prinzip entsprach alles, was er in seinem Text geschrieben hatte, der Wahrheit. Aber einige Stellen waren ungenau oder etwas geschönt, damit er später bei seinen Söhnen nicht ganz so schlecht dastehen würde. Einiges hatte er auch verkürzt oder aus dramaturgischen Gründen etwas verändert. Eine weitere Episode war zwar wirklich so passiert, aber erst Jahre später. Weil er sie jedoch als gut zum Thema passend einschätzte, hatte er sie miteingebaut. Kurzum, er hatte sich nicht an Agurs Worte gehalten. „Wie peinlich! Ich muss das Ding noch einmal komplett überarbeiten! Und diesmal kommt nichts hinein, was nicht genau so passiert ist!"

„Manche Träume erscheinen einem sehr real, Peter, aber sie sind es deshalb trotzdem nicht", versuchte er seinen verängstigten

Sohn zu beruhigen. Toll, jetzt verhielt er sich ja genau wie seine Eltern damals. Deren Reaktion war für ihn als Kind auch nicht hilfreich.

Über seinen Omo-aus-dem-Kaufladen-Traum hatte er seit vierzig Jahren mit niemandem mehr gesprochen. Außer ihm hatte keine Menschenseele daran irgendeine Erinnerung. Und natürlich hatte auch niemand den Jungs den anderen Traum von 1987 erzählt. Die Parallelen zu beiden Träumen waren dennoch frappierend: junger Mann, der plötzlich ein altes Gesicht hat, dünne Arme, Mönchskutte, Löcher statt Augen, Kampf, Hinfallen, einer steht über und auf dem anderen, Holzspieß an der Kehle. Und dann noch die Formulierung: ... *damit du denkst, es sei ein Traum.* Das entsprach nicht Peters Ausdrucksweise.

Das machte Rally nun wirklich Angst. Wie sollte er seine Kinder gegen so etwas beschützen? Im Kickboxen hatten sie eine Redensart: *Greif nur an, wenn du das Echo auch vertragen kannst!* Aber dieses Echo war erbarmungslos! Jenseits all seiner Vorstellungskraft. Vor zweiundzwanzig Jahren hatte er schon erkennen müssen, dass mit dem Auflegen des Fingers auf das Glas Volker, der nicht einmal dabei war, in Mitleidenschaft gezogen wurde. In dem Moment als sich der Kreislauf schloss, wurden räumliche Dimensionen gesprengt. Nun war klar, dass dies nicht nur für den Raum, sondern auch für die Zeit galt. Das Böse hatte einen verdammt langen Schlagschatten.

Andreas und er hatten sich mit Geistern, Dämonen oder welcher Teufelsbrut auch immer eingelassen. Einen davon hatten sie im Namen Christi vertrieben, einen mit Christophorus, Kreuz und Bibel zu Antworten gezwungen und ihm letztendlich sogar den Weg aus der Hölle gezeigt. *Greif nur an, wenn du das Echo auch vertragen kannst!* Und nun flog ihm dieses Echo nach all den Jahren kräftig um die Ohren.

Als sie zu Hause ankamen, ging er sofort nach oben ins Schlafzimmer, kniete vor dem Kreuz nieder und bat Gott um Hilfe.

Sogleich empfand er wieder eine tiefe Dankbarkeit dafür, dass ihm der Ausweg aus diesem Dilemma ja längst aufgezeigt wurde: Herz-Jesu-Kirche.

Nichts übernatürlich Böses konnte seinen Jungs etwas anhaben, denn sie waren geschützt durch Liebe, Glaube und Gemeinschaft. Und das würde Gott sei Dank auch so bleiben.

Am Abend las er noch etwas im Neuen Testament und landete nach langer Zeit mal wieder bei der Offenbarung des Johannes. Im Kapitel 12 stand dort: *Sie haben ihn besiegt durch das Blut des Lammes und durch ihr Wort und Zeugnis.* Das hatte er früher schon nicht kapiert. ... *besiegt durch das Blut des Lammes und durch ihr Wort und Zeugnis* ...?

Doch ganz langsam schien er nun die Zusammenhänge dieser Textpassage zu begreifen. „Mit ‚Blut des Lammes' ist nicht nur Christi Opfer und Sterben am Kreuz im Allgemeinen, es ist auch die Wandlung von Brot und Wein in Christi Leib und Blut im Speziellen gemeint. *Mein Blut, das für euch und für alle vergossen wird zur Vergebung der Sünden.* Ein Siegespfeiler ist die Eucharistie, die Wandlung, die Kommunion. Herz-Jesu-Kirche!" Er sah sich in seiner Ansicht bestätigt: „Kirche steht dabei eben nicht nur für Gemeinschaft der Gläubigen, sondern auch für Messe und Gottesdienst!"

Und *durch ihr Wort und Zeugnis?* Jetzt endlich verstand er es. „Das ist sie! Die vierte Komponente neben Herz-Jesu-Kirche!" Damals im Proberaum – als er den Teufel endlich loswurde. Damals hatte er bezeugt, vor seinen Kumpels *Zeugnis* abgelegt, dass Gott stärker ist als alles Böse. *Wir können unmöglich schweigen über das, was wir gesehen und gehört haben.*

Danach war der Spuk für ihn vorbei.

Jetzt musste man nur noch dafür sorgen, dass er nicht wieder – womöglich sogar bei den Kindern – von vorn begann.

Paul genoss die folgenden Wochen. Er war nach eigenem Dafürhalten nicht nur stärker als sein Bruder, er hatte ihn jetzt auch vollkommen in seiner Hand. Peter war es aufgrund seiner Angst für mehr als ein Jahr nicht möglich, allein in ihrem Stockwerk zu bleiben. Auch nicht am helllichten Tag. So zelebrierte Paul immer neue Varianten der brüderlichen Separation. Gerne hochoffiziell – sei es bei den Hausaufgaben oder vor dem Schlafengehen: „So, Peter ... dann ich geh jetzt mal runter ... in die Küche ... und hole mir ein Glas Limo ... Bleib du ruhig hier." Wohl wissend, dass der Bruder – praktisch am Gängelbändchen vorgeführt – jetzt alles stehen und liegen lassen musste, um ihn zu begleiten.

Der größte Spaß war natürlich, sich heimlich an Peters Zimmer vorbei nach unten zu schleichen, um von dort aus zu rufen: „Hallo Peeeetaaaaahhhh! Ich bin hier uuuuunten! Und du bist ganz aaaalleihein!" Den Bruder dann im Tiefflug polternd und panisch die alten Holztreppen hinunterrasen zu lassen, war einfach unbezahlbar.

Selbstverständlich mündeten beide Arten von Aktionen generell in ein lautstarkes Handgemenge, bei dem Peter – angetrieben von unbändigem Zorn und Verzweiflung – oft die Oberhand behielt. Aber Paul dachte sich: „Egal – das ist es wert!"

Um sein Verhalten zu ändern, bedurfte es auf elterlicher Seite einfühlsamster Überzeugungsarbeit: „So, Fernsehverbot! Computerverbot! DS-Verbot!" Das half fast immer.

Für die Lösung aller anderen Probleme gab's ein noch probateres Mittel:

Herz-Jesu-Kirche!

„Füg seinen Worten nichts hinzu, sonst überführt er dich und du stehst als Lügner da."

Worte Agurs, Spr 30,6.